그 산에서
만나다

스토리
인시리즈

소소하지만 열정적인 당신의 일상을 공감과 위안, 힐링을 담아 응원합니다.
어떤 말들보다 큰 힘이 되어주고 당신만의 이야기를 마음껏 펼칠 수 있도록, 당신의 스토리와
함께합니다.

그 산에서 만나다

초판1쇄 발행
2025년 12월 15일

지은이
김형종

펴낸이
김태영

펴낸곳
씽크스마트 책짓는 집

주소
경기도 고양시 덕양구
청초로 66
덕은리버워크 B-1403호

전화
02-323-5609

출판사 등록번호
제395-313000025
1002001000106호

ISBN
978-89-6529-485-6
(03810)

정가
13,000원

ⓒ 김형종

이 책을 만든 사람들

책임편집
김무영

편집
신재혁

홈페이지
www.tsbook.co.kr
인스타그램
@thinksmart.official
이메일
thinksmart@kakao.com

*** 씽크스마트** 더 큰 생각으로 통하는 길

'더 큰 생각으로 통하는 길' 위에서 삶의 지혜를 모아 '인문교양, 자기계발, 자녀교육, 어린이 교양 · 학습, 정치사회, 취미생활' 등 다양한 분야의 도서를 출간합니다. 바람직한 교육관을 세우고 나다움의 힘을 기르며, 세상에서 소외된 부분을 바라봅니다. 첫 원고부터 책의 완성까지 늘 시대를 읽는 기획으로 책을 만들어, 넓고 깊은 생각으로 세상을 살아갈 수 있는 힘을 드리고자 합니다.

*** 도서출판 큐** 더 쓸모 있는 책을 만나다

도서출판 큐는 울퉁불퉁한 현실에서 만나는 다양한 질문과 고민에 답하고자 만든 실용교양 임프린트입니다. 새로운 작가와 독자를 개척하며, 변화하는 세상 속에서 책의 쓸모를 키워갑니다. 흥겹게 춤추듯 시대의 변화에 맞는 '더 쓸모 있는 책'을 만들겠습니다.

자신만의 생각이나 이야기를 펼치고 싶은 당신. 책으로 사람들에게 전하고 싶은 아이디어나 원고를 메일(thinksmart@kakao.com)로 보내주세요. 씽크스마트는 당신의 소중한 원고를 기다리고 있습니다.

본 도서는 전라남도, (재)전라남도문화재단의 후원을 받아 발간되었습니다. 전라남도 문화재단

그 산에서 만나다

김형종 지음

소란스럽지 않게
작은 이정표를

살아온 지난날을 뒤돌아보면 기억에 남는 순간이 있듯, 글을 썼던 기억이 유별난 때도 있습니다. 모두가 소중한 삶의 흔적이듯 글도 그렇습니다.

깨물어 아프지 않은 손가락이 없는 것처럼 써놓은 글을 되짚어보면 애착 가지 않는 글은 없습니다.

이번에도 운이 좋아 전라남도문화재단의 지원으로 소설집을 펴내면서 어떤 글을 선별할 것인지 고민이 되었습니다. 줄거리도 주제 의식도 미흡하여 완성도가 떨어진 글이라도 20대 중반부터 50대 후반까지 써놓은 글에서 내 개인적으로 의미 있는 9편을 골라 묶었습니다. 출판에 앞서 한 번 읽어보며 구성과 문장과, 사회·

문화적인 단면까지 고치고 싶은 강한 욕구를 느꼈으나 비록 어설픈 글일지라도 지금껏 살아온 내 흔적의 일부라서 받침이나 철자만 다듬어 출판하기로 했습니다.

흔히 십 년이면 강산이 변한다고 말합니다만, 사람에게 그 시간은 엄청난 정신적, 육체적 변화를 불러옵니다. 이제 또 하나의 10년을 끝맺고 더구나 직장생활을 마무리하는 즈음이라 유달리 마음에 와닿는 것이 많습니다. 어쩌면 2년 만에 서둘러 소설집을 발간하는 일도 매듭 하나를 짓는 것, 그리고 또 다른 여정의 시작을 알리는 오고, 가는 작은 푯말 같은 것이라 여깁니다.

지난 '그 바다에서 만나다'를 내놓을 때 저 만큼 계신 분에게 덕담이나 쓴소리를 부탁드림이 쑥스러워 생략하고 현수막 걸고 떡시루 자르며 손뼉을 치는 일도 부끄러워서 조용히 소설집을 발간했듯 이번에도 소란스럽지 않게 작은 이정표처럼 소설집 「그 산에서 만나다」를 내놓습니다.

2025. 11.

김형종

목차

바다에 잠긴 세월

멀리 불빛이 보인다. 불빛은 육지가 멀지 않았다는 뜻이고 육지가 가깝다는 것은 핸드폰의 사용이 가능해진다는 의미다. 나는 배터리를 아끼려 꺼두었던 핸드폰의 전원을 켠다. 잠시 후 부재중 전화의 표시와 문자 메시지의 알림음이 요란하다. 하나하나 전화번호와 문자 메시지를 확인하고 안도한다.

어떤 외적인 자극에 몸이 계속해서 흔들리면 눈으로 보는 정보와 귀 안의 평형기관이 느끼는 정보가 일치하지 않아 뇌가 혼란을 일으켜 멀미가 발생한다고 강의하던 교수의 말이 떠오른다. 짙푸른 바다가 어둠 때문에 검은 칠흑만 보여주는 시각적인 현재와 머릿속에 저장된 과거가 소환되면서 귓속을 헤집고 다니는 소리의 청각적인 부조화로 멀미가 시작되었다고 짐작된다. 선장이 애초의 목적지인 목포항이 아닌 진도항으로 입항하겠다고 방송을 내보낼 때부터 두통뿐 아니라 메스꺼움까지 시작되면서 가슴이 답답했다. 나는 멀미와 무관한 사람이라고 자부하며 살아왔는데 난생처음으로 경험하는 멀미에 정신이 혼미하다. 어느새 네가 머릿속을 파고들었던 모양이다.

'안녕하십니까, 우리 여객선은 잠시 후 목포항에 도착할 예정입니다. 승객 여러분께서는 소지품을 잘 챙기시고, 안내방송에 따라 안전하게 하선 준비를 해주십시오. 차량을 가지고 오신 고객께서는 본 안내 후 차로 이동해 주시고, 선내 안내에 따라 순차적으로 하선해 주십시오.'

승객들은 항구에 입항한다는 안내방송에 일행과 포옹하거나 고성을 지르면서 기쁨을 표현하느라 선실이 소란스럽다. 오십 대 아줌마가 자기감정을 제어하지 못하고 균형을 잃고 넘어진다. 여객선에 불을 환히 밝혀서인지 불안한 모습이었던 승객들의 얼굴이 환하다. 승객들의 표정은 긴 항해가 끝나고 육지에 발을 내딛는 것이 다행이라는 반응이다.

'다시 안내 말씀을 드립니다. 저희 여객선은 목포항이 아닌 진도항에 입항합니다. 진도항에 입항합니다.

경황이 없어 녹음된 내용을 내보내 혼란을 드려서 죄송합니다. 항해에 적극적으로 협조해 주신 승객 여러분께 감사의 말씀을 드립니다.'

항구의 불빛을 눈으로 확인할 수 있는 거리까지 접근했으니 아마 도착까지 십여 킬로미터가 남았다고 판단된다.

승객들이 약속이나 한 듯 아직도 흔들리는 여객선에서 용케도 몸을 가누며 출구로 향한다. 나는 텅 빈 선실의 벽에 기대고 앉으며 두 다리를 편다. 이제 배에서 내리기 전에 목포로 갈 것인지 아니면 택시를 타고 진도읍 버스터미널로 갈 것인지를 결정해서 조금이라도 시간을 아껴야 한다. 핸드폰으로 검색하니 진도에서는 서울로 가는 고속버스가 하루에 네 번인데 마지막 버스가 이미 출발해 버렸기에 목포로 목적지를 정한다. 포털사이트에서 지도를 연다. 진도항에서 목포역까지의 거리를 조회한다. 지도는 친절하게 거리는 70킬로미터이고 1시간 23분이 소요되며 택시비는 약 일십이만 원이라고 알려준다. 지도를 닫고 이번에는 코레일 앱을 열고 로그인하여 출발역은 목포, 도착역에 용산역을 클릭하고 날짜를 선택하고 원하는 시간대에서 가장 늦게 출발하는 기차를 확인하니 21시 52분에 출발하는데 좌석이 매진되어 어쩔 수 없이 입석을 선택하고 신용카드로 요금을 결제하니 승차권 QR코드가 앱에 저장된다. 막차보다 바로 앞 시간인 20시 42분 ktx는 다행히 좌석이 남아있어 같은 방법으로 예약한다. 행여 일정이 꼬여도 밤 9시를 전후해서 목포역에 도착할 것이고 막차로 출발하는 ktx는 탑승이 가능할 거라는 계산이 나온다. 다만 어두운 밤에 폭풍우가 쏟아지는 길을 달려야 하는 택시 기사의 운전 실력이 관건이다. 만약 20시 42분에 출발하는 ktx를 탈 수 없다면 용산역에 도착이 늦어질 뿐 아니라 제주에서 진도까지 오는 배에서 앉아오지를 못해서 다리가 아프고 피곤한 몸으로 거의 세 시간을 선 채로 가야 한다는 생각에 벌써 지친다. 바람대로 20시 42분의 기차를 탈 수 있다면 마지막 열차의 예약을 취소하면 그만이고 막차를 타야만 한다면 택시 안에서 취소하면 될 일이다. 이 기차든 저 기차든 표 하나는 취소가 발생할 수밖에 없다. 핸드폰 사용이 가능해지면서 최대한 빠르게 서울로 올라갈 방법을 찾아 예약을 완료하면서 피곤이 밀려온다. 내가 승선했던 여객선이 연착하지 않았거나 애초의 목적지인 목포에 도착했더라면 지금쯤이면 서울에 도착이 가능할 시간이다. 아니다. 일정표대로 비행이 이뤄졌어도 이미 서울에 도착해서 아버지를 만나고 있을 시간이다.

기상위성과 기상레이더로 수집한 관측 데이터를 슈퍼컴퓨터에 입력하여 얻어낸 시뮬레이션의 결과로도 알아내지 못한 일기예보도 지금의 결과를 가져온 원인이 아닐 수 없다.

나는 여느 날과 다름없이 김포공항을 이륙하여 고도를 3만 피트로 유지하며 제주도로 날아가고 있었다. 조종석 아래로 하얀 구름이 깔려있고 위에는 맑고도 파란 하늘이 시야에 들어왔다. 이륙해서 30분이 지났고 착륙하기까지 30여 분이 남았을 때 착용하고 있던 헤드셋에 부착된 붐 마이크로 제주공항 관제탑과 통신을 시도했다.

"제주 접근관제, 제비항공 사일육 편입니다. 고도 FL200에서 11,000피트로 하강합니다."
"제비항공 사일육편, 제주 접근관제 120.8로 교신하세요."
내가 관제탑의 지시대로 주파수를 바꾸었고 기장이 하강을 시작했다.
"제비항공 사일육편, 고도 삼천 피트까지 하강하고, 활주로 이오번으로 접근하세요."
기장이 팔을 뻗어 내 어깨를 툭 치면서 머리를 두어

번 주억거렸다. 나는 헤드셋을 벗고 커피를 몇 모금 마셨다.

"Jeju Tower, Swallow Four One Six, established on the ILS Runway 25, request landing clearance."

(제주 관제탑, 제비 416, 활주로 25 계기 접근 완료했습니다. 착륙 허가를 요청합니다.)

"Swallow Four One Six, wind 260 at 8, runway 25, cleared to land."

(제비 416, 풍향 260, 풍속 8, 활주로 25 착륙 허가합니다.)

"Cleared to land, runway 25, Swallow Four One Six"

(활주로 25, 착륙 허가받았습니다, 제비 416.)

기장이 직접 관제탑과 교신을 끝내고 고도를 이천 피트까지 낮추더니 나에게 비행기의 속도를 줄이며 양력을 유지하는 장치인 플랩을 15로 작동시키고 바로 랜딩 기어와 오토브레이크도 조작하라고 명령했다. 이윽고 바퀴가 활주로에 닿으며 비행기의 속도가 급속히 줄어들었다. 지정된 유도로를 지나 계류장으로 이동했다. 최종장소인 탑승 게이트에 정지했을 때 지상 유도원이 수신호를 보내와 기장이 엔진을 끄고 지상의 전기가 비행기에 연결되자 승무원에게 도어 오픈을 승인했다. 인터폰으로 승객이 모두 내렸다는 사무장의 보고를 받고 기장과 나도 비행기에서 내려 미리 작성해 놓은 비행일지를 운항관리실에 제출하고 승무원 대기실로 향했다. 이제 점심을 먹고 휴식을 취하다가 14시 50분에 제주공항을 이륙해서 16시쯤에 김포공항에 도착하면 오늘의 일정이 끝이어서 비행에 따른 갈무리를 짓고 17시 30분쯤이면 퇴근이 가능할 거라 생각되었다. 보편적인 직장인이 퇴근할 시간이 아니어서 아버지가 입원해 있는 병원까지 30여 분이 소요될 것 같았다.

아침에 출근한 사무실에서 문자 메시지를 받았다. 내 직업의 특성상 전화를 받을 수 없는 상황이 많은지라 병원에서는 주로 문자로 소식을 전해온다. 아버지가 위독하다며 임종을 맞을 마음의 준비를 하고 병원을 방문하라는 내용이었다. 예기치 않은 문자에 걱정이 되었으나 정신이 아득할 만큼의 충격은 아니었다. 그동안 서너 번 위급하다는 전화를 받았으나 용케도 잘 버텨줘서 이번에도 위급한 상황을 무사히 이겨낼 거라 믿었다. 퇴근해서 병원을 방문할 것이니 아버지의 소식은 문자로 연락을 바란다는 답변을 보내고 정상적으로 일정을 수행하기로 마음먹었다. 또한 갑자기 비행 일정을 바꾸기에는 시간이 너무나 촉박했다. 일정을 바꾸려면 이틀 전까지 신청해야 하고 대체 조종사가 확보되지 않으면 승낙이 안 될 수 있다는 회사의 규정

이 떠올랐다. 물론 가족에게 응급상황이 발생한 경우
는 수 시간 전에도 신청이 가능하다는 조항이 있지만
수 시간이라는 개념이 모호하고 아버지가 세상을 떠나
면 고통스럽고 슬픈 일이지만 무사하면 결국은 거짓말
이 되어 늑대소년이 되는 것이 싫었다.

나는 승무원 대기실에 도착하여 탕비실의 문을 열고
기장에게 준비된 메뉴를 알려주며 어떤 것을 먹겠냐고
물었다.

"응, 컵라면."

"알았어요. 저는 돼지고기 커틀릿 도시락을 먹을랍
니다. 근데, 같은 회사 제품만 아니면 같이 컵라면을 먹
어도 되지 않을까요?"

기장과 부기장이 동시에 배탈이 나거나 식중독에 걸
리는 상황을 방지하기 위해 두 사람이 같은 음식을 먹
지 않도록 회사에서 규정을 만들어 놓아서 매운 컵라
면을 먹고 싶었으나 기장이 먼저 선택했다.

"내 느낌에 오늘 김포를 못 갈 것 같아."

"왜요?"

"어제 오키나와 부근에서 태풍이 발생했다는 것은

알지?”

“예. 말레이시아가 제출한 세팟이 태풍의 이름으로 정해졌다고 들었습니다. 근데, 오키나와 인근에서 태풍이 발생하는 일은 극히 드물지만 발생해도 규모가 작고 생애주기도 짧아 우리나라에 영향을 준 적이 없다던데요.”

“맞는 소리야. 4월에 태풍이 발생하는 것도 흔한 일은 아니지. 근데 비행사들이 은퇴할 때까지 한 번을 볼까 말까 한다는 구름대를 내가 보았어. 태풍이 두어 시간 안에 몰아칠 거야.”

공군사관학교 3기수 선배인 기장의 애기를 요약하면 제주도에서 오키나와까지는 약 850킬로미터이고 벌써 오키나와와 일본 본토의 중간쯤인 아마미 군도를 지나고 있다는 일기예보를 고려하면 시간당 약 20킬로씩 이동하고 있다는 계산이 나온다. 그 이동속도가 계속된다면 두어 시간 뒤에 제주도가 태풍의 영향을 받게 된다. 더구나 봄에 한반도를 통과하는 제트기류는 보통 남쪽에서 북쪽으로 부는데 이 시기는 기온의 변화가 크고 날씨의 변덕이 심한 것이 특징이다. 태풍의 크기가 300킬로 정도인 소형이고 세력이 커질 요인은 없으나 바람의 속도가 초속 20미터에 이르러 제주도까지 도달할 태풍이 분명하다고 나무젓가락을 허공에 휘저으며 열변을 토했다. 아직은 태풍의 영향권이 아니어도 조종석의 발아래 구름 속에서 또 다른 구름층이 용트림하는 것을 보았다며 분명히 태풍의 속도가 지금보다 빨라진다고 확신했다. 승무원 대기실 유리창 너머로 보이는 가로수의 연초록빛 이파리가 제법 파르라니 흔들렸다. 바람 많은 제주의 평범한 날과 다름없었다.

"그렇다고 이제 발생한 태풍이 비행을 캔슬 시킬 만큼 다가온다고요?"

"어허, 내가 장담하는데 오늘은 숙소로 돌아갈 일만 남았다고."

기장은 자신의 판단이 맞을 거라는 뿌듯한 표정을 짓고는 라면 국물을 후루룩 마셨다.

"근데 착륙 때 왜 직접 교신했어요? 그것도 표준 관제 영어로?"

"워낙 교신해 본지 오래되었고 이제 감각도 익혀야 할 시기여서. 석현이 자네도 얼른 기장으로 승진하고 국제선도 타야지?"

"예. 열심히 노력해야죠."

국제선 전환 평가 및 교육을 통과한 기장은 다음 달부터 국제선을 비행한다. 부럽다. 나는 건성으로 대답하고 아버지가 호흡을 유지하고 있는 동안은 국제선

비행을 포기할 수밖에 없는 상황을 되새긴다. 언제 위급한 상황이 발생할지 모르는 상황에서 먼 비행을 선택할 수 없었다. 국내선 기장 승진도 스스로 보류하는 중이다. 승진을 위한 합계 비행시간이나 부조종사 경력도 충분하고 기장 승급 교육도 이수했으며 자체 훈련 프로그램과 시뮬레이터 훈련도 통과했다. 나는 어렵지 않은 필기시험의 답을 빗겨 제출해 기장 승진에서 스스로 탈락해 온 것을 아무도 모른다. 그다음에 치러진 승진 시험에서는 교관과의 심층 면접에서 위기 대처 능력에 관한 질문을 받고 엉뚱한 답변으로 기장으로 승진하지 않았다. 슬프다.

기장이 된다면 어떤 돌발상황이 발생했을 때 승무원의 리더로 모든 것을 판단하고 결정하여 대처하는 것에 자신이 없기 때문이다. 두렵다.

네가 사고로 돌아오지 못하면서 크고 작은 일을 판단하는 일에 어려움을 겪기 시작했다. 일시적인 현상으로 생각했으나 증상은 호전되지 않았다.

점심을 먹고 소파에 앉아 핸드폰으로 날씨를 확인하려고 소파에 앉았을 때 소파 앞에 놓인 탁자, 그 탁자 위에 놓인 전화기의 벨이 울렸다.

"제비항공 사일육 부기장, 하석현입니다."

"운항통제실 김민호입니다. 오늘 십사 시 오십 분 발 김포행 제비항공 사일 육 편에 관련해서 상황 전달해 드립니다. 이륙 시간에 폭풍우가 예상되어 비행이 지연 또는 결항될 것 같습니다. 기상 상황을 계속 모니터링 중이며, 변동 사항 있을 때 바로 업데이트 드리겠습니다."

"네, 알겠습니다. 승무원분들께 전달하겠습니다."

나는 커피를 마시는 기장을 바라보았다. 통화 내용을 보고하지도 않았는데 기장은 모든 상황을 짐작한다는 표정을 지었다. 핸드폰에 메시지가 전달되었다는 알림음이 울렸다. 아버지의 병원인가 싶어 재빨리 확인했다. 비행편, 제비 416 기상 악화로 지연 또는 결항. 복귀 대기 바란다는 중복 교차 전달이었다.

"조금만 더 기다려 봐. 결항한다는 연락이 올 테니. 퇴근 준비나 해둬."

느긋하게 소파에 눕는 기장과 달리 나는 아침에 병원에서 받은 연락 때문에 마음이 복잡했다. 첫 비행을 마치고 병원으로 전화를 걸어 아버지의 상태를 자세히 들었다.

'맥박이 느려지고 호흡도 거칠고 불규칙해졌습니다. 혈압도 많이 떨어지고 체온이 떨어져 손발이 차가워집니다. 아무래도 임종이 가까워진 것 같습니다.'

김포에 도착해서 병원에 갈 계획이 엉망이 될 판이었다. 자칫 아버지의 마지막 순간조차 놓칠 수 있다는 생각에 조금은 슬펐다. 어쩌면 아버지의 처지에서는 딸을 만나러 가는 기쁨의 시간이 될지도 모른다.

아마미 군도까지 북상한 태풍이 마라도 남쪽 460킬로미터까지 올라왔다면 기장의 말처럼 속도가 빨라졌고 소형 태풍일지라도 곧 제주도에 영향을 미칠 것이 분명했다. 더구나 비행하기 두 시간 전에 진행되는 브리핑까지 삼십여 분이 남아있을 뿐이었다.

"밖에 비가 내린다. 바람도 거세졌고."

기장이 누운 채로 창문을 바라보며 말했다. 가로수로 심어진 종려나무의 기둥이 활처럼 휘며 흔들리고 있었다. 유리창에 부딪히는 빗소리가 콩을 볶는 소리와 비슷하게 들려왔다. 소파에 앉아 유리창 밖의 날씨를 바라보고 있는데 소파 앞에 놓인 탁자, 그 탁자 위에 놓인 전화기의 벨이 울렸다.

"제비항공 사일육 부기장, 하석현입니다."

“운항통제실 김민호입니다. 오늘 십사 시 오십 분발 김포행 제비항공 사일 육 편과 관련해서 상황을 전달해 드리겠습니다. 제4호 태풍 세팟의 영향으로 출발지의 가시거리가 이백 미터 미만이고 출발시간에 최대풍속이 십칠에서 이십오 미터 퍼 초에 이를 것으로 관측되며 횡풍이 약 십에서 십오 미터 퍼 초로 예상됩니다. 2시간 내 개선 가능성도 없다는 예보에 따라 결항 결정이 내려졌습니다. 회사 결정에 따라 지금부로 출발 준비 중지하셔도 됩니다.”

“네, 알겠습니다. 승무원분들에게 전달하겠습니다.”

“승무원 브리핑과 정리후 복귀 절차 진행하십시오. 이후 절차는 승무원 스케줄 팀에서 연락드릴 예정입니다.”

기장은 손을 흔들며 승무원 대기실을 나갔다. 나는 당혹스러운 마음을 진정시키며 가장 현명한 방법을 잠시 고민했다. 비행시간과 휴식 시간 규정에 어긋나지 않을 부기장을 떠올리니 후배인 명호가 적당하다고 판단되어 전화를 걸었다. 명호가 흔쾌히 스케줄 변경에 동의했다. 나는 승무원 대기실의 컴퓨터를 이용해서 스케줄 변경 요청서를 제출하고 운항지원팀장에게 긴급 변경 사유를 설명하며 명호와 변경에 대하여 미리

의견을 나눴음도 전달하며 승인을 간곡하게 부탁했다. 나는 떨리는 마음으로 제주항여객터미널로 전화를 걸어 여객선 운항 여부를 확인했다. 태풍의 영향으로 변수가 있지만 현재는 정상 운항이 이뤄지고 있다는 답변을 들었다. 핸드폰으로 여객선 배표 예약하는 법을 검색하고 사이트에 들어가 침대 실과 의자 석은 매진되어 개방형 단체 선실인 3등 객실을 예약했다. 강해진 비바람의 소리가 대기실까지 들려왔다. 운항지원팀장이 전화로 스케줄 변경의 승인이 완료되었다며 아버지께 가보라며 위로의 말도 덧붙였다.

나는 제복을 갈아입고 제주항 터미널로 달리는 택시 기사에게 불안한 마음에 배가 뜰 것 같냐고 물었다.

"비행기헌 못 떠신게, 배는 허는 출항허는 거 수두룩 허주게마씸. 근디 이 비바람 속을 헤치고 육지 가신 거 보민, 헌 일 급헌 거 아니우꽈."

"네. 목포에 가서 케이티엑스를 타고 서울에 가야합니다."

"제주항 여객터미널 헌 연안터미널허고 국제터미널이신디, 목포 가려면 국제 7부두서 타는 배여마씸."

대충 알아들은 제주도 방언은 국제터미널에서 목포

로 가는 배를 타야 한다는 말이었다. 나는 국내선 배를 타는 데 국제라는 단어가 붙은 것이 이해되지 않았지만 택시 기사의 도움으로 무사히 국제여객선터미널에 도착했다.

태풍이 제주도에 도달하면 저기압으로 약화되어 소멸할 것이라는 일기예보를 믿으며 발권 창구에서 핸드폰에 저장된 QR코드와 신분증을 내밀고 3등실 남자 6실이 인쇄된 배표를 받았다. 출항까지 한 시간 정도가 남아있어 대기실의 좌석에 앉아 요란한 바람 소리와 하염없는 빗줄기를 바라보다가 병원에 전화해서 아버지의 상태를 확인하고 싶은 마음을 접었다. 늘 응급상황에서 용케도 버텨온 아버지가 이번에도 위기를 이겨냈다는 말을 들을까 전화하기가 겁이 났다는 것이 솔직한 마음이었다. 이제 아버지가 세상과 이별했으면 하는 바람이 현실이 되었으면 좋겠다.

탑승구 앞부터 줄을 길게 만들며 탑승을 기다리는 사람들이 많았다. 출항 시간을 삼십여 분 남겨놓고 승선이 시작된다는 방송이 나오고 전광판에도 안내 문구가 흘러나왔다. 신분증 및 승선권을 다시 확인받고 여객선과 연결된 계단을 오르는데 승객들이 뛰어갔다. 빨리 탑승하든 천천히 탑승하든 어차피 출항은 같은 시간에 이뤄지는 한배에 탄 사람들이다. 안내요원이 삼등석 객실 방향을 알려주었다. 배표를 확인하고 신발을 벗고 선실에 들어갔으나 승객은 거의 없고 벽면을 따라 가방이나 봇짐만 놓여있고 매트도 펼쳐진 상태였다. 나는 벽에 기대고 앉아 눈을 감았다.

“아저씨, 여기 내 자리인디라잉.”
몸매가 펑퍼짐한 사십 대 아줌마가 내 옆에 엉덩이를 디밀며 비키라는 몸짓을 보였다.
“제 배표가 삼등실 남자 육 실인데 아주머니가 객실을 잘못 들어온 거 아닌가요?”
“이 아저씨가 배를 처음 타보는갑네. 그것은 형식적인 것이고 그냥 섞어서 타는디라. 그라고, 요 가방이 내 것인디요.”
그녀는 아랑곳없이 가방에서 베개를 꺼내고 모포를 펼치더니 그 위에 몸을 뉘었다. 어디선가 초등학생으로 보이는 여자애가 들어와 그녀의 옆에 누웠다. 나는 불편함과 불쾌함을 참을 수 없어 자리에서 일어나 다른 벽에 기대고 앉았다.
“아저씨, 핸드폰 충전 좀 하게 조금만 옆으로 앉아줄래요?”

이번에는 20대 초반 청년의 말에 엉덩이 걸음으로

옮겨가니 내 등 쪽에서 콘센트가 보였고 청년이 눈인사하고 충전 플러그를 꽂았다. 비는 더욱 거세졌고 바람도 강해져서 출항할 수 있을지 걱정이었다. 승객들은 태풍이 제주도 인근까지 올라왔다는 일기예보를 모르는 것인지 아니면 이 정도의 날씨는 많이 경험한 듯 여유로운 표정이었다. 한눈에 낚시꾼인 것을 알 수 있는 오십 대 사내 예닐곱 명이 들어와 메고 있던 장비를 선실 중앙에 놓았다. 그들의 등장으로 선실은 비린내로 가득했다. 제주도와 완도를 운항하는 여객선의 경유지인 추자도에서 낚시를 즐기던 사내들은 핸드폰으로 태풍의 소식을 알고 낚싯대를 접고 제주항으로 들어와 목포항으로 출항하는 배에 어렵사리 승선했다. 그들은 낚시동호회 회원으로 바다의 특성도 잘 알고 배를 탄 경험도 많아서 단박에 제주와 완도를 운항하는 배가 결항될 것으로 판단하고 낚싯배로 제주항으로 향했다. 그들은 승선했다는 안도감에 서로를 바라보며 웃고 떠들고 손뼉을 치며 잡은 참돔과 벵에돔과 감성돔의 손맛으로 애기꽃을 피웠다.

드디어 비바람을 뚫고 목포항으로 여객선이 출항했다. 다행히 출발이 지연되지 않아서 예정된 시간에 목포항에 도착하면 ktx를 원활하게 탑승할 수 있다는 생각이 들었다. 비행기는 이륙하지 못하는데 여객선은 거친 비바람에 거세진 파도를 헤치며 방향을 틀었다. 이제 여객선은 점차 속도를 높일 것이고 파도가 여객선의 앞과 뒤로 치는지 좌우로 치는지는 모르겠으나 파도에 울렁거림도 많아질 것 같았다. 네 시간 삼십여 분이 지나면 나는 목포역으로 가는 택시에 앉아있을 것이고 일기예보가 맞는다면 점차 바람의 세기도 약해질 것으로 기대했다.

벽에 걸린 모니터로 구명조끼와 소화기의 위치와 사용법을 알려주고 비상시 소집 장소 및 비상구 위치를 동영상으로 내보냈다. 태풍이 아니더라도 혹시 발생할지 모르는 위급사항에 대처할 수 있는 안내방송에 관심이 없는 사람들이 이해되지 않았다. 선실의 모든 사람이 위급상황에서 대처요령을 전문가처럼 습득하고 있는 것일까? 안내방송에도 애기를 계속해서 나누던 낚시꾼들이 약속처럼 일시에 선실을 나갔다. 나는 낚시꾼들이 선실을 떠났으나 낚시 장비에서 풍겨오는 비린내를 피해서 선실을 나왔다. 여기저기 통로에 많은 사람이 삼삼오오 앉아 파도에 흔들리는 몸을 용케도 균형을 잡고 준비한 음식을 나눠 먹거나 너무나 평화로운 모습으로 담소를 나눴다. 매점을 찾아 멀미약을 사 먹을 생각이었다.

“멀미 헌 거 멩 약 먹엉보난 괜히 토 쏟아져서 더 힘들주게 마씸.”

매점에 근무하는 여자가 내 얼굴을 살피며 약을 꺼냈다. 웬만한 제주 방언은 대충 알아먹는데 심한 제주 방언을 이해하지 못했다.

“네?”

“이미 멀미가 시작되었는데 약을 먹으면 오히려 구토를 유발해서 더 힘들 수도 있어요. 다음에라도 멀미약을 사용하게 된다면 출발하기 한 시간 전에 몸에 붙이는 것을 사용하세요. 그게 없으면 알약을 먹고요. 물약은 자칫 구토를 유발한답니다.”

“감사합니다.”

“실례지만 객실은 어딘가요?”

“삼등석 육 실입니다만 무엇 때문에 묻는데요?”

“그러시구나. 배는 앞쪽보다 뒤쪽이 멀미가 덜하거든요.”

이토록 표준어를 잘하면서 여자는 무슨 이유로 방언을 사용했을까.

멀미약을 붙이고 선실로 향했다. 가방과 배낭만 가득했던 선실에는 오십 대 중반으로 보이는 세 쌍의 부부가 회무침을 펼쳐놓고 술잔을 나누며 음담패설을 주고

받으며 킬킬거렸다. 흔들리는 배의 울렁거림을 해먹의
흔들림으로 생각하는지 고개를 빠트린 채 잠든 사람이
옆 사람의 어깨에 기대있고 그 사람은 또 그 옆 사람을
기대고 잠들어 있었다. 선실의 출입구를 제외하고 모
든 벽면은 승객들의 등받이로 사용되고 있었다. 승객
들이 뻗은 발들이 낚시 장비가 놓인 중앙으로 향하고
그 틈새에 몇 명이 누워있었다. 선실 밖은 태풍으로 난
장판인데 선실 안은 음식 냄새를 풍기며 술을 마시는
사람을 그 누구도 의식하지 않았고 음식 냄새를 풍기
며 술을 먹는 사람들은 다른 승객을 전혀 의식하지 않
는 태평성대의 모습이었다. 나는 다시 선실을 나왔다.
실내 갑판에 놓인 탁자를 점령한 낚시꾼들이 컵라면에
소주를 마시며 여전히 손맛을 애기하며 박장대소를 터
트렸다. 갑판은 라면 냄새와 비린내와 담배 냄새로 가
득했다. 누군가 갑판으로 들어오면 매연 냄새도 따라
들어왔다. 나는 선실에 머물기도 어렵고 실내 갑판에
도 머물기가 쉽지 않았다. 어둠이 찾아오기 시작한 바
다는 가시거리가 채 이 백 미터도 안되어 보였다. 몸에
붙인 멀미약은 효과가 없는지 여전히 머리가 아프고
점심으로 먹은 돼지고기 커틀릿을 토할 듯 속이 불편
했다. 라면 냄새를 맡은 후각은 더욱 위장을 뒤집었다.
갑자기 큰 파도를 만났는지 여객선이 바다에 가라앉을

듯 휘청했다. 낚시꾼의 컵라면이 넘어지며 국물이 발등에 쏟아졌다.

“아, 터뷸런스(Turbulence;난기류)다.”

나도 모르게 단말마 같은 한마디가 목구멍에서 터져 나왔다. 세상에 태어나 처음으로 탄 배가 심하게 흔들리자 몇 방울의 오줌을 지리며 왈칵 겁이 엄습했다. 나는 통로의 벽을 짚으며 겨우 균형을 잡고 선실로 들어갔다. 구명조끼가 보관된 관물대 앞에 도달해서 이 여객선에 탑승한 승객만큼 구명조끼를 싣고 있는지 궁금했다. 여객선 정원보다 여유 있게 구명조끼를 확보하고 있다는 안내방송을 믿어도 되는지 확신이 없었다. 만일 파도에 여객선이 좌초되거나 운항이 불가능해져도 이 태풍 속에서는 그 누구도 구조해 줄 수 없다. 헬기를 띄울 수 없고 구조선도 달려올 수 없다. 만일 내가 이 배의 선장인데 사고가 발생하여 배를 버려야 하는 최후의 순간이 온다면 어떤 명령을 내리는 것이 현명할까.

‘승객 여러분, 선장입니다. 우리 여객선은 제4호 태풍 세팟의 영향으로 폭풍우가 심하여 정상적인 운항이 불가능한 상황입니다. 최우선으로 안전을 확보하기 위하여 당초 목적지인 목포항이 아니라 진도항으로 입항할 예정입니다. 진도항에 입항할 예정입니다. 승객 여러분의 양해를 부탁드립니다.’

선장의 방송에 선실은 혼란에 빠졌다. 목포항에 승용차를 주차해 둔 사람부터 시간에 맞춰 마중을 나오기로 약속한 사람, 당장 오늘 저녁에 사업 관련으로 계약서에 서명해야 하는 사람까지 사연이 없는 사람이 없었다. 더구나 목적지의 변경을 더 빨리 결정했다면 전화 통화가 가능한 추자도 인근을 지나갈 때 연락을 취할 수 있었다며 선장을 성토했다. 회무침에 소주를 마시던 사람 중의 한 명이 지금껏 항해가 가능했기에 목포도 운항이 가능할 거라고 선장실을 찾아가 항의하자고 목소리를 높였다. 내가 승선하여 선실로 들어왔을 때부터 손때가 찌든 모자로 얼굴을 덮고 누워있던 사람이 몸을 일으켰다. 70대로 보이는 노인은 백발이 성성했고 얼굴은 주름이 깊었다.

“댁들이 그리 바다를 잘 아슈? 태풍은 더 거세지고 배는 일엽편주가 따로 없는데 선장이 당신들 목숨을 지키려 고육지책으로 결정한 것을 따지러 간다고?”
“그러는 노인께서는 바다를 잘 알아요?”
“잘 모르오.”
“모르면서 왜 나서는 거요?”
“모르지만 바다에서 삼십 년 넘게 풍파를 경험한 원양어선 선장 출신이오. 이 태풍은 작으나 빠르고, 또 금세 사라질 것이요. 나는 우리 배의 선장이 최고의 선택을 했다고 확신합니다. 진도에서 목포항까지 약 사십 해리, 그니까 칠십 킬로쯤 떨어져 있을 텐데 지금도 태풍 때문에 속도를 줄이며 항해하고 있을 것이요. 삼십 노트쯤으로 운항한다고 가정하면 한 시간 반쯤이 걸릴 거고, 그때까지가 태풍이 이 바다를 지나갈 시간대란 말이오. 목포로 가는 동안에 무슨 일이 벌어질지 누가 알겠소? 목숨을 담보로 항해를 계속하자는 것이 말이 되오? 그 누가 태풍 치는 바다를 알아서 가자는 것이오?"

노인의 열변에 승객들은 꿀 먹은 벙어리처럼 조용해졌다. 낚시꾼들이 노인을 바라보며 손뼉을 쳤고 흥분한 승객들이 하나둘 벽에 기대고 앉거나 다시 누웠다. 누군가 일기예보를 확인하자고 텔레비전을 켰다. 방송사의 아나운서가 지도 위에 그려진 따옴표 같은 모양의 태풍의 눈을 보여주며 태풍 소식을 속보로 쏟아내고 있었다.

사랑하는 내 동생 지현아, 그때 제주공항에 도착해 승무원 대기실에서 텔레비전을 켰다가 네가 탄 배가 침몰한 것을 알고 그 자리에 주저앉고 말았다. 내가 날아온 하늘 아래에 네가 탄 여객선이 항해하다가 침몰하여 절반은 가라앉고 절반만 바다 위에서 버티고 있는 모습에 경악하지 않을 수 없었다. 방송사 헬기가 침몰하는 여객선 위를 선회하며 카메라에 담은 화면을 보면서 저 여객선 아래에 네가 갇혀 공포에 떨고 있다는 생각에 호흡이 곤란해졌다. 좌초된 여객선 주변에 해양경찰의 구조선과 선회하는 헬리콥터와 많은 어선이 바닷속으로 침몰하는 것을 구경하며 어쩌다 뛰어내린 승객을 낚시꾼이 뜰채로 물고기를 잡아내듯 구조할 뿐이었다. 준수해야 할 법이 없다면 승무원 대기실을 박차고 나가 비행기를 몰고 너에게 날아가 구조하고 싶었다. 너무나 답답하고 슬퍼서 울음도 나오지 않았다. 분노에 가득 차 있을 때 사관학교 동기회에서 문자를 받았다.

'우리 동기인 해경 소속 김선호 경감과 최영철 경감이 여객선 침몰 현장으로 출동하다 헬기가 추락해 사망. 고인의 명복을 빕니다. 총무 배상.'

나는 그날 사랑하는 동생을 바다에서 잃었고 두 명의 친구를 하늘에서 잃었다. 나는 가족에게 응급상황이 발생했음을 회사에 알리고 일주일의 휴가를 얻었다. 아버지를 바다에 남기고 나는 복귀하여 비행기를 탔다. 날마다 네가 빠진 바다 위를 날아다녔다. 지금껏.

강산도 변한다는 세월이 흘렀으나 너의 마지막 모습이 아직도 선명하다. 네가 수학여행을 가는 것을 알고 주말에 외박을 허락받고 집에 갔을 때 너는 웃으며 손을 내밀었다.

"오빠, 나 수학여행 가는데 용돈 좀 안 줄 거야?"
"야, 사관생도는 군인과 마찬가지야. 군인에게 용돈을 달라고?"
"군인은 월급을 받으나 나는 월급이 없는 학생이야."

나는 귀여운 동생에게 몇만 원을 주었다. 네가 환하게 웃으며 머리 위로 팔을 올려 하트 모양을 만들고 무릎을 살짝 굽히던 것이 너의 모습이 마지막이었다.

너는 학교에서 임대한 버스를 타고 인천항 국제여객 터미널에서 수학여행을 떠났다. 짙은 안개 때문에 예정된 오후 여섯 시 삼십 분보다 두 시간을 지연 출발한 여객선은 다음 날 아침 아홉 시쯤에 제주항에 입항할 예정이었다. 너희는 설레는 마음에 밤새 참새처럼 조잘거리느라 잠을 이루지 못했겠지. 밤을 꼬박 지새웠거나 설쳤던 너희는 일출을 보겠다고 쌀쌀한 아침 공기를 마시며 흑산도 남쪽 해상 부근에서 장엄하게 솟는 태양을 갑판에서 바라보았다. 어떤 학생은 환호를 질렀고 어떤 애는 두 손을 모으며 기도했고 너는 눈부심을 참아가며 사진을 찍었다. 어떤 애가 무지개가 뜨면 좋겠다고 말했고 민정이가 간밤에 비가 내리지 않고 운무만 가득해서 무지개를 볼 수 없다는 결론에 너희는 아쉬움을 남기며 선실로 돌아와 세면을 끝내고 머리를 빗고 화장품도 조금 발랐다. 입술도 발랐다. 서로 바라보며 웃었다. 선생님이 들어와 화장한 너희들을 모른척하며 인원을 점검하고 아침을 먹으라고 전했다. 밥을 먹고 지난밤에 먹고 남은 과자를 먹고 있을 때 배가 갑자기 기울었다. 선실의 물건이 한쪽으로 쏠렸다.

“뭐야? 사고 난 거야?”
“기지배야, 재수 없는 소리 하지 마.”

침대에 앉아있던 애들은 허리에 힘을 줘야만 똑바로 앉을 수 있었고 어떤 애는 두 다리에 힘을 줘서 균형을 잡았다. 갑자기 고막을 뚫고 엄청난 소리가 배 밑바닥에서 들려왔고 동시에 어떤 애는 넘어져 바닥에 뒹굴었고 침대 모서리에 이마를 부딪친 아이도 발생했다. 선실에 비명이 울려 퍼졌다. 순간 공포에 질린 아이들은 서로의 얼굴만 쳐다보며 한동안 말을 잃었다. 성격이 급한 경미가 선실 밖으로 나가보려 했을 때 방송이 흘러나왔다.

'승객 여러분, 그냥 가만히 계십시오. 움직이지 마시고 그 자리에 계십시오.'

너희는 배에서 내보낸 방송을 믿고 선실에 머물면서 안심했다. 축구장 절반 크기의 여객선이 쉽게 가라앉는다는 것은 말이 안 된다고 믿었다. 모든 일에 조심성이 많은 경애가 구명조끼를 찾아 입었다. 웃음이 많은 희연이가 그 모습에 깔깔 웃었다.

"현재 위치에서 절대 이동하지 마시고, 가만히 계십시오. 배가 기울어도 구조될 때까지 기다리십시오."

다시 방송이 흘러나오자 오히려 불안감이 엄습했다. 구조라는 단어를 언급하는 것은 여객선이 기운 것만 아니라 운항할 수 없다는 것을 인정하는 말과 다름없었다.

"살려주세요. 배가 기울었어요. 지금 난리 났어요."

본능적으로 위기감을 느낀 수연이가 119에 전화를 걸었으나 당황해서 사고 내용을 정확하게 전달하지 못하고 안절부절못한 모습이었다. 상황실에서 승객 수를 묻자 오백 명 정도 될 거라고 대답하는 수연의 목소리가 떨렸다. 꿈에도 생각 못 한 상황에서 너희는 부모님에게 전화를 걸고 가족에게 문자를 보내며 현재 상황이 해결되기를 초조하게 기다렸다. 창밖으로 보이는 사람들을 보면서 우리도 밖으로 나가서 상황을 살피다가 탈출하자고 윤선이가 소리를 질렀다. 바다를 마당처럼 누비는 승무원들이 대피하라는 안내도 없는데 선실에서 나가는 것이 더 위험할 수 있다고 연정이가 반대했다. 창밖에는 해양경찰 경비정과 고깃배와 일반 어선들도 보였다. 하늘에는 헬리콥터가 여객선 위를 선회하고 있었다. 그 모습에 너희는 마음이 놓였다. 정말 위급한 상황이면 구명조끼를 착용하고 탈출하라는 방송을 내보낼 것이고 바다에 뛰어들면 대기하고 있는 배들이 구조해 줄 것을 의심하지 않았다. 촌각을 다툴 만큼 방치하지 않겠지만 혹시 급박한 상황에 이르면 저들이 여객선으로 진입해서 구조해 줄 거로 생각하니 불안한 마음이 진정되었다.

"애들아, 우리가 수학여행 가는 게 아니라 극기 훈련하러 야영 가는 거냐? 똑바로 서 있기 힘들어."

시간이 지날수록 여객선의 경사는 더 심해져 무언가를 붙들지 않으면 서 있기가 힘들어졌다. 유리창 밖으로 경비정이 지나갔고 거기에는 나이가 지긋한 사람들 몇 명이 타고 있었다. 속옷 차림과 일상복을 입은 사람들을 먼저 구출한 것은 갑자기 발생한 환자와 위급할 때 먼저 구조해야 할 노인이라 여기며 너희도 곧 구조가 이뤄질 거라 판단하고 누가 먼저랄 것도 없이 구명조끼를 입었다.

너희들은 몰랐다. 그들은 공경받아야 할 노인이 아니고 더구나 환자도 아니었다. 수백 명의 승객에게 적절한 탈출 지시 방송도 없이 자부심과 책임감의 상징인 제복을 벗어버리고 일반인으로 속이고 배에서 제일 먼저 탈출한 선장과 승무원인 것을.

차츰 기울기가 심해져 한 걸음도 움직일 수 없는 지경에 이르렀다. 선실 바닥에 바닷물이 고이기 시작했다. 모두가 발목이 젖어도 구조를 포기한 것 같다는 생각에 공포가 엄습해서 아무 말 없이 침묵으로 일관했다. 무서워서 말을 뱉을 수 없었다. 바닷물은 금세 무릎까지 차올랐고 너희는 애써 걸음을 옮겨 출입문을 열어보았으나 열리지 않았다. 너희는 절망했고 두려웠다. 탈출을 제안했던 윤선이 침묵을 깨며 이제는 밖으로 나갈 수도 없다고 소리치며 연정을 바라보았다. 연정은 미안하다며 눈물만 흘렸다.

그때 경애가 사고는 언제든 날 수 있으나 방관하고 구조를 하지 않는 창밖의 헬리콥터와 구조선을 원망해야 해. 우리는 죽음 앞에서 저 어른들에게 분노해야 한다고. 우리는 잘못이 없어, 억울할 뿐이야. 우리는 서로 탓하면 안된다고 울부짖었다. 눈물로 범벅된 서로의 얼굴을 바라보며 너희는 손이라도 잡고 싶고 서로를 안아주고 싶었지만 움직일 수 없었다. 차디찬 바닷물이 가슴에 이르렀고 손아귀의 힘도 풀려 바닷물에 휩싸였다. 이내 너희가 탄 배는 구조와 수색 작업을 할 때 조난자의 위치를 쉽게 알아내기 위해 자동으로 신호를 보내는 긴급 위치 무선표지(EPIRB)를 발신하고 바닷속으로 가라앉고 말았다.

너희는 차가운 바닷물 속에서 본능적으로 숨을 참기 시작했겠지. 동시에 머리를 물 밖으로 내밀려고 팔과 다리를 격하게 움직이며 버둥댔을 거야. 채 1분도 안 돼서 체력이 고갈되고 머리를 더 이상 들 수 없었을 테고, 절망과 공포 속에서 물속으로 가라앉았으리. 숨을 참는 상태가 한계에 이르러 바닷물이 기도로 빨려 들어가 폐에 물이 차고 산소 공급이 끊겨 뇌는 빠르게 산소 부족 상태에 빠졌을 거야. 불과 수십 초에서 몇 분 만에 의식이 희미해질 때 환각과 어지러움을 느끼며 어쩌면 평화로운 감정을 느꼈을지도 모르겠다. 기어코 호흡이 멈추고 심장이 점차 멈추면서 뇌 손상이 시작되고 끝내 바닷속에서 하늘나라로 갔겠지.

사랑하는 내 동생 지현아, 그때 너는 하늘을 날고 있는 이 오빠를 보았니? 손을 흔들었니? 아니면 아직도 바닷속에 머무는 것이냐? 너는 어디로 사라진 것이냐, 네가 돌아오지 못한다면 뼛조각이라도, 입었던 옷이나 신발이라도, 학생증이라도, 네가 좋아했던 캐릭터 볼펜이라도 발견되어야 하는 것이 아니냔 말이다. 깊은 바다에 가라앉고서 수압에 출입문이 열려서 거북이 등이라도 타고 용궁에 들어가 잔칫상을 받은 것이냐. 인어공주가 되어 왕자를 찾아 저 멀리 태평양으로 헤엄쳐 갔느냐?

아버지는 나라에서 수색을 종료한다고 발표한 순간까지 그 바다의 방파제에서 지냈다. 같은 처지의 유가족과 실종자 가족과 함께 너를 기다리며 더운 날에도 추운 날에도 하염없이 기다렸다. 내가 휴가를 받아 아버지를 찾아가서 잠시 집에서 쉬었다가 다시 이곳 바다로 돌아오라고 권유했으나 단 한 마디에 아무 말도 못하고 돌아섰다.

부·모·니·까, 부·모·는·그·러·라·고·있·는·거·니·까.

나라에서 수색하는 것을 종료했을 때 아버지는 그 바다를 떠나 내가 중학교 2학년 생일 때 돌아가신 어머니를 찾아가 우리 딸을 찾지 못해서 미안하다며 목 놓아 울었다.

중환자실에 의식도 없이 누워있는 가정환경에서 결혼은 꿈꿀 수 없었다. 사랑했던 여인이 이별을 선언했을 때 붙잡을 수 없었고 슬픈 생각도 들지 않았다. 예감하고 있던 이별이었다.

어머니의 무덤에서 돌아온 아버지는 그 바다로 다시 돌아갔다.

'지현이에게 간다. 미안하다. 사랑한다'는 유서와 노란색 리본을 남겨놓았다. 어선에 발견된 아버지는 식물인간이 되어 벌써 칠 년을 중환자실에 누워있다.

공군사관학교를 졸업과 동시에 소위로 임관하면서 조종 장교로 선발되어 공군비행교육단에서 1년 6개월 동안 기본과정과 고등과정을 마치고 조종사 자격을 취득했다. 다시 1년간의 기체별 전환 훈련을 완수하고 전투기 조종사 과정도 무사히 통과하여 본격적으로 작전 임무에 투입되었다. 그때 나의 계급은 중위였고 네 대로 구성된 전투기 편대에서 리더를 보호하고 후방 감시와 공격 보조의 임무를 맡은 윙맨(Wingman)이었다. 몇 년의 시간이 흘러 대위로 진급하여 세컨드 리더가 되어 영공을 비행했고 조만간 소령 진급 심사를 앞두고 있었다. 소령으로 진급하면 편대장으로 우리나라 영공을 지킨다는 자부심이 최고조에 이르는 영광의 순간을 맞겠지만 나는 10년의 의무복무기간을 채웠을 때 전역을 선택하지 않을 수 없었다. 대한민국의 하늘을 지키는 명예보다 아버지의 병원비를 감당해야 하는 현실에서 군인의 급여보다 최소한 두 배를 더 받을 수 있는 민간항

공사에 취업하는 것이 최고의 방법이었다. 더구나 나는 날씨가 엄청 맑은 날 작전 수행을 위하여 출격했다가 푸른 하늘과 푸른 바다의 색깔 구분이 어려워 시각비행(VFR)이 불가능한 공간지각 상실(Spatial Disorientation)을 경험했다. 반복된 훈련도 무용지물이어서 전투기의 항법장치를 이용한 계기비행(IFR)으로 귀환했다. 어쩌면 공간지각 상실을 경험한 것이 저 아래 바다, 그 바닷속에 네가 묻혀있기 때문이었는지도 모르겠다. 바다에 잠긴 것은 너의 짧은 세월만이 아니라 아버지의 세월과 나의 세월도 그날 이후 바다에 잠겼다. 잠겨버린 삶이 언제쯤 떠올라 저 푸른 하늘로 날아갈 수 있을까. 그날이 올까. 곧 다가오는 기장 승진 시험에 진지하게 최선을 다해야겠다고 마음먹는다.

3등석 6실에 다리를 쭉 펴고 앉아있는 내 앞에 매점의 아가씨가 나타났다.

"혹시 하석현, 석현이 오빠 아니세요?"

"맞습니다만, 누구신지?"

이름이 맞다고 대답하자 아가씨의 두 눈에서 눈물이 또르르 흘러내렸다.

"저는 지현이 친구에요. 오빠와 지현이가 많이 닮아서 긴 세월이 지났어도 매점에 왔을 때 한눈에 알아봤어요.”

　지현이의 친구는 우리 집에 놀러 왔을 때 내가 라면을 끓여줘서 맛있게 먹은 기억이 있다면서 눈물을 그치지 못했다. 그날 다른 선실을 배정받았고 마지막 순간에 배에서 뛰어내려 구조되었다.

　자신만 살고 친구들은 죽었다는 죄책감이 가져온 우울증을 이겨내려고 심리상담도 받고 힐링 프로그램에도 참여했으나 결국 학교에 자퇴서를 제출했다. 잠을 이루지 못하는 불면증에 시달렸고 잠이 들면 친구들이 나타났다. 시간이 지날수록 세상의 어른들을 향한 배신감은 대인기피증을 불러왔다. 등불도 켜지 않은 방에 자신을 스스로 감금하기 시작했다. 폐인처럼 지낸 세월이었다. 더 이상 버틸 힘이 없어 두려운 마음을 누르며 그 바다로 친구를 만나러 찾아가 긴 숨을 내쉬고 바닷물에 발을 내밀었을 때 느껴지던 차가움에 깜짝 놀라 발을 빼고는 배가 아프도록 한참을 웃었다. 웃다가 눈물이 났다. 파도 소리를 남겨두고 중화 요릿집에서 짜장면 곱빼기를 먹고 집으로 돌아왔다. 검정고시를 치렀고 제주도와 목포를 운항하는 여객선의 매점에서 일하며 틈틈이 공부하고 있다며 내년에 수학능력시험을 치러서 항해학과를 진학해서 해기사 면허와 항해사 자격을 취득한 뒤 경력을 쌓아 꼭 선장이 되어 그 바다를 항해하는 꿈을 품고 날마다 제주도에서 목포를 항해하는 중이라며 눈물을 닦았다. 나는 아직도 심하게 흔들리는 여객선 벽에 기대고 있던 손을 떼고 두 다리에 힘을 주고 버티며 동생의 친구를 꼭 안아주었다. 몸에 붙인 멀미약이 진도에 거의 도착해서 효과를 보이는지 두통이 조금 나아진 느낌이다.

문득 아버지가 보고 싶다. 아버지가 부모니까, 부모는 그러라고 있는 거라고 얘기했듯이 나도, 가·족·이·니·까, 가·족·은·그·러·라·고·있·는·거·니·까. 아버지를 끝까지 지켜야겠다고 마음을 고쳐먹는다.

나는 승객 대부분이 빠져나간 출입구로 향한다. 손에 들고 있는 휴대전화의 벨이 울린다. 요양병원에서 걸려 온 전화다. 전화를 받으려 화면을 터치하다가 파도 때문인지 바람 때문인지 모르겠으나 계단을 내딛던 몸이 균형을 잃고 걸음을 헛딛는다.

갑순이, 갑돌이 만나다

일요일 오후, 집으로 돌아오는 길은 정체가 심했다. 알맞게 물든 단풍구경에서 돌아오는 차들과 쇼핑을 하고, 영화를 보고 혹은 결혼식장에 다녀오는 차들이 뒤섞여 평소에는 40분 정도의 거리가 벌써 두 시간이 가깝도록 어린애의 걸음보다 느리게 움직이다가 멈추기를 반복하고 있었다.

창문을 열었지만 예상대로 탁한 매연 냄새만 맡아야 했다. 음악을 틀고 싶었지만 내가 좋아하는 노래를 아버지는 딱딱한 옛 고전보다 싫어해서 핀잔이 돌아올 것 같아 포기하고 말았다. 아버지의 핀잔이 아니어도 아버지의 기분을 배려하지 않을 수 없었다. 힘주어 운전대를 잡고 전방을 주시하고 있는 아버지의 얼굴에서는 어떠한 표정을 읽을 수 없지만 얼마나 혼돈스럽고 복잡할지 충분히 짐작되기 때문이었다.

반대편 차선도 차들이 밀리기는 마찬가지였지만 상황이 훨씬 좋아서 아예 차가 멈추는 일은 없었다.

조수석에 앉은 어머니는 마치 자동차를 구경하러 나온 사람처럼 시선을 차창 너머로 던져두고 있었다. 버스가, 트럭이, 승용차가, 멀리서 다가와 우리 차를 지나쳐갔다. 오빠는 내 옆자리에서 수험서를 펼치고 형광펜으로 밑줄을 그은 문장들을 외우고 있었다. 수능시험을 앞 둔 고등학교 3학년, 그것도 모범생의 전형적인 모습이었다.

답답함도 견디기 힘들었지만 어느새 저녁 먹을 시간이 되면서 배가 고프기 시작했다. 어머니는 계속해서 자동차에 시선을 주고 있었지만 나는 길가에 즐비한 상가에서 식당의 간판을 찾기 시작했다.

"우리, 저녁을 먹고 들어가는 게 어때요? 내가 쏠게, 개인당 만 원까지만."

"정말? 근데, 만 원이면 짜장면 밖에는 없겠는데."

"그러자. 집에 언제 도착할지도 모르고."

마치 나의 제안을 기다리고 있었다는 듯이 오빠와 어

머니가 즉각 반응을 보였다.

여전히 책에서 눈을 떼지 않은 채 오빠가 대답했고, 어머니는 환한 표정을 뒤로하고 아버지의 눈치를 살폈다. 아빠가 나직한 목소리로 내키지 않는다는 뜻을 밝혔다.

차의 소통이 원활해지기 시작했다. 신호등 근처에서 교통사고가 발생했던 모양이었다. 어떤 차가 신호등을 무시하고 달리다가 사고를 냈는지, 아니면 빨간불에서 어느 행인이 뛰어들었는지 모르겠지만 자동차 유리의 파편들이 사고의 흔적으로 흩어져 있었다. 신호등을 지나면서 자동차는 엔진의 회전수를 충분히 높이기 시작했다. 아버지의 표정은 여전히 변함이 없었다.

만일 식당에서 저녁을 먹었다면 지금쯤, 가라앉은 지금의 분위기가 아닌 상태에서 나의 결정을 말씀드릴 수 있었을 것이다. 오늘이 9월 29일이고 일요일이니 더 이상 미룰 수 없다고 판단하고 무거운 분위기 속에서도 나는 입을 열었다. 오늘이 지나면 말일이어서 새로운 달의 시작과 함께 학원비를 납부해야 할 상황이었다. 어머니는 창밖의 자동차를 구경하고 있는 것이 아니라 사실은 구멍 난 생활비의 적자를 메우고 나의 학원비를 만들어낼 방법을 강구하고 있었는지 모른다.

“나, 다음 달부터 학원 그만두고 싶어요.”

“왜?”

“그냥요. 사실 혼자 공부해도 성적이 떨어지지 않을 자신도 있고.”

“계속 다녀. 그러다 성적이 떨어지면 보충하기 힘들잖아.”

나는 더 이상 아무 말도 못 하고 말았다. 오빠가 학원을 포기하겠다고 결정했을 때는 순순히 그 결정을 따라 주지 않았느냐고 되묻고 싶었지만 그 말은 꺼내지 않았다. 오빠의 성적은 본인과 부모님이 원하는 학교와 학과에 충분히 합격할 만큼의 실력을 갖추고 있었고, 더구나 학원에서는 중간성적 층을 기준으로 강의하기 때문에 도움이 안된다는 명확한 이유가 있었기에 어머니도 오빠의 뜻을 쉽게 따라 주었다.

물론 나에게도 정확한 이유가 없지는 않았으나 차마 말씀을 드릴 수 없었다. 부모님은 내가 아직 어리고 집안의 형편을 전혀 모르고 있다고 생각하시겠지만 나도 눈치가 있어 분위기를 이미 파악하고 있었다.

아버지의 월급이 연초부터 줄어들었고, 할머니 때문에 목돈을 사용했기에 경제적으로 여의치 못하다는 것을 알고 있기 때문이다.

혹여 오빠라도 집에 있으면 이 상황에서 내 뜻에 동조하여 한마디쯤 거들어주었을지 모른다는 아쉬움이 남았다.

오빠도 집안 사정을 잘 알고 있기에 장학금을 받겠다는 각오로 저녁밥을 먹고 바로바로 독서실로 향했다. 아마 내일 새벽이 비쳐오는 시간에 집으로 돌아와 아침을 먹고 두 개의 도시락을 들고 학교로 직행할 것이다.

겉으로는 내색은 않지만 부모님이 얼마나 많은 고민에 휩싸였는지 짐작되었다.

할머니는 어느 날 일방적으로 결정을 발표했다.

할머니의 선언은 어린 나에게도 엄청난 충격이었다. 부모님은 한동안 말을 잃은 상태였다. 비록 자식이지만 그 말을 꺼내기까지 침을 꿀꺽 삼키며 몇 번을 망설이다가 부끄러움을 무릅쓰고 가족들에게 말을 꺼냈을 것이다.

부모님은 한동안 할머니의 얼굴만 망연히 바라보고 있었다. 나의 충격은 금세 사라지고 참을 수 없는 웃음이 터져 나왔다. 그 웃음 때문에 긴장된 할머니의 얼굴은 붉은 홍시로 바뀌었고 아버지께 호된 꾸지람을 듣고야 말았다. 나는 꾸중을 들으면서도 할머니의 용기와 결정에 무한의 감동을 받았다. 웃음과 꾸중은 결국 할머니의 존경으로 이어졌다. 환갑을 눈앞에 둔 할머니의 모습이 너무나 아름답고 위대하게 보였다.

아버지는 저녁밥을 절반도 먹지 않고 수저를 놓았다. 거실로 자리를 옮긴 아버지는 텔레비전 리모컨으로 채널만 계속해서 바꾸고 있다. 오늘처럼 주말이면 아버지는 다큐멘터리에 심취해 있을 시간이다. 홍삼의 광고방송, 뉴스, 골프, 드라마, 화장품 광고……. 빠르게 텔레비전의 화면이 바뀌는 것에 정신이 어지럽다. 나는 정신이 어지러웠지만 리모컨을 조작하는 아버지와 개수대 앞의 어머니는 마음 한구석이 허전하면서 소중한 무언가를 잃어버린 상실감 같은 것에 젖어있을지 모른다. 지금 집에 없는 할머니의 마음은 어떨까? 즐겁고 기뻐서 이 세상의 전부를 얻은 기분일까? 마음 같아서는 전화로 물어보고 싶지만, 할머니는 핸드폰이 없다. 지금 할머니는 전라도의 장흥이라는 곳에 갔다는 것은 알지만 장흥의 어디로 갔는지 구체적으로는 알지 못한다. 장흥은 할머니의 고향이지만 나는 장흥을 가보지 않았고 할머니의 폭탄선언 이후에 지도를 펼쳐보았을 뿐이다.

어머니가 설거지를 마치고 아버지 옆의 소파에 앉았다. 아버지는 리모컨을 어머니에게 건네고 주방으로 향했다. 어머니는 주말연속극에 채널을 고정시켰고 아버지는 냉장고에서 소주 한 병을 꺼내 안주도 없이 식탁에 앉았다. 그 모습에 어머니가 주방으로 들어가 냉장고에서 달걀 세 개를 꺼내고 가스레인지의 불을 켰다.

나는 그 사이에 코미디 프로그램으로 채널을 바꾸었다. 어머니는 안주 준비가 끝나면 다시 돌아와 연속극으로 채널을 바꾸기 위해서 나에게 공부하지 않느냐고 물을 것이 뻔했다. 채널이 바뀔 때 바뀌더라도 버틸 때까지는 버텨볼 심산이었다.

어머니는 달걀프라이를 접시에 옮기지 않고 프라이팬을 들고 식탁으로 가져가더니 아버지의 앞자리에 앉았다.

"나도 한 잔 주세요."

술이라면 손사래부터 치는 어머니가 아니었던가? 아버지가 희미한 미소를 만들며 식탁에 놓인 잔을 비웠다.

"경희엄마, 미안해."

아버지가 빈 잔을 내밀며 텅 빈 콘서트홀에 울려 퍼진 더블베이스처럼 말했다. 갑자기 텔레비전의 음량이 너무 크다는 생각이 들어서 볼륨을 줄였다.

“별소리를 다 하네요. 당연한거지. 전셋집이 조금만 넓어도 좋았을 텐데… 그동안 많이 힘들었죠? 으이그….”

어머니에 대해 적절하지 못한 표현이겠지만 이맛살을 살짝 찌푸리며 아버지에게 주먹을 흔들며 눈을 흘기는 모습이 귀엽게 느껴졌다.

“아냐, 당신이 옆에 없었다면 … 고마워.”

아버지의 말에 쑥스러워하는 어머니는 천상 착한 아내이고 착한 며느리다. 어머니는 한 번에 술을 마시고 아버지에게 술을 채워주었다.

나는 다정한 부모님의 모습을 훔쳐보면서 계속해서 텔레비전을 볼 것인지, 아니면 이 상황에서 자리를 피해주는 것이 좋을지 잠깐 고민에 빠졌지만 결국 텔레비전의 유혹을 이겨내지 못했다. 코미디 프로그램이 끝나고 방으로 들어왔다. 할머니와 같은 방을 사용할 때는 불편함이 많았는데 막상 할머니의 빈자리를 확인하면서 울컥 그리움이 솟구쳤다.

사람은 환경에 따라 급속도로 적응한다는 말이 맞는 모양이다.

극구 싫다는 할머니를 시골에서 모셔 와 나와 같은 방을 쓰라는 아버지의 요구가 싫었지만 어쩔 수 없이 불편한 동거가 시작되었다.

아버지가 태어나 돌이 막 지나서 할아버지는 교통사고로 세상을 떠나고 말았다. 외가에서 팔자를 고치라는 성화에도 아랑곳하지 않고 청상과부의 몸으로 할머니는 아버지를 대학까지 교육시키고 며느리를 맞았을 때, 며느리의 큰 절을 받으며 흐르는 굵은 눈물을 주체하지 못했다.

착한 아들인 아버지는 한 달에 한 번은 할머니를 찾아뵈었고, 꼬박꼬박 이틀 걸러 전화로 안부를 물었다. 월급날이면 용돈을 빠짐없이 보내는 착한 아들이었다.

설날을 십여 일 남겨둔 작년 어느 날 퇴근한 아버지는 도배지를 한 아름 사 들고 들어왔다. 직접 내 방에 도배를 시작하더니 사흘 만에 깔끔하게 마무리했다.

설 차례를 마치고 다시 서울 돌아오는 길에 할머니를 모시고 왔다. 가까운 이웃과는 인사를 나눴지만 모두를 만나지 못하고 고향을 떠나온 할머니는 자꾸 고향으로 돌아가고 싶다는 뜻을 아버지에게 호소했으나 어머니가 앞장 서 할머니를 설득하였다. 어머니 역시 일찍 부모님을 여읜지라 할머니를 모시는 일에 각별한 정성을 보였다.

할머니는 텃밭에 묻어놓은 생강과 안방 귀퉁이에 놓

아둔 고구마 포대를 잊지 못했고 머잖아 봄기운이 돌
면 텃밭을 일구어 열무 씨를 뿌려두면 한 달이면 물김
치를 담가 먹을 수 있을 시골의 생활을 떠올렸다.

할머니와 동거가 시작되면서 불편한 것이 한두 가지
가 아니었다. 아침잠이 많은 나는 새벽잠이 없는 할머
니의 뒤척거림에 잠에서 깨어나기 일쑤였고 그것은 수
업 시간에 졸음으로 이어졌다. 그뿐이 아니라 담배를
피우는 할머니의 연기 때문에 항상 목이 컬컬했고 재
떨이에서는 잿가루가 날리기 일쑤였다.

"할머니, 제발 담배를 끊든지 아니면 밖에서 좀 피워
요. 손녀딸 폐암 걸리겠네."

"……."

"화장지 몇 칸을 물에 적셔 재떨이에 좀 깔고요."

나의 잔소리에도 묵묵부답하던 할머니가 담배를 피
우게 된 내력을 담배를 피우면서 들려주었다. 나는 그
이후부터 잔소리를 멈출 수밖에 없었다.

증조할아버지는 할머니가 젊은 나이에 청상과부가
되어버린 것이 늘 미안하고 가여울 뿐이었다. 한편으
로는 어린 새끼 하나를 바라보며 집안의 가난이 자신

의 탓인 듯 힘든 농사일까지 해내는 억척스러움이 고마워 밤잠을 이루지 못했다. 청상과부는 뙤약볕에서 밭일과 논일의 연속으로 피곤했지만 서산에 해가 저물면 금방 해가 뜨는 여름밤도 너무 길어서 밤잠을 이루지 못했다. 증조할아버지는 걸음마를 배우던 아이를 할머니가 빨래터에 나간 틈에 친척 집에 맡겨버렸다. 그날 밤 할머니는 시아버지와 마주하고 앉았다.

"아부님, 아이를 어디로 보내셨소? 저한테 아이를 띠 놓는 일은 죽으란 말이나 진배없소."
"아가, 너한테 애기는 혹이다. 아 없는 집에서 잘 키우겠다기에 보냈다. 나도 그 집이 어딘지를 모른다. 이 참에 애한테서 정을 띠고 좋은 남자 만나서 새 살림을 나그라. 늙은 이 시애비의 소원이다…."

증조할아버지는 며느리에게 아이가 어디에 있는지 모른다고 짐짓 거짓말을 했다.
열어놓은 문밖에는 벙싯 웃는 아이의 얼굴 같은 달이 중천에 떠 있었다. 할머니는 호주머니에서 작은 병을 꺼냈다.

"아부님, 이것이 뭣인지는 알지라우? 나가 열녀났다

고, 정조지캤다고 나라에서 비를 세와 달라는 것이 아
니요, 시상에 지 새끼를 내팽개치는 에미가 어딨다요?
내가 배아퍼서 난 새끼 내가 키워야 쓰거 아니요? 그라
고 그 애가 이 집의 대를 이을 놈인디 주기는 누구를 줘
라우?”

　할머니가 호주머니에서 꺼낸 것은 청산가리였다. 할
머니의 눈물과 의지에 증조할아버지는 달빛에 의지하
여 어두운 팔십 리 길의 친척 집으로 떠났다.
　찢어지게 가난한 집에서 끼니 걱정을 없애보려 모든
가족이 일터로 나가는지라 청상과부는 아이를 업고 밭
에 나가 아이의 허리를 새끼줄로 묶고, 새끼줄 한 가닥
을 밭가의 나무에 묶어두고 밭고랑을 만들고 씨를 뿌
리고 김을 맸다. 아이는 울다가 잠들기를 반복했고 밭
가의 돌멩이를 입으로 깨물어 얼굴은 흙 범벅이기 일
쑤였다.
　아버지가 아주 짧은 시간도 기다리는 일에 익숙하지
못한 것도 유년의 아픈 기억 때문인지 모른다.
　아이가 말을 배우기 시작하고 건강하게 자라는 모습
을 보면서 하루하루를 견뎠다.
　시아버지가 마을 어귀에서 오죽 하나를 베어오더니
장도리로 다듬기 시작했다,

"아가, 이거 챙겨라. 젊은 것이 참말로 안쓰러워 못 보겄다."

증조할아버지가 내민 것은 곰방대와 풍년초 한 봉지 였다.

"늬가 하도 원해서 같이 산다만, 그러다가 가심앓이 따문에 명대로 못살 것이다. 괘념치 말고 챙겨둬라."

삶이 힘들고 외로움이 밀물처럼 밀려올 때 담배는 가장 좋은 친구였다. 비록 한 마디 말없는 친구였지만 가슴에 맺힌 응어리를 풀어주고 푸념을 들어주는 유일한 벗이었다.

잠들어 있는 어린 아이가 희망이었다면 시아버지의 권유로 피우기 시작한 담배는 건강을 해치는 나쁜 물건이 아니라 오히려 청상과부를 지켜주는 생명의 버팀목이었다.

"사는 것이 너무나 힘들어서 하루는 애기랑 같이 죽어 불라고 강가에 갔더란다. 애기를 강가에 눕혀놓고 마지막으로 담배 하나를 피우고 꽁초를 던졌는디 하필 바람이 불어와 늬 아부지 얼굴로 떨어지지 뭐냐. 애기가 질겁해서 부랴부랴 안고 달래면서 오냐오냐 내가 잘못했다, 내가 나쁜 사람이다 생각하고는 살어야 쓰

겠다, 이렇게 작은 불똥에도 이렇게 자지러지는디 물
속에서는 으쨀 것이냐 하는 생각을 함서 집으로 돌아
왔더란다."

할머니가 어린 나에게 담배에 얽힌 사연을 자세하게
들려준 이유가 단지 흡연의 자유를 확보하려는 목적만
이 아닌 듯했다. 떫은 감을 먹은 듯 가슴에 얹히는 그
무엇 때문에 할머니에게 잔소리를 늘어놓아서는 안 된
다는 느낌만은 확실했다. 할머니의 흡연은 여전했으나
재떨이에 물을 적신 화장지를 깔아서 나에게 나름대로
배려를 보여주었다.

시간이 지나면서 담배의 냄새가 방에 배어들기 시작
했지만 그것은 악취가 아니라 할머니와 같은 방에서
동거한다는 친밀함으로 느껴졌다. 불편했던 동거가 어
느새 익숙해졌고 시나브로 할머니와 손녀는 서로를 이
해하고 돕는 친구처럼 친숙해졌다.

할머니는 처음에 아파트 생활에 적응하지 못하고 텔
레비전과 대부분의 시간을 보냈다. 어머니의 권유로 아
파트 단지에 있는 노인당을 다니기 시작하더니 할머니
의 얼굴에는 활기가 넘쳤고, 시골에서의 고된 노동과
햇볕에 그을린 검은 얼굴에서는 점차 윤기가 돌았다.

할머니는 노인당에서의 생활을 나에게 곧잘 얘기하

셨다.

"아야, 경희야, 이번 토요일 낮에 노인당 할망구 몇 맹을 집으로 초대해야 쓰것는디, 괜찮을란가 모르것다. 이 망할 놈의 할망구들이 노인당 문턱 세를 안낸다고 날마다 어찌나 닦달하는지 성가세 죽것다."

내가 학원에서 돌아오자 할머니는 조심스럽게 자신의 뜻을 밝혔고 나는 거실에서 텔레비전을 시청하고 있는 어머니에게 귀띔해 주었다.

어머니는 기꺼이 음식을 준비했고 학교에서 돌아왔을 때 집안은 맛있는 냄새로 가득했다.

술까지 곁들여진 점심만찬에 만족한 노인들이 차와 과일을 먹으며 어머니를 칭찬했고 할머니는 뿌듯한 마음에 설거지하는 어머니를 사랑스런 눈길로 바라보았다. 어머니는 부끄러워하면서도 기분이 좋은 모습이었다.

"에미야, 참말로 고맙다. 늬 덕택에 내가 할망구들헌티 체면을 세웠다."

손님을 현관 밖까지 배웅하고 들어온 할머니는 빨래를 개키는 어머니의 옆에 앉더니 손을 꼭 잡아주었다.

"아니에요. 어머님, 제가 죄송해요. 제가 먼저 친구분들을 모시고 식사 대접을 하자는 말씀을 드렸어야 했는데 생각이 거기까지 미치지 못했네요.”

뽀송하게 잘 마른 빨래를 함께 개키고 있는 두 사람의 모습은 행복해 보였다.

사실 할머니는 노인당에서는 제일 나이가 어렸다. 젊어서 고생한 탓으로 실제 나이보다 늙어 보였을 뿐이다. 할머니의 붙임성 있는 언행과 진솔함에 노인들과 금방 친해졌다.

연말이 되어서 할머니는 노인당의 총무가 되었다. 가장 젊은 사람이 총무를 맡아야 한다는 명분을 내세워 모든 사람이 추천했지만 사실 할머니의 솔선수범하는 행동이 가장 큰 이유였다.

할머니의 생활은 훨씬 활기를 얻었고 아침 식사를 마치기 무섭게 노인당으로 향했다. 노인당에는 부업을 위해서 삼삼오오 앉아 인형의 눈깔을 붙이거나 화투놀이를 하거나 며느리의 흉을 보거나, 지난밤 연속극 얘기며, 어느 가게가 물건값이 더 싸다거나, 건강에 관련된 얘기나 손자 얘기며, 고향 얘기, 간혹 남녀 사이의 은밀한 얘기를 나누며 깔깔 웃어대기도 하였다. 할머니는 그 틈새를 돌아다니며 매월 오천 원씩 갹출하기로 정해진 회칙에 따라 회비를 걷어 알차게 모아갔다. 비록 한글을 깨치지 못했지만 그림인지 기호인지 알아먹기 어려운 할머니만의 기록 방법과 뛰어난 기억력을 바탕으로 빈틈없이 총무의 임무를 수행했다.

몸에 밴 부지런함과 농사꾼의 습성을 잃지 않은 할머니는 아파트 주변의 공터를 그냥 지나치지 않았다. 잡초를 뽑고 땅을 일궈 열무와 들깨와 쑥갓과 상추씨를 뿌렸다. 아침과 저녁으로 알맞게 물을 뿌려주었고 오랜 농사의 경험은 채소를 키우는 일은 식은 죽 먹기와 다름없었다. 돈으로 환산하면 몇천 원에 불과하겠지만 도시에서 태어난 노인들에게는 공터에서 신선한 채소가 자라는 것이 신비롭게 보였고 어떤 노인들은 할머니의 채소 가꾸는 실력을 부러워하였다. 장맛비의 끈적거림 같은 무료함에 절어있던 노인들이 할머니가 일궈놓은 텃밭에서 잡초를 뽑고 나무젓가락으로 벌레를 잡기도 했다.

소문을 들었는지 아파트 앞의 4차선 건너편의 행복아파트의 노인들도 공터를 일궈 채소 씨앗을 뿌렸다. 행복아파트 노인들 중에는 농사를 지어본 경험을 가진 사람이 없었는지 할머니 공터의 채소처럼 싱싱하고 탐스런 채소를 가꾸지 못했다.

어느 날 행복아파트의 노인 한 분이 할머니에게 도움을 요청했다. 할머니는 뒷짐을 쥐고 채소를 살펴보았다. 너무나 부지런한 것이 원인이었다. 무엇이든 적당해야 하는데 노인들은 채소에 너무 많은 물을 뿌려서 서서히 뿌리가 썩어가는 증상을 보이고 있었다. 할머니는 자신의 농사가 아니었지만 정성으로 행복아파트의 채소를 보살펴 주었다. 어느새 할머니는 행복아파트 노인들과 동무가 되었고 그것을 계기로 두 아파트의 노인들은 자신들이 가꾼 상추와 깻잎과 풋고추로 삼겹살을 구워 먹는 단합대회를 갖기도 했다. 할머니는 아파트의 채소의 수확이 완전히 끝나고도 행복아파트를 부지런히 다녔다. 노인당의 총무의 일을 등한시하는 것은 아니었지만 행복아파트에서 지내는 시간이 많아졌다.

"할머니, 행복아파트 노인들이 더 좋아?"
"아니여, 그 아파트에 혼자 사는 불쌍한 노인이 있어서 외로울 거 같아서 말벗을 해주느라고 그런거여."
"함께 살지 않아도 가족이 있을거고 경제적인 여유도 있으니까 아파트에서 생활하겠지."
"그렇지가 않은거 같아. 게다가 몸까지 불편하고…."
할머니는 행복아파트에 다녀오면 늘 어두운 표정이었고, 많은 도움이 못되어 안타까워했다. 어머니께서 주는 용돈으로 콩나물과 두부와 돼지고기며, 간혹 김치를 담그기 위해서 배추를 사가는 일도 있었다. 반찬을 만들어주고 돌아온 날은 할머니의 얼굴은 달덩이처럼 환해지곤 하였다.

"아야, 경희야, 내가 까막눈이라 글씨를 배왔으면 좋겠는디, 이 나이에도 배울 수 있을란가 몰겠다잉?"

느닷없이 한글을 배우고 싶다는 할머니의 말씀에 학원에서 돌아와 교복을 벗다가 깜짝 놀라지 않을 수 없었다. 할머니의 얼굴은 거부할 수 없는 비장함마저 느껴졌다. 나는 할머니를 위해서 하루에 한 시간의 시간을 할애하기로 마음먹었다. 우선 분리수거를 위해서 씻어서 말려놓은 우유팩을 가져와 내가 어렸을 때 어머니가 그랬던 것처럼 적당한 크기로 잘라 하얀 면에 한글의 자음과 모음을 매직으로 적었다. 문방구에서 낱말 카드를 쉽게 구할 수 있겠지만 왠지 할머니를 위해서 카드를 직접 만들고 싶었다.

"할머니 잘 보세요. 낫처럼 생긴 것은 기역이고, 엎어 놓은 모양은 니은이고…."

나에게 연필 쥐는 법부터 배우기 시작한 할머니는 연습장을 펼쳐놓고 열심히 자음과 모음을 외우며 써갔다. 노인회 총무를 완벽하게 수행하는 할머니의 기억력은 대단했다. 할머니는 사흘 만에 자음과 모음을 모두 암기했다.

"자, 그럼, 자음 기역에 모음 ㅏ를 붙이면 가라는 글자가 되고, 기역에 ㅑ를 붙이면 갸라는 글씨가 되는거에요."

"그래, 알것다. 가, 갸, 거, 겨, 고, 규…."

"할머니, 문미심, 이 글씨가 할머니 이름이에요. 연습장에 써보세요."

"오냐오냐. 궁게, 미음에 우, 니은이 문이고, 미음에 이가 미고, 시옷에 이에 미음이 심이구나. 맞냐?"

나는 할머니가 한글을 습득하는 이해력과 능력에 새삼 놀라면서 오빠가 학교에서 상위권의 성적을 유지하는 것이 할머니의 두뇌를 닮은 것이라 확신했다.

할머니는 행복아파트에 갈 때도 내가 만들어준 낙타, 비행기, 사과 등의 낱말 카드를 호주머니에 넣고 다녔다. 할머니의 한글에 대한 열성은 덩달아 나에게도 긍정적인 자극으로 다가왔다. 조금만 더 성적이 좋아지면 학원을 그만두는 문제를 부모님께 말씀드릴 수 있을 것 같았다.

두 달 정도가 지나서 할머니는 쉬운 문장을 읽게 되었고 나는 만화책 몇 권을 구해서 할머니에게 가져다주었다. 한글을 수월하게 배우는 데 도움이 될 거라는 판단 때문이었다..

“글씨를 배울라고 한 것이 별거라냐. 노인당 총무 보
는디 불편해서 그란거재.”
　할머니는 노인당 때문이라고 말씀하셔도 분명 무언
가 특별한 이유가 있다는 확신이 들었지만 더 이상 캐
묻지 않았다.
　“아야, 경희야, 인자 웬만한 글씨는 읽고, 쓰기도 하
것는디 편지는 어뜨케 쓴다냐?”
　“편지 보내게요? 그냥 쓰고 싶은 말을 쓰고 봉투에
넣어, 주소 쓰고 우표 붙여서 우체통에 넣으면 되는데.”
　“궁게, 쓰는거 말고, 봉투 쓰는 것을 갈쳐달라는 말인
거재.”
　“어디로 편지를 보낼 건데요?”
　“이잉, 고향 사람들헌티.”

　나는 할머니에게 봉투 쓰는 법을 알려주면서 가지고
있던 우표도 몇 장을 주었다. 할머니가 한글을 깨우치
려는 진짜 목적이 항상 그리움이 가득한 고향으로 편
지를 보내려는 목적이었다고 생각했다. 하지만 글씨를
깨우치려는 목적이 다른 곳에 있었음을 머잖아 알게
되었다.

늙어지면 잠이 없어진다는 말이 있지만 할머니가 한글을 배우려는 노력은 집착으로 느껴질 정도였다. 초저녁잠이 많았던 할머니는 한글을 익히느라 학생인 나보다 일찍 잠드는 경우가 드물었다. 새벽에 화장실을 가고 싶은 욕구로 잠에서 깨었을 때 할머니는 나의 책상에 엎드린 채 잠이 들어있었다.

날씨가 차가운디 신갱통은 으짠지 모르겄소.
생각하면 짠한 마음뿐이요. 나믄 인생을 힘써 살어갑시다.
나가 고향을 뜬것이 벌써 십개여니 되야가요.
언젠가 한꾼에 모여가꼰…

할머니는 누군가에게 편지를 쓰다가 잠이 든 모양이었다. 받침이 틀리고 지렁이 같은 글씨를 보면서 갑자기 코끝이 찡해졌다. 아침에 일어났을 때는 책상은 말끔히 치워져 있었다. 누군가에게 쓰던 편지는 새벽에 일어나 마무리했는지, 아니면 미완의 상태로 치웠는지 알 수 없었다.

"경희야, 혹시 할머니에게 무슨 일이라도 있는거니?"

"요즘 한글 배우시는 것 빼고는 잘 모르겠는데."

"그래. 사실은 요즘 밑반찬이 조금씩 없어지길래 이
상하다 했는데 글쎄 할머니가 반찬을 나눠 담는 것을
어젯밤에 보았거든."

"아, 알았다. 행복아파트에 몸이 불편한 노인이 혼자
서 사는데 늘 불쌍하다고 말씀하셨어. 용돈으로 반찬
거리를 사가지고 가시는 것 같던데. 그래서 그랬나봐."

"그랬구나. 나에게 말씀하시면 챙겨드릴 텐데. 반찬
만들 때 조금씩 더 준비해야겠다. 여하튼 모르는 척
해라."

한글을 다 익히신 할머니는 칸이 넓은 공책 한 권에
노인당 장부를 만들었다. 할머니의 손가방에는 항상
공책이 들어있었고 수시로 꺼내 들여다보았다.

어머니는 반찬을 항상 여유있게 만들었고 할머니는
여전히 밤이면 음식을 나눠 담아 손가방에 넣어서 가
져갔다.

나에게 할머니께서 한글을 익히셨다는 이야기를 들
은 아버지의 눈가에 이슬이 피어났다. 소파에서 조용
히 일어나 담배 한 개비를 꺼내들고 베란다로 나갔다.

아버지는 퇴근길에 닭튀김과 맥주 몇 병을 사오셨다.
우리 가족은 밥상에 음식을 차려서 거실에 둘러앉았다.

오빠와 나는 음료수를 마시며 닭튀김을 먹고 할머니와 부모님은 맥주를 마시며 닭튀김을 먹었다. 아버지는 흡연욕구를 느꼈는지 진즉부터 라이터를 만지작거렸지만 평상시 같으면 이미 담배를 피우셨을 할머니는 담배를 피울 기미가 전혀 보이지 않았다. 가만, 생각해보니 할머니에게 니코틴 냄새가 사라진지 제법 오래되었고, 나의 방에서도 요즘에 담배를 피우는 모습을 본 기억이 없다는 생각이 스쳤다.

“할머니, 담배 끊었어?”

“잉, 담배를 참어본지가 보름은 되얐다.”

“우와, 웬일이야, 할머니가 금연을? 어쩐지 요즘 해가 서쪽에서 뜨더라니.”

할머니의 말씀에 가족 모두의 시선이 할머니에게 향했고 나의 얄궂은 놀림에 할머니는 겸연쩍어 맥주잔을 들어 벌컥 마셨다.

“우리 엄마가 금연을 하시면 나는 어떻게 해야하는 거지?”

“경희 아빠도 어머님처럼 금연해야지 별 수 있나요?”

부모님은 서로 마주보며 호탕하게 웃었다. 세상을 살

아오면서 당신의 삶을 지탱해주었다는 담배를 끊었다는 것은 결코 쉽게 지나칠 일이 아니었다. 할머니에게 무언가 특별한 계기가 있다는 것을 우리 가족은 전혀 모르고 지나쳤다. 연세를 드시면서 건강을 생각해서, 혹은 지긋지긋한 농사일에서 해방되면서 심신이 편안해져 담배를 끊었다고 짐작했을 뿐이다. 물론 금연을 시작한지 이제 보름 정도가 지났을 뿐이지만 40여 년을 피워온 담배가 아니었던가.

할머니께서 갑자기 앓아누우셨다.
타고난 건강 체질이라 믿었기에 할머니의 병환은 우리 가족에게 크나큰 걱정이 아닐 수 없었다. 어머니는 쌀죽을 끓였지만 전혀 잡수지 못했다. 나흘이 지나도록 물조차 거의 드시지 못하고 누워만 계셨다.

“어디가 편찮으세요? 병원에 입원해서 종합검진을 받아봅시다.”
“아니다, 아니여. 내 빙은 내가 잘 안다. 그냥 기운이 없어서 그란게 걱정하지 말어라.”
“그냥 기운이 없더라도 뭘 드셔야 기운을 차릴 게 아니에요. 괜한 고집 피우지 마시고 병원에 가자니까요?”

격정이 가득한 아버지의 말씀에도 할머니는 극구 병원은 가지 않겠다고 버티셨다.

어머니가 무엇이 먹고 싶은지 여쭈어도 손사래만 저을 뿐이었다. 이번엔 깨죽을 끓여보았지만 할머니의 식욕은 돌아오지 않았다. 어머니는 의사의 처방전이 없어도 구입이 가능한 영양제 링거를 구입해 놓고 아파트 부녀회의 연락처를 이용해서 간호사로 근무하는 분을 수소문했다.

"에미야, 고맙다만, 나가 그 링게루 맞는다고 낫는 것이 아니다. 금방 일어날 것인 게 쪼끔만 기다리고 있어라. 잉."

간호사는 피곤한데 잘되었다는 표정으로 돌아갔다.

"나가 늬 맘을 모른 것이 아닌게 섭섭해말고…."

할머니는 초췌한 얼굴로 오히려 어머니에게 위로하는 말을 잊지 않았다.

우리 가족은 모두가 할머니에게 신경을 곤두세우고 있었다. 그 와중에서도 오빠는 여전히 독서실 가는 것을 쉬지 않는 모범생의 전형을 보여주었다.

할머니가 자리에 누운 지 일주일이 되는 아침에 잠에서 깨어난 나는 놀라지 않을 수 없었다. 분명 옆자리에 있어야 할 할머니가 사라진 것이다. 이부자리까지 깔끔하게 개켜져 있었고 할머니의 머리맡에 놓여있던 과일도 개수가 두 개나 없어진 상태였다. 아버지의 송곳 같은 눈초리가 나에게 향했을 때 현관문이 열리면서 할머니가 나타났다.

"으째, 뭔 일이 있냐? 왜들 그렇게 서성대는 거여?"

병석에 누웠던 당신의 부재 때문이라는 것을, 모든 가족이 걱정으로 비상상태가 되었다는 것을 할머니는 짐짓 외면하였다. 할머니는 열흘이 가깝게 병석에 누웠다고 믿기지 않을 만큼 기운을 차린 모습이었다.

"나 때문에 걱정 많이 했지야. 봐라, 나가 금방 일어날 것이라고 걱정하지 말라고 했지야? 목간통에 댕겨 왔다."

"어머니, 한글도 배웠으면서 그냥 나가시면 어떡해요? 자리까지 펴고 누우신 분이."

"나가 그 생각은 못했다야. 느그들 자는디 깨워갖고 말하기가 거시기해서. 그라고, 금방 댕겨올라고 그랬재."

"근디, 애비야, 오늘 일찍 들어 오것냐? 내가 할 이야그가 있다."

"예. 일찍 들어올게요."

아버지가 퇴근해서 오시고, 오빠까지 독서실에 가는 것을 잠시 미루고 우리 가족은 과일을 쟁반에 담아 거실에 앉았다.

할머니의 말씀은 핵폭탄이었다.

행복아파트에 채소를 돌봐주러 갔다가 고향 사람을 만났다. 그것도 한마을에서 태어나 함께 자랐던 사람을 정확하게 38년 만에 우연히 만났다. 오랜 세월이 흘렀지만 한눈에 고향 사람을 알아보았다. 세월에 비례해서 귀밑머리가 하얘졌고 주름이 생겨났지만 그 옛날의 얼굴은 변함이 없었다. 한마을에서 태어나 유년을 함께 보낸 시간이 꽃처럼 피어났다. 누가 먼저였는지 정확하지 않았지만 두 손을 맞잡고 그동안의 안부와 살아온 이야기를 나눴다.

할머니 얼굴에 여드름이 돋아나기 시작할 무렵 고향을 떠난 사람을 건너편 아파트에서 만나게 될 줄은 꿈에도 몰랐다. 이제는 기억에서조차 지워진 사람을 다시 만나면서 새롯한 기억들이 어제처럼 떠올랐다. 봄에 나물을 뜯고 들판을 쏘다니며 삘기를 뽑아먹던 일이며 부끄러워하면서도 저수지에서 함께 멱을 감고 개구리를 잡아 뒷다리를 구워 먹었던 일과 가을이면 밤을 따러 갔다가 밤송이 가시에 찔리고 겨울에 눈싸움하며 까르르 웃음을 토해내면서 추위를 이겨내던 기억을 들춰내며 환갑을 앞둔 노인들은 어린 시절의 소년과 소녀가 되었다.

"오라버니, 생각나시요? 숨바꼭질하다가 짚 더미 속에 숨어 있다가 잠들었던 거?"

"그라믄, 생각나재. 그때 나헌티 시집온다고 했던 말이 어제처럼 생생하게 생각나는디."

"오라버니가 이사를 가부러서 약속을 못 지캤재라우. 근디, 몸은 으짜다가…."

"이잉, 교통사고가 나부렀어. 근데다 차디찬 시멘트 바닥에서 잠을 자니께 기관지도 안좋아져서 맨날 기침이 나와싸서 담배도 끊었재만 그래도 인자 나이를 묵어서 그란지 아픈데 천지여."

건강했던 소년이 세월이 흘러 발을 절뚝이는 노인이 되어 있었다.

결혼하여 아들 둘을 낳고는 아내가 암으로 세상을 떠나고 말았다. 홀아비로 자식들 뒷바라지해서 의사와 공무원으로 키웠지만 자식들은 아버지를 외면했다. 설상가상이라고 교통사고를 당해서 꽤 많은 보상금도 받았지만 자식들이 모두 챙겨버렸다.

"내가 자식들 덕 볼라고 키운 것이 아니었은게."

세상에 버려진지 벌써 십수 년이 흘렀고, 이제는 자식들의 주소도 전화번호조차 모른다.

어렵사리 아파트 경비원으로 취직해서 목구멍을 연명하고 있었다. 집도 없어서 교통사고 후유증으로 신경통이 심한 다리를 질질 끌며 경비실 귀퉁이에 휴대용 가스렌지를 놓고 밥을 끓여먹고 시멘트 바닥에 이부자리를 깔고 지내온 세월이었다.

할머니는 소년이 이사를 가던 날 이불 속에서 눈이 붓도록 눈물을 흘렸다. 흔하지 않은 트럭에 이삿짐을 싣고 애틋한 눈길을 보내던 소년의 커다란 눈망울에 맺혀있던 눈물방울과 달싹거리다 끝내 열리지 않던 입술. 잘 가라, 잘 있으라는 인사는커녕 손조차 흔들지 못했던 소녀와 소년이었다. 비록 어린 나이였지만 진심으로 마음에 담았던 소년이었다. 혼기가 되어 부모님이 정해준 혼인을 앞둔 저녁 할머니는 또 눈물로 밤을 지새웠다. 마을에 살고 있는 소년의 친척을 통해서 주소를 알아내는 것은 아주 쉬운 일이었지만 글을 쓰지도 읽지도 못한다는 것이 눈물보다 서럽게 가슴에 맺혔다. 청상과부가 되어 아들 하나를 키우며 살아온 동안에 떠난 소년이 떠오르는 날도 많았다. 죄받을 생각

이라고 고개를 저으며 겨우 기억에서 밀어낸 소년을
이렇게 만나다니, 서로 노인이 되어서.

"애비냐? 장흥에 잘 도착했다. 저녁도 묵었고 여관방
도 잡았다. 고맙다."
"고맙긴요. 저녁 맛있는 걸로 사드시지 그랬어요? 방
도 깨끗하고 넓은 곳으로 고르고요. 어머니, 잘 지내다
오세요."
"걱정마라, 고향사람들 만나보고 올라가마. 에미에게
도 고맙다고 전해라."
"알았어요. 저는 어머니가 건강하시는 것 이외에는
바라는 것이 없어요."
"그래, 고맙다. 미안하고. 저어, 뭣이냐, 내 방에 있는
장식장 두 번째 서랍을 열어보믄 통장 두 개와 도장이
있을거다. 월요일날 은행에 가서 찾아라. 나, 다 안다.
나 때문에 집 얻느라 대출까지 받은 것을. 그걸로 갚아
라. 하나는 농사지어 모아 놓은 돈이고 하나는 늬가 준
용돈이 많아서 쓰고도 남은 것은 적금을 들었다. 늬가
돈 때문에 걱정하는거 암서도 내놓지를 못했다. 중도
에 해약하믄 이자를 못 받은께 손해가 아니냐? 그래서
만기일을 기다렸는데, 내일이 만기다. 농사 진 것은 은
행 직원이 통장을 맹그라줬고 적금 통장은 내가 한글

을 배워서 맹글었다.”

“어머니! 그냥 쓰시지 뭐 하러 그렇게 아끼셨어요? 어머니 쓰세요. 걱정 마시고. 그리고 아, 아버님께도 푹 쉬었다 오시라고 꼭 전해주세요.”

“알았다. 나 여그서 올라갈 때, 은행 먼저 들려 확인해 볼란다. 만일에 돈을 안찾았으믄 집에 안 들어가고 장흥 집이 내일 이사간다했은게 그 집으로 가불 것인께 그리 알어라, 알었지야?”

소녀와 소년은 짚 더미 속에서의 약속을 노인이 되어 지켰다.

나이를 먹어서 올린 결혼이라서 쑥스럽다고 한사코 신혼여행을 마다하고 고향으로 발길을 돌렸다.

“경희야, 다음 주 일요일 저녁에 외식하자. 오전에 할아버지 산소에 들렸다가 바닷바람도 쏘이고. 그때는 아빠가 한 턱 쏠게, 노래방까지.”

“좋아요. 근데 오빠는?”

“같이 가야지.”

“공부한다고 안 갈걸요. 무슨 아빠가 대학입시가 백일도 남지 않은 아들에게 놀자고 한담?”

나는 좋으면서도 짐짓 아빠에게 핀잔을 놓았다.

“얌마, 이순신 장군도 대학을 안 다녔지만, 나라를 구했고, 세종대왕도 대학 근처에 못 갔어도 한글만 창제

했는데, 뭐가 문제냐?”

아빠는 자신의 아재 개그가 스스로 우스운지 호탕하
게 웃었다. 호주머니에서 담배를 꺼내 입으로 가져가
던 아버지는 쓰레기통을 찾아 담뱃갑과 라이터를 미련
없이 버렸다.

하얀꽃

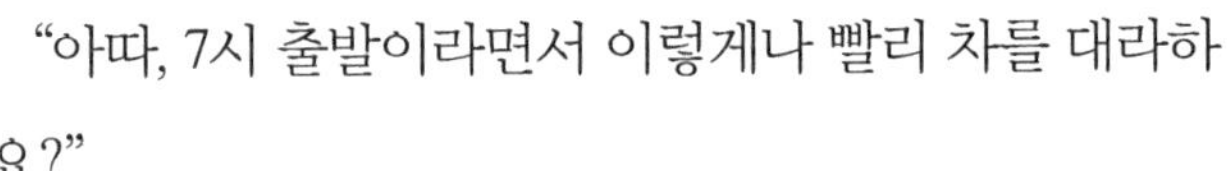

"아따, 7시 출발이라면서 이렇게나 빨리 차를 대라하
요?"

관광버스 기사가 짐짓 핀잔 섞인 말을 던지며 악수를
청한다.

"어른들의 말씀을 거역할 수 없어서…."

경민이 얼굴에 웃음을 띠며 대꾸한다. 수철이가 짐칸
을 연다. 성미가 급한 덕산아재가 어느새 나와서 짐을
나른다.

"우리가 옮길 것인 게 얼른 몸이나 푸세요."

관광버스 기사가 크게 틀어놓은 노래 때문에 큰소리
가 아니면 대화가 힘들 지경이다.

가벼운 옷차림의 마을 사람들이 하나 둘 모여들고 임시로 설치한 전등 아래서 몸을 흔들고 어떤 사람은 노래를 따라 부르며 점차 춤판이 무르익어간다. 마을 사람들은 어둑새벽의 싸늘한 기운을 잊어버린 지 오래다. 전등 주변으로 날아든 나방들이 마을 사람들과 함께 춤을 춘다. 아직 서너 명이 도착하지 않았지만 어느 누구도 늦는다고 안달하는 사람이 없다. 늦으면 춤을 더 추다가 출발하면 그만이다.

보름 전쯤, 마을 사람들의 의견을 모아 관광을 떠나기로 결정했다. 마을이장인 경민과 친구인 수철이가 중심이 되어 계획을 수립하여 준비가 일사천리로 진행되었다. 장소는 희귀한 바닷물고기를 키운다는 수족관과 경복궁과 남산타워로 결정되었다. 가장 차가 덜 막힌다는 목요일을 출발일로 정했다. 다만 출발시간보다 두어 시간 빨리 차를 마을회관에 주차해 줄 것을 관광회사에 부탁했다. 마을 주민들은 출발하기 전에 마을회관 공터에서 흥겨운 춤판을 벌일 심산이었다. 신경통으로 무릎이 성치 않은 금촌 댁도 춤을 추고 허리 디스크가 심해 늘 허리가 구부정한 정출이 할아버지도 마을을 울리는 노랫가락에 맞춰 몸을 흔든다. 그 모습을 바라보는 경민의 얼굴에 꽃이 핀다. 올해 말에 수철에게 마을 이장을 물려줄 생각이다. 수철이가 장인어

른의 뒤를 이어 이장을 맡을 수 없다고 사양하는 바람
에 경민이가 이장을 맡은 지 3년이 되었다.

도산 아짐이 잰걸음으로 마을회관에 도착하여 마을
사람들과 눈으로 인사를 나누고 춤판이 벌어진 사람들
속으로 파고든다. 경민과 친구들이 상자를 구분하여
버스의 맨 앞 좌석과 짐칸에 싣는다.

이윽고 관광버스가 마을회관을 벗어나기 시작하고
경민이 마이크를 잡는다.

"어르신들, 안녕하십니까? 오늘 우리 마을의 주민들
을 모시고 관광을 떠나게 되어 무한히 기쁩니다. 청년
회에서 조촐한 음식을 마련했으니 마음껏 드시고 즐거
운 시간이 되기를 바랍니다. 부탁드리고 싶은 것은 휴
게소나 관광지에서 개인행동은 삼가 해주시고, 시간을
엄수해주셔야만 오늘 우리가 예정한 곳을 무리 없이
구경할 수 있습니다. 끝으로 오늘 우리 마을 주민들을
안전하게 모셔줄 김만수 기사님을 소개합니다. 큰 박
수를 부탁드립니다."

운전기사가 답례로 짧게 경적을 울린다. 경민은 맨
뒷좌석에 홀로 앉아있는 정복의 옆에 앉으며 음료수를
내민다. 마을사람 모두가 깃털처럼 가벼운 마음이지만
정복의 마음은 추락하는 깃털과 같다는 것을 경민은
짐작한다.

"어젯밤에도 얘기했지만 집에 가면 잘 상의해서 고향으로 돌아와라."

"알았다."

두 사람이 마주보며 웃는다. 정복의 웃음에 쓸쓸함이 묻어있다.

새벽에 출발하느라 아침을 굶은 주민들이 박스에서 떡을 가져다 먹고, 술을 좋아하는 성식이 아재가 벌써 소주잔을 돌린다. 경민이 눈짓을 보내자 눈치가 빠른 필리핀 출신의 아내가 닭튀김을 가져가 안주로 내민다.

경민은 고등학교를 졸업하고 도시로 떠날 예정이었다. 원래 공부에 취미가 없었을 뿐 아니라 아버지가 일찍 돌아가신 탓에 집안은 항상 궁핍해서 대학진학을 꿈꿀 수 없었기에 대학은 미련이 없었고 오로지 도시 생활을 꿈꿨다. 도시로 떠나는 것만이 답답한 시골생활과 가난의 탈출구로 여겼다. 고등학교 3학년 때 어머니가 건강을 잃으면서 몸을 제대로 가누지 못하게 되었지만 경민의 끼니를 꼬박꼬박 챙겨주었다. 수전증 때문에 개수대에는 늘 쌀알이 흩어져 있었고 식사를 하면서 국물을 흘리기 일쑤였다. 어머니 때문에 농촌에서 탈출은 좌절되었고 고등학교를 졸업하고 부모님을 원망하며 살아가던 봄날, 군대입영 영장을 받았는데 오히려 마음이 홀가분했다.

"경민아, 늬가 나를 원망하는 거 안다. 부모는 자식의 앞가림을 해줘야하는 법인디, 늬 아부지가 일찍 세상을 떠난 탓에 가난만 물려줬다. 그래도 난, 늬 아부지를 원망하지 않았다. 원망한다고 죽은 사람이 되살아오냐? 가난이 없어지냐? 그냥 묵묵히 열심히 살았다. 내가 자식들한테 빚을 지고 있다는 것도 안다. 근디 말이다, 내가 너한테 가난을 물려준다고 너도 늬 자식한테 가난을 물려줄 것이냐? 나중에 늬 아들도 또 너를 원망할거 아니냐?"

어머니의 하소연을 한 귀로 흘려버리고 강원도 최전방 철책에서 군대생활을 시작했다. 경민의 앞날은 가로막힌 철책과 다름이 없었다. 병장이 되면서 군대 생활이 얼마 남지 않은 어느 날 어머니가 돌아가셨다는 부음을 받고 특별 휴가를 받아 고향으로 향했다. 읍내에 자리한 장례식장의 어머니가 환하게 웃고 있었다. 삶을 짓누르던 농기구를 놓아버린 홀가분함 때문인지, 저승에서 당신의 남편을 만난다는 기쁨 때문인지 웃음 짓는 얼굴을 하염없이 바라보았다. 어머니를 뒷산의 아버지 옆에 모시고 군대에 복귀했고 곧 전역일이 되었다. 후임들의 헹가래를 받고 위병소를 통과해서 함께 전역한 동기들과 부대 앞 술집에 앉았지만 목구멍으로 넘어가는 소주가 유달리 쓴맛만 느껴졌다.

"김병장, 아니 김경민 예비군님! 전역한 것이 실감이 나지 않아? 아니면 막상 떠나려니 아쉽나? 금방이라도 눈물이 떨어질 것 같은 표정인데?"

함께 전역식을 치른 정수혁이 걱정과 놀림을 섞어 물었다.

"손꼽아 기다렸던 전역인 데, 배운 것은 없고 부모님 돌아가신 고향에는 논뙈기나 밭뙈기도 없고 쓰러져 가는 집뿐이다. 성공하기 전에는 고향에 발걸음을 않겠다는 생각이다. 근데 우선 갈 곳이 없다."

"젊다는 것이 재산인데 무슨 걱정이냐? 나랑 함께 가자. 우선 술이나 즐겁게 마시자."

살아온 처지가 비슷해서 유난히 친하게 지냈던 정수혁을 따라 서울로 향했다.

정수혁이 입대하기 직전까지 근무했다는 나이트클럽에 종업원으로 취직했다. 비록 낮과 밤이 바뀐 생활이었지만 하루하루가 즐거웠다. 더구나 주방을 보조하는 민정이를 좋아해서 바라보는 것만으로도 행복했다.

그러나 그 행복이 깨지는 것은 순간이었다. 같이 근무하는 종철이도 민정이를 짝사랑하고 있었다. 한 여자를 두고 두 사내는 싸움이 일어났고 경민은 흥분을 참지 못하고 잘 벼려진 과도로 상대방의 옆구리를 찌르고 말았다. 경찰이 출동했고 재판의 결과는 징역 3년이었다. 모질고 힘겨운 시간은 흘렀고 어둠이 가시지 않은 새벽에 출소를 했지만 예상대로 맞아주는 사람은 아무도 없었다. 다시 갈 곳이 없었다.

버스가 고속도로에 진입한다. 어딘가로 향하는 많은 차들의 행렬 속에 동네 사람들을 태운 관광버스도 마음껏 속도를 내면서 질주한다. 어느새 달리는 차들의 색깔을 구분할 수 있을 만큼 날이 밝았다. 관광버스가 휴게실에 멈춰선다.

"주민 여러분, 새벽에 서둘러 나오느라 식사를 하지 못하신 분들도 계실 것이고, 화장실이 급한 분들도 있을 것 같아 휴게소에서 아침 식사를 하고 가겠습니다."

알았다고 큰 소리로 대답하는 사람과 박수로 대신하는 사람들의 소리로 버스 안이 시끌벅적하다.

경민은 운전기사와 수철에게 마을 주민의 통솔을 부탁하고 정복과 함께 서둘러 버스에서 내린다. 휴게실의 가장자리에 몇 그루의 조경수를 심고 잔디밭을 만들어 놓은 공터가 들어온다. 안성맞춤이 따로 없다. 아침 식사가 담긴 상자를 어떤 이는 손에 들고 어느 사람은 짊어진 채 힘찬 발걸음이다. 임신하여 배가 부른 수철의 아내도 가벼운 돗자리를 들고 걸음을 재촉한다. 돗자리의 중앙에 맛깔나고 풍성한 음식을 펼치고 음식을 중심으로 마을 사람들이 둥그렇게 앉았다. 서로 음식을 권하고 술잔도 함께 나눈다. 남은 음식을 상자에 넣고 주변 청소를 마치고 버스로 향한다.

"맛있게 식사들 하셨지요? 모든 분들이 협조해주셔서 고맙습니다. 인원을 파악하겠습니다. 아직 안 오신 분 계신가요?"

"어이, 이장! 안 온 사람이 어뜨케 대답을 한 단가?"

백발의 귀동아재가 농담으로 맞받는다. 동네사람들이 웃음을 터트리며 손뼉을 친다. 어떤 사람은 옆 사람의 등을 치며 웃는다.

"아따, 그 말씀이 맞네요. 옆자리에 안 온 사람이 있는지 확인을 부탁드립니다."

모두가 없다고 대답한다.

"출발!"

관광버스는 휴게소를 벗어나 속도를 올린다. 그때 경민의 핸드폰이 요란하게 울린다.

"아따, 대성이 아재는 무슨 일로 버스 안에서까지 핸드폰을 하셨어요? 용건이 있으면 그냥 부르시지."

"그것이 아니고 내가 편의점에 갔다가 나왔더니 버스가 출발을 해부렀구마."

"뭐라고요? 분명히 인원을 파악하고 출발을 했는데요."

핸드폰을 든 채 버스 안을 살펴본다. 진짜 대성이 아재가 보이지 않는다.

"아재, 그라믄 지금 휴게소에 계신가요?"

"아니, 우리 버스가 없어서 휴게소에서 나오는 사람을 붙들고 어디를 가느냐고 물었더니 서울을 간다해서 나를 좀 태워달라고 했네. 다음 휴게소에 내려준다니께 거기서 만나세."

"알았습니다. 다음 휴게소에서 기다릴 테니 도착하면 핸드폰하세요."

대성이 아재를 챙기지 못하고 출발하여 미안한 마음과 일정이 늦어질까 걱정이다. 운전사에게 자초지종을 설명하고 다음 휴게소에서 기다릴 것을 부탁한다. 이십여 분을 기다리니 대성이 아재가 전화를 걸어온다.

"도착하셨어요?"

"아니, 약 오 분이면 도착한다네, 회색 승용차인디 번호가 35구 ××××라 하네."

"알았습니다. 제가 휴게실 커피 자판기 앞에서 기다리고 있겠습니다."

자판기에서 캔 커피 하나를 막 뽑았을 때 회색 승용차가 다가와 멈춘다. 이윽고 운전석 유리창이 열리고 반대쪽에서 대성이 아재가 내린다. 너무나 반갑고 승용차 운전사에게 고맙다.

"아재, 다행이요, 다행. 아이고, 고맙습니다."

경민은 허리를 깊게 숙여 인사하고 고개를 들었더니 운전석의 아가씨가 목례로 답례한다.

"정말 고맙습니다. 우리의 불찰로 난감하게 된 어르신을 이렇게 모셔다 주셔서."

"아닙니다. 어차피 같은 방향이어서 불편함도 없었고 어르신께서 일행을 만나는데 도움이 되어 다행입니다."

경민이 캔 커피를 건네며 거듭 고마움을 표시한다.

"고맙습니다. 잘 마실게요. 저는 이만 가보겠습니다. 즐거운 여행되세요."

"아가씨, 고맙소. 약속한 것 잊지 마시요잉?"

승용차가 휴게실을 벗어날 때까지 두 손을 흔들며 고마움을 전한다.

"아재, 약속이라니 뭔 약속이요?"

"전화위복이 따로 없다니께. 은행에 다니는 아가씨인디 아부지 제사를 모시고 서울로 돌아가는 길이라데. 근디, 서울에서 교편을 잡고 있는 막내 놈이 장가갈 나이가 꽉 차서 둘이 한 번 만나볼거냐 물었더니 흔쾌히 그런다고 해서 이번 주 일요일에 만나기로 했단 말이시.”

“오메, 아재는 그 상황에서도 막둥이 장가보낼 생각이 나던가요?”

두 사람이 버스에 오르자 동네사람들이 박수로 맞아준다.

“아, 이 사람들아, 나를 빼놓고 출발할 수가 있는거여?”

“아니, 작반하장도 유분수지. 방귀 낀 놈이 성낸다고 자네가 그 꼴일세.”

너무도 당당한 대성이 아재의 말에 불알친구인 석찬 아재가 핀잔을 섞어 나무란다.

“내가 이, 삼분 늦은 것은 잘못이지만 머리수를 확인하고 출발했어야재?”

“헛참, 분명히 옆자리 안 온 사람 없다는 대답을 듣고 출발했단게.”

“뭣이여? 나는 짝꿍 없이 혼자 앉았단 말이시.”

아뿔싸. 동네 사람들의 입에서 탄식이 흘러나온다.

“근디, 어쩌다가 늦었는가?”

“아참, 어이, 이것 좀 마을 사람들 나눠주소.”

대답 대신에 손에 들고 있던 검정 비닐봉지를 내민다. 아이스크림이다.

"오늘 우리 동네 사람들이 여행을 간다니께 막둥이가 용돈을 보내와서 같이 묵을라고 편의점에서 아이스크림을 사갖고 나왔더니 버스가 없드라니까."

이미 많이 녹아버린 아이스크림을 동네사람들이 맛있게 먹는다.

"아재, 두 개가 부족하네요? 인원수를 확인 않고 출발했다고 꾸중하시면서 정작 아재는 아이스크림을 부족하게 사오셨어요?"

경민이 짐짓 대성이 아재를 놀린다.

"그게 아니여, 승용차에서 그 아가씨랑 하나씩 묵어서 부족한거여. 이장, 자네가 못 묵었재? 서운하믄 다음 휴게소에서 두 개 사줌세."

대성이 아재가 유난히 아가씨라는 단어에 힘주어 말하며 입가에 미소를 짓는다.

버스는 어느새 알맞은 속도로 고속도로를 질주한다. 창밖으로 비닐하우스와 우사(牛舍)가 스쳐간다. 고향에서 날마다 마주하는 우사와 비닐하우스이지만 오늘따라 유난히 정겹게 느껴진다. 무사히 일행을 만나 긴장이 풀렸는지 대성이 아재가 커다란 음악 소리도 아랑곳하지 않고 의자에 등을 기대고 잠을 청한다. 주름이 깊은 얼굴이지만 평온하다.

갈 곳이 없었다. 취직을 위하여 생활정보지를 뒤적거렸고 음식점에 붙은 배달원으로도 취업이 어려웠다. 한 순간의 실수로 전과자가 되어버린 경민에게 세상은 문을 열어주지 않았다. 성공하기까지는 발길을 끊겠다는 고향이었지만 그곳의 뒷산에 부모님이 계셨다. 사람이 힘겨우면 부모가 생각나고 고향이 떠오르는 모양이었다. 문득 부모님을 찾아가 절이라도 올리고 싶었다. 서울역으로 향했지만 지난날 고향에서 무례한 행동들이 떠올라 기차표를 구입할 용기가 없었다. 마음의 결정을 내리지 못한 채 역주변의 노숙자들과 섞여 지냈다. 그들은 낮이든 밤이든 아랑곳 않고 술판을 벌였고 취하여 광장을 배회했다. 노숙자들과 함께하면서도 자신은 노숙자가 아니라고 그들을 경멸하며 덧없는 시간을 보냈다. 그날도 역의 벽면에 붙은 텔레비전에 시선을 고정하고 있었다.

“자네, 경민이 아닌가?”
누군가 등짝을 치며 말을 걸어왔다.
“동만이 아재!”

“그래, 나, 동만이네. 여기서 뭐한가?”

“예. 고향에 가려고요.”

경민은 뜬금없이 나타난 동만이 아재의 물음에 아직까지 결정하지 못한 말을 엉겁결에 내뱉고 말았다.

“그런가? 나도 친척의 결혼식에 왔다가 내려가는 길이네. 항꾸네 가세.”

동만이 아재가 고향행 기차표 두 장을 구입했을 때 경민은 화장실을 다녀오겠다는 핑계를 만들어 도망을 가버릴까 생각도 했지만 두 사람은 나란히 앉아 고향으로 향했다. 경민의 마음은 엉켜진 실타래처럼 복잡했다.

고향은 변한 것이 없었다. 낯익은 건물과 풍경들을 만났을 때 경민의 마음속에서 뜨거운 무엇이 치밀어 올라왔다.

“술이나 한 잔하고 들어가세.”

동만이 아재가 터벅터벅 술집으로 향했고 경민은 그 뒤를 따랐다.

“사실은 아침에도 자네를 보았네. 자네의 모습에서 모든 것을 짐작할 수 있것드라고. 해서, 아는 체를 못했네. 결혼식이 끝나고 서울역으로 오면서 자네가 없기를 바라면서도 자네를 찾아보게 되더라고. 함께 내려와 줘서 고맙네. 나, 자네의 마음을 알아. 젊은 시절에 방황 한 번 안 해본 사람이 어디 있단가? 우선 우리 집에서 며칠 지내면서 뭘 할 것인가를 고민해 보소. 자네가 떠난다 해도 붙잡지는 않음세.”

경민의 얼굴에 뜨거운 눈물이 흘러내렸다. 힘겹게 마음속에서 밀어낸 고향이었다.

잠을 이루지 못하고 밤새 뒤척인 경민은 새벽에 일어나 부모님의 산소로 향했다. 물 한 잔도 없이 절을 올리며 흐르는 눈물을 주체하기 어려웠다. 산소 앞에 앉아 멀거니 동네를 내려다보았다. 자신이 떠나있던 동안에 농사만 짓던 논에 비닐하우스와 우사들이 들어서 있었다.

“아침에 자네가 없길래 떠났거나, 이곳에 올라와 있을 줄 알았네.”

동만이 아재가 등에 예초기를 짊어지고 다가왔다. 경민은 예초기를 받아 산소와 그 주변을 말끔하게 정리했다. 묵은 빚 하나를 갚은 기분이었고 마음도 개운해졌다. 십여 년간 비워둔 집으로 향했다. 대문을 열었을 때 마당을 점령한 풀들이 가슴까지 자라있었다. 고속으로 돌아가는 날에 풀들이 쓰러지고 댓돌 위에 어머니가 신었던 고무신이 놓여 있었다. 방문을 열었을 때 벽에 걸린 어머니의 옷가지가 눈에 들어왔고 마실을 나갔던 어머니가 금방이라도 들어오실 것 같았다. 청소까지 끝내고 토방에 멀거니 앉았다. 만감이 교차했다. 그때 마을 친구인 수철이가 배시시 웃으며 대문을 들어섰다. 두 사람은 힘주어 악수를 나누고 힘껏 껴안았다.

“내려왔다는 소식을 들었다. 반갑다.”
“와, 소식 빠르네. 동만이 아재밖에 모르는데.”
“다 아는 수가 있지. 밥 먹게 내려가자.”
경민과 수철은 나란히 걸었다. 돌담의 고샅길을 빠져나왔다.
“수철이 늬 집은 이쪽이 아니잖아.”
“마을회관 뒷집의 명숙이를 너도 알지? 내 마누라다. 왜 이쪽으로 가는지 알겠냐?”
명숙이는 동만이 아재의 딸이다.
“그랬구나. 늦었지만 축하한다. 근디, 어젯밤에 동만이 아재 집에 늬가 없던데?”
“농협에서 모범농가로 선정해서 선진지 견학을 보내줘서 갔다가 새벽에 도착해서 좀 전에 일어났더니 장인어른이 늬 얘기를 하더라. 집에 가면 형수님도 만날 수 있을거다.”
“형수님? 제수씨지.”

아침밥을 준비하던 명숙이가 반갑게 맞아주었다, 말괄량이 소녀가 어느새 결혼을 하고 임신하여 배가 앞산만큼 불러있었다.

경민은 아침을 먹고 수철이의 권유로 우사로 향했다. 송아지부터 황소까지 크기가 갖기 다른 사십여 마리의 소들이 수철이의 모습을 발견하고 다가왔다.

"이놈들이 내 희망이다. 요놈들을 길러서 논도 사고 밭도 샀다."

"잘했다. 너는 참 열심히 살았구나."

"장인어른께 대충 들었다. 나랑 같이 소를 키우자."

"얌마, 몸뚱이뿐인데 어떻게 송아지를 살 것이냐? 기술도 없고."

"장인어른이 우리 집에 빈방이 있으니까 거기서 생활하고 서너 달 고생하면 품삯을 대신해서 송아지 한 마리를 떼어주겠다고 하시더라. 늬 결정만 남았다."

경민의 머릿속이 복잡해졌다. 화려한 도시와 두엄 냄새와 가축의 분뇨 사이에서 고민이 깊어갔다.

"우리 장인어른도 처음에는 몸뚱이뿐이었고 나도 너처럼 몸뚱이뿐이었다. 나랑 가볼 곳이 또 있다."

마을 앞의 개울은 여전히 맑았다. 어려서 가재를 잡

고 피라미를 잡으며 멱을 감았던 소년이 해맑게 웃고 있었다. 개울에서 고무신을 잃고 어머니에게 혼이 나던 소년의 모습도 보였다. 김치 한 가지에 배를 불리고 만족해하던 소년, 고구마와 옥수수를 먹으며 행복해하던 소년이 환히 웃고 있었다.

참나무와 소나무들이 자라고 있는 산속에 통나무들이 늘어서 있었다.

"표고버섯도 재배한다. 요놈들도 내 미래다. 곧 태어날 아이를 건강하게 키워줄거다."

"너 부자구나."

"그럼 부자지. 가진 것보다 훨씬 마음의 부자다."

짙은 갈색의 버섯에서 소나무향기가 느껴졌다.

두 사람은 어릴 적 함께 놀았던 개울에서 등목을 하다가 누가 먼저인지 모르지만 물장구를 치기 시작했다. 결국 옷이 흠뻑 젖었고, 젖은 옷처럼 경민의 마음도 고향에 젖어가고 있었다. 그토록 증오했던 고향이 아니었던가. 인정하기 싫지만 고향을 그리워하고 있었는지 모른다는 생각이 들었다. 아니면 도시에서 찾지 못한 희망을 고향과 친구인 수철에게 엿보였기 때문인지도 몰랐다.

"오메, 뭔 일이여. 옷이 다 젖었네."

“버섯나무 세워 둔 산에서 내려오다가 오랜만에 물장구치고 놀았어.”

“뭐여? 어른들이 물장구를 쳤다고? 다음에는 나도 데리고 가시요잉?”

명숙이가 유쾌하게 웃으며 농담으로 받았다.

“그라믄 오늘 저녁때 개울로 천렵을 갈까? 경민이 귀향도 축하할 겸 소주도 한 잔 하고.”

산 그림자가 마을을 덮어가는 늦은 오후에 몇 가지 양념과 주방기구를 챙기고 차일과 그물까지 경운기에 싣고 개울로 나갔다. 두 남자는 물고기를 잡고 명숙이는 된장 풀어 텃밭에서 따온 애호박으로 매운탕을 끓이고 하얀 쌀밥도 지었다. 수철이가 연락을 했는지 다른 동네의 친구들도 하나 둘 모여들었고 석양빛을 친구삼아 유년시절과 학창시절과 농촌의 현실과 미래를 얘기하며 술잔을 나누었다.

경민은 아침이면 우사에서 소먹이를 주었고 오전에는 버섯을 땄다. 특별히 갈 곳이 없었기에 며칠간 머물며 마음이 시키는 대로 따르리라 마음먹었다.

일주일쯤이 지나서 경민은 동만이 아재와 마주했다.

“아재가 뭘 때문에 저에게 호의를 베풀고 송아지까

지 주겠다는 것인지가 궁금하요?"

"삼십여 년 전에 우리나라에 큰 태풍이 몰려와서 우리집이 무너졌네. 그때 자네 집도 끼니를 걱정할 정도로 살림이 넉넉하지 못했지만 친구 가족이 굶어죽게 둘 수 없다고 자네 부모가 우리 가족을 먹여주고 재워줬네."

가난을 물려준 부모님을 원망했던 경민은 망치로 뒤통수를 얻어맞은 기분이었다.

"나는 축사에 갈라네. 13번 암소가 오늘 중으로 송아지를 낳을 것 인디 그 송아지가 자네의 몫이 될 거여."

"저도 갈라요. 제 송아지가 태어난다는데 당연히 가봐야지 않겠습니까?"

산통에 힘겨워하던 암소의 커다란 눈에 눈물이 그렁거렸다. 이윽고 태반에 쌓인 송아지의 앞발과 머리가 보이더니 새 생명이 태어났다. 어미 소가 벌떡 일어나자 자연스럽게 탯줄이 끊어졌고 동만이 아재가 깨끗한 수건으로 송아지의 몸을 닦기 시작했다. 어미 소가 태반을 먹으며 혀로 송아지를 핥아주었다. 세상의 모든 어미는 똑같을 터였다. 돌아가신 어머니가 생각났다. 송아지가 스스로 일어나 어미의 젖을 빨았다. 경이롭고 신비한 체험이었다.

"비암이다, 비암."

트롯 노래가 흘러나오는 버스에서 갑자기 놀란 한마디가 들려온다. 달리는 버스에 뱀이 나타났다니 모든 사람이 소리가 들리는 곳으로 시선을 향한다. 연심 아짐의 얼굴이 흑색이다. 이윽고 허탈한 웃음과 핀잔이 들려온다.

"미꾸라지구마. 근디, 어뜨케 미꾸라지가 돌아댕긴단가?"

"오메, 내 미꾸라지 봉다리가 터졌는갑네. 서울 구경 끝나믄 아들집으로 가서 추어탕을 끓여줄라고 갖고 가는 길인디 솔찬히 쏟아져 붓네."

미산 아짐이 무릎에 올려놓은 보따리를 풀어헤치며 다급한 목소리를 내뱉는다. 동네 주민들이 자신의 발밑을 살피기 시작한다. 여기저기서 미꾸라지를 잡느라 한바탕 소란이 일어난다.

"오메, 미끄러운거."

"그란게 화장지로 감싸서 잡으란게."

허리를 숙이고 미꾸라지를 잡으며 웃는다.

"아따, 그놈의 미꾸라지 목숨도 질기네. 벌써 두 시간이 지났는디 살아있구마잉."

"잉, 미꾸라지에 새우깡을 넣어주믄 이틀도 안 죽어."

"미꾸라지가 새우깡을 묵어?"

“아니. 물이 없으믄 미꾸라지에서 버큼이 생겨갖고 죽어분디, 새우깡이 버큼을 빨아분게 안죽는당게.”

경민은 어젯밤에 찾아온 미산 아짐에게 통통한 미꾸라지만 골라 검정 비닐봉지 가득 담아준 것이 잘못된 것을 짐작한다. 비닐봉지 두 장을 겹치거나 묶을 부분을 충분히 남겼어야 했는데 욕심이 화를 부른 것이다.

송아지의 주인이 된 경민은 제대로 농사를 지어보려 마음먹고 농업기술센터를 방문했다. 생육기간이 짧아 금전의 회전률이 빠른 오리 사육을 권장했다. 동만이 아재의 주선으로 마을 앞 논을 임대해서 미꾸라지를 길렀다. 미꾸라지를 먹인 오리는 하얀 털에 윤기가 자르르 했고 육질이 좋아 외국 수출용으로 대형 오리가 공 공장에서 비싼 값에 매입해갔다. 오리는 송아지가 되었고, 송아지는 사료를 먹이지 않고 건초와 곤포 사일리지만 먹였다. 사료를 먹이면 편하겠지만 사료 값도 부담이었고 무엇보다 소는 소답게 풀을 먹여야한다는 소신을 굽히지 않았다.

경민은 3년이 지나 마을 옆 논을 세마지기를 구입하고 뒷산의 부모님 산소로 향했다. 자신이 땀 흘려 번 돈으로 논을 샀으니 부모님께 자랑하고 싶었다. 산소에 거의 이르렀을 때 숲속에서 부스럭거리는 소리가 들려오며 풀잎들이 흔들렸다. 고라니가 도망가는가 싶었으나 풀잎 사이로 하얀 물체가 눈에 들어왔다. 경민은 돌멩이 하나를 주워 던졌다. 동물이라면 충분히 도망갈 위치에 돌멩이가 떨어졌지만 물체는 도망치지 않았다. 경민은 하얀 물체를 향하여 걸음을 옮겼다. 순간 물체가 일어나 숲속으로 도망가기 시작했지만 그 사람의 뒷덜미를 잡았다. 도망을 포기한 사람이 고개를 돌렸다.

"나다. 정복이."
동네 깨복쟁이 친구인 정복이가 고개를 떨궜다.
"정복이 늬가 여기에 왜 있냐? 이 몰골은 뭐고?"
두 사람은 숲속을 벗어나 경민이 부보님의 산소 앞에 앉았다. 정복이의 얼굴은 찔레가시에 긁혀 핏자국이 보였고 술 냄새가 맡아졌다.
"사실은 나, 사업에 실패해서 날마다 빚쟁이들이 찾아오고, 공과금도 밀려있다. 마지막으로 부모님 산소에 절이라도 올리고 세상을 등질 생각이었다. 근디, 너한테 들킨 거다. 모든 것을 포기하고 나니까 마음이 편하다. 너한테 거짓말 할 것도 없고."
경민은 십 여 미터 떨어진 정복이의 부모님 산소 앞에 놓인 소주병을 가져와 친구에게 내밀었다.
"축배다."

"축배라니 무슨 헛소리냐?"

"야, 늬 부모님과 내 부모님이 너와 나를 이곳으로 불렀잖아. 만나서 다시 시작하라고. 그러니까 축배가 맞잖아."

정복이 한 모금의 소주를 마셨다. 그 소주병을 받아 경민도 한 모금 마셨다.

두 사람은 집으로 돌아와 동만이 아재 앞에 앉았다. 자초지종을 들은 동만이 아재가 정복을 꼭 껴안아주며 귓전에 말했다.

"내가 몰랐으믄 몰라도, 자네가 목숨을 버릴 만큼 힘겨운디 나만 잘 살믄 내 마음이 편하것는가? 경민이랑 며칠 지내면서 어떻게 할 것인가를 결정하게. 자네가 떠난다 해도 붙들지는 않음세."

"어디서 많이 들어 본 말이네요."

경민의 농담에 동만이 아재가 배시시 웃었고 수철이는 손뼉을 치며 웃었고 영숙이는 웃음을 참느라 입을 가리며 곤혹스런 표정이었다.

정복의 얼굴에 굵은 눈물이 흘러내렸다.

"오메, 오메. 다 큰 어른이 으짠다고 눈물을 보일까? 얼굴의 상처가 아파서 그럴까? 내가 약이라도 발라줄까? 내 손도 약손인디."

영숙이가 분위기를 바꾸려고 농담을 던졌다.

"정복이 자네가 고향에 남아 다시 시작한다면 서, 너 달 뒤에 송아지 한 마리를 자네의 몫으로 줌세."

동만이 아재가 작은 희망과 꿈을 정복에게도 던져주었다.

"그라믄 저도 그때 송아지 한 마리를 줄랍니다. 빈손으로 시작해서 벌써 열일곱 마리인데 친구를 위해서 한 마리 못주것어요? 그란디, 이제 우리 집을 수리할 때가 된 것 같으요."

"갑자기 왜?"

"아따, 사내 두 놈이 한 방에서 지낼란게 쫌 거시기해서요."

"안되것네."

"으째 안된다고 하시오?"

"집을 고칠라믄 장가를 들것다고 먼저 약속을 하소. 그라믄 내가 도와줌세."

"장가는 혼자서 간다요? 얼른 군청에 집수리 지원을 신청할랍니다."

"아, 이 사람아, 아무리 집이 작아도 혼자서 살기에는 너무 크단 말이여."

고향친구 세 사람은 우사를 둘러보고 표고버섯이 세워진 산에서 내려오는 길이었다.

“정복이 축하를 위해 오늘도 한 판 벌리자. 내가 집에 가서 준비해 올 테니 고기를 잡고 있어라.”

수철이가 집으로 달려간다.

“빈손으로 고기를 잡으라고?”

경민이가 당혹스러운 표정으로 물었다. 수철이가 두 팔을 머리 위로 올렸다가 힘껏 내렸다.

“알긋냐?”

그랬다. 어려서 삼삼오오 냇가에서 머리통 크기의 돌을 들어 물속의 돌을 내려치면 돌 속에 숨어있던 고기들이 혼절하여 물 위로 떠올랐다. 잊고 있었던 유년의 추억이 떠올랐다. 두 사람은 옷이 젖는지도 모르고 물고기를 잡았다.

차일을 세우고 그물을 던지고 호박을 따오고 천렵의 준비가 끝날 무렵에 이웃마을의 친구들도 하나, 둘 모여들었다.

술잔이 거듭되고 분위기가 꽃망울 터트렸다.

“어저께 어르신들이 마을 여행을 한 번 갔으면 좋겠다고 하시더라.”

경민의 말이 떨어지자 친구들이 각자의 생각을 꺼내 놓는다.

“여행을 간다믄 그 날은 우리가 느그 마을의 우사를 책임지고 밥을 챙겨 줄 테니까 다녀와라.”

"어디로 갈거냐? 서울로 간다면 집에 가서 마누라한테 귀농을 하자고 설득을 해볼란다. 비록 사업에는 실패했지만 농사는 너희들이 도와주면 성공할 자신이 있다."

또래 친구들은 정복에게 아낌없는 박수로 용기를 북돋워 주었다.

"그려. 얘기 잘 되어서 갈 때는 혼자지만 내려올 때는 가족이 함께 와라."

"혼자서 내려오믄 마을 어귀를 막아버리자."

친구들의 유쾌한 이야기와 웃음소리가 고향하늘로 퍼져갔다. 나의 살던 고향은 꽃피는 산골…. 누군가 고향의 봄을 불렀고 노래가 끝나자 초등학교 교가를 시작했다.

"경민아, 나 좀 잠깐 보자."

수철이가 친구들 사이에서 벗어나 노랫소리가 들리지 않는 물가에 발을 담그며 앉았다.

"우리 장인어른이 늬 결혼 얘기를 꺼냈잖아. 사실은 한 달 전쯤에 국제결혼상담소를 다녀왔다. 늬가 어찌 생각할지 몰라서 아직 얘기를 꺼내지 못했다."

사실 경민도 결혼을 심각하게 고민하고 있었다. 더구나 부모님의 산소를 찾아갈 때면 더욱 절실한 생각이 들었고 수철이의 행복한 모습도 부러웠다.

"고맙다. 중이 제 머리 못 깎는다고. 근디, 다른 나라 여자를 데려다 고생시키면 어쩌냐? 말도 통하지 않고."

"고생은 문제가 아니잖아. 그라고 말은 통하지 않아도 마음과 마음, 눈과 눈으로 통할거다. 마음이 전해지는 사람이 너랑 인연인거여."

두어 달 뒤에 경민은 태어나 처음으로 비행기를 타고 필리핀으로 날아갔다. 커다란 눈망울을 껌벅거리는 아가씨를 만났다. 뒷산의 부모님이 장가드는 것을 내려다보며 흐뭇해하실 것 같아 마을회관 앞 공터에서 전통혼례를 치렀다.

"너의 의견을 듣고 싶은 것이 또 있다."

"뭔디?"

"옆 마을 친구들과 더불어 영농법인을 하나 만들었으면 좋겠다. 법인을 세워서 직거래도 하고, 나중엔 읍내에 소고기 전문점도 개업하고, 여러 가지 사업도 추진하고."

어느새 어둠이 깃들고 친구들이 피어놓은 모닥불이 타오르고 있었다.

영철이가 영농법인 설립에 대하여 의견을 내놓자 친구들이 박수로 찬성했고 어떤 친구는 입술을 비틀어 휘파람을 불었다.

"법인 이름을 '하얀꽃 영농법인'으로 정하믄 으짜것냐?"

고등학교 시절에 문예상을 휩쓸던 진석이가 즉석에서 이름을 지어 발표했다.

"우리가 각자 다른 농사를 짓지만 공통점이 있어야. 하얗게 피는 표고버섯, 하얀 오리, 그리고 하얀 마블링이 꽃처럼 들어있는 한우!"

"기사양반, 옷에 오줌 싸것소."

덕산아재가 큰 소리로 외친다.

"5분 정도믄 만남의 광장에 도착합니다. 조금만 참으세요."

"다시 당부 드립니다만, 다른 곳은 가지 말고 화장실만 갔다가 곧장 오시기 바랍니다. 아이스크림 사오지 마시고요. 저는 출발할 때 혼자 앉으신 분을 잘 챙기겠습니다."

인원파악을 끝내고 출발하려는데 승용차 한 대가 전조등을 번쩍이며 다가온다. 관광버스 앞에 주차하고 운전석에서 동네 친구인 재진이 내린다. 적재함에서 음료수 한 상자와 두 개의 과일 상자를 가져온다.

"우리 동네 분들이 서울로 나들이를 나오셨는데 어떻게 내가 모르는 체할 수가 있것냐?"

"고맙다. 회사는?"

"좀 늦는다고 전화했다. 마음 같아서는 나도 함께하

고 싶지만 워낙 바빠서.”

재진이가 버스에 올라 동네 어른들께 허리를 숙여 인사를 드리고 내린다. 시골에서 올라온 관광버스가 서울 시내를 달린다. 수족관의 주차장은 초등학교 운동장보다 넓다. 크고 작은, 형형색색의 물고기를 마치 바닷속에서 만나는 듯한 황홀경의 시간을 보내고 마을 사람 모두는 자신이 타고 온 버스에 약속된 시간에 탑승했다.

“오야, 이장. 우리 며느리가 그란디 남산타워도 좋재만은 서울타워도 서울 시내가 내려다보이고 좋다든디 시간이 없어서 못가겠는가?”

“갑니다. 서울타워도 가고 엔타워도 갈겁니다.”

“아따, 세 군데나 간다고여?”

“예. 세 군데가 사실은 한군뎁니다. 하나를 두고 부르는 이름이 많아서 그랍니다.”

버스는 웃음과 박수 소리로 마을 사람들 고막을 찢을 것 같다.

다시 버스는 수족관을 떠나 경복궁으로 출발하고 동네 어른들의 얼굴이 꽃처럼 환하다. 이미 열매를 맺은 꽃들이다. 그 열매에서 피어난 경민과 마을 친구들의 마음에도 하얀 꽃송이가 향기를 뿜고 있다.

슈즈싸롱 발자국, 신선횟집, Cafe 행운을 위하여, 솜씨가구.

창밖의 시선을 거두었다. 한복을 곱게 입은 할머니가 젊은이들 사이에서 힘들어 보였다. 자리를 양보했을 때 고맙다는 한 마디 없었다.

버스는 어느새 발 디딜 틈이 없었고 번화가로 나가는 인파속에 묻혀있는 자신을 보았다. 그것은 거대한 도시의 중심부가 멀지 않았음을 충분히 느끼게 하였다.

"다음 정류장은 도청, 도청입니다. 그 다음은….."

안내방송은 쇳가루가 묻어있는 것처럼 거칠게 들려왔다.

가로수들 사이로,

원앙 예식장, 희망화원, 촌닭치킨, 소명약국, 한 올 수
예점….

심부름센터에서는 아무런 실마리를 얻지 못하고 있
었다. 사건을 의뢰한지 벌써 석 달이 훌쩍 지났다. 소장
은 차라리 바닷가 백사장에 떨어진 바늘을 찾는 게 더
쉽겠다며 포기의 의사를 밝혔다.

아내가 가출했을 때 며칠 지나면 제 발로 들어오리라
생각하고 사태의 심각성을 짐작하지 못했다. 열흘이
지나도록 한 통화의 전화가 없자 은근히 걱정이 되었
다. 이번에는 느낌이 사뭇 달랐다. 처가집의 문지방이
닳도록 드나들었고 사돈네 팔촌까지 구정물이 한 방울
이라도 튀긴 집은 빠짐없이 찾아 다녔다. 결국 신문에
사람 찾는 기사를 사진과 함께 실었지만 소용이 없었
다. 장인은 나에게 미안해 괜히 헛기침만 쏟아냈다. 그
녀가 어디에 있는지 그들도 부지런히 수소문하고 있었
다. 지푸라기를 잡는 심정으로 심부름센터를 찾았지만
처음부터 큰 기대는 없었다.

결혼한 지 7개월 만에 네 번째의 가출이다. 회사동료
들은 사무실에 웬 참기름 냄새가 진동하냐며 입가에
음흉한 웃음을 달았고, 어떤 여사원은 수줍게 낯빛을
붉혔다.

담배 한 개비에 불을 붙이고 올려다본 하늘은 마음을 헤아리듯 질서 없는 모양의 구름이 넓게 펼쳐져 있었다. 어느새 발걸음은 정류장에 머물러 있었다. 버스 안에서 스쳐 가는 길가의 상호들을 읽으며 마음을 단속하고 허망함을 달랬다. 이번의 방문을 끝으로 아내를 찾는 일에서 손을 떼어야겠다. 대학 졸업 앨범의 주소지를 찾아다니며 남의 집 대문을 기웃거린다는 것이 보통 쑥스러운 게 아니었다. 전화라는 통신수단이 있지만 상대가 거짓말을 할지도 모른다는 노파심 때문에 직접 찾아다녔다. 거개가 결혼을 해버렸고 이사를 가버린 집도 많았다. 헛생각에 잠겼다가 표지판을 보고 손님을 막 태우고 떠나려는 버스에서 황급히 뛰어내렸다. 뒤통수에 꽂히는 운전사의 투덜거림을 들었다.

아내와 같은 학과를 다녔다는 그녀는 집에 없었다. 대문 앞에서 돌아서는 데 50대 중반의 사내가 나를 유심히 살폈다. 옷차림은 남루했고 덥수룩한 수염이 얼굴을 덮고 있었다. 왼쪽 이마에 흉터가 끔찍했다. 사내는 낯선 사내를 위아래로 살피며 좀도둑은 아닌지 경계하는 눈빛이었다. 그 집에서 가까운 공원을 오르기로 했다.

공원에 있는 동물원으로 오르는 길의 한편에 사람의 얼굴과 손바닥이 그려진 큼직한 종이를 펼쳐 난장을 벌려 놓은 60대의 할아버지가 나를 불러 세웠다.

"젊은이, 잠깐 이쪽으루 와보슈. 수심이 가득한 데 사주나 한번 짚어봐요."

할아버지를 지나치며 옆구리에 끼워진 스포츠 신문을 펼쳤다. 오늘의 운세.

말띠. 모든 것이 마음과 같지 않구나. 태풍에는 소나무보다 느티나무가 강한 법. 여러 사람의 이권이 얽히고설키니 자중자애하는 가운데 모든 일이 해결된다. 우연한 만남에 손재수가 있을 수도 있으니 처신에 주의. 여행은 불길.

사천오백만 인구가 대한민국에 발붙이며 살아가고 있다. 나와 같은 나이의 사람들이 신문의 운세가 맞는다면 이 세상은 어떻게 될까. 신문을 접어 쓰레기통에 처박았다.

끝없는 설원과 빙하 사이를 뛰어다녀야 할 북극곰이 혓바닥을 빼고 힘들게 앉아 있었다. 매점의 간이 의자에 앉아 캔 맥주를 마셨다. 경찰관으로 근무하는 친구에게 전화를 걸었다. 녀석은 웃음부터 배실배실 흘렸다.

"야 임마 늬가 밤일을 날림공사나 부실한 공사한 거 아녀. 아니다믄 제수씨가 왜 집을 나갔것냐. 농담이고 계속 찾고 있으니 기다려 보자."

결혼이 2개월째 접어들면서 아내는 달라지기 시작했

다. 결혼이 섹스에 목적이 있는 것은 아니지만 아내는
어떤 핑계를 만들어서라도 잠자리를 거부했다.

늦은 시간이 되어 친구들에게 전화를 걸었다. 술이
아니고는 적막과 어둠만이 반겨주는 방에 들어가기 싫
었다.

쓰레기와 비닐봉지가 어지럽게 날리고 인적이 드
문 곳에 자리한 술집은 페인트가 갈라지고 벗겨진 탁
자 몇 개와 불결해 보이는 주방엔 음식 찌꺼기가 흩어
져 있었다. 누런 벽에는 지렁이가 기어간 흔적 같은 글
씨로 안주류가 적혀 있었다. 귀퉁이가 떨어진 종이가
바람에 양념 냄새를 풍겼다. 우리는 깊숙하게 감추었
던 자존심을 지키느라 필요 없는 호기를 부렸고 변명
도 수북이 쌓았다. 어느새 탁자에는 시체들이 뒹굴었
고 한쪽엔 절대로 무너지지 않을 성과 보호벽도 둘러
져 있었다.

한쪽에서는 30대 초반의 아줌마들이 소주 한 병을
앞에 두고 재잘거렸다.

"우리 가끔 만나서 오늘처럼 노래방에서 노래도 한
곡 뽑고 스트레스를 확 풀어버리자. 늬네들 괜히 남편
에게 바가지만 긁지 말고."

"늬는 남편이 외국에 있으니까 쉽겠지만 우리야 어
디 맘대로 쉽게 되냐."

"참 근데 늬 남편 언제 귀국하냐?"

"두 달 남았어."

"군대 간 애인 기다리는 여자보다 늬가 더 달력 쳐다 보겠구나. 혹시 남편 사진 붙인 베개를 껴안고 자는 건 아니냐?"

"정순이 저년 주둥이에서 나오는 소리 들어보소."

그녀들은 한바탕 웃어 재꼈다.

정순이. 나는 고개를 돌려 그녀의 얼굴을 바라보았다. 가출한 아내의 이름을 가졌으나 어느 곳도 닮은 데는 없었다.

나는 화장실을 향하다가 혼자서 술잔을 기울이는 오십 대 중반의 사내와 마주쳤다. 그가 고개를 들었다. 그 사내는 오전에 방문했던 집 부근에서 보았던 사람이었다. 이마의 상처는 여전히 섬뜩했다. 가시처럼 날카로운 눈빛이 내 전신을 마비시키는 전류로 다가왔다. 까닭없이 주눅이 들었다. 어쩌면 도둑으로 오인되었다는 찜찜함 때문이었는지 모른다. 눈초리가 무서웠지만 피하지는 않았다. 사내는 어지럽게 날고 있는 파리 한 마리를 보고 빙긋 웃었다. 그 모습이 고통을 잊으려는 모습 같아 술을 따라 위안을 주고 싶었다. 그에게서 동병상련의 애잔함을 느꼈다. 그러나 그것도 잠시뿐이고 헤죽이는 웃음이 나를 경멸하는 듯하였다. 세 살배기 꼬마보다 자주 바뀌는 기분을 이해하기가 어려웠다. 두 눈을 지그시 감은 사내는 세상의 모든 이치를 터득하고 해탈한 도인의 모습이었다. 그는 연약한 존재가 아니었고 어느새 가해자로 인식되며 한바탕의 싸움을 떠올리게 했다. 나는 도둑이 아니고 오히려 가출한 아내를 찾고 있는 피해자라고 소리치고 싶었다. 사내의 모습이 거대하게 커졌다. 그에게 빚도 없는데 풀어야 할 실타래가 술집의 공간을 가득 채웠다. 가끔 어떤 의미인지 모를 미소를 지을 때면 입가엔 침이 흐르고 때가 찌들어 반질반질한 옷소매로 훔치곤 했다.

오줌발에 힘이 없었다. 나는 화장실에서 돌아오는 길에 기어코 사내의 앞자리에 앉았다. 그것은 우발적인 자기 모멸감에서 벗어나려는 행동이었는지 모른다. 양해도 없이 무례하게 앞자리를 점령해 버린 나에게 사내는 한마디의 말이 없었고 표정조차 변하지 않았다. 그래서 싸움에 있어서 유리한 고지를 점령해 버린 내게 말이다. 그는 마시던 술잔을 탁자에 놓고서 대가리가 없는 멸치에 고추장을 듬뿍 발라 입에 넣었다. 나는 물끄러미 그 모습을 바라보다가 술병을 들어 술잔을 채워주었다. 빙그레 웃다가 다문 입술과 변함없는 모습은 이미 나의 전략을 알고 있다는, 그래서 어떠한 공격에도 방어할 준비가 되어있고 작은 공격에도 곧 무

너질 겉만 멀쑥한 젊은 애송이로 간주하는 표정이었
다. 멸치를 삼키고 어김없이 소맷자락으로 입을 닦았
다.

"일만이 알아?"

나는 갑작스러운 물음에 벙어리처럼 의아해했다.

"일만일 몰라?"

사내는 손가락질을 하면서 낄낄 웃다가 술잔을 들
었다.

"일만이가 아들인가요?"

그는 대답 없이 멸치를 입에 넣었다. 눅눅하고 어색
한 분위기를 감추려고 시계를 보았다. 초침이 너무나
느리게 돌고 있었다.

"뭐 하는 사람이여?"

나도 사내처럼 웃었을 뿐 아무런 말을 못 했다. 어쩌
면 서로가 전략을 탐색하고 있었다. 아니 벌써 사내에
게 내 자신이 노출되었는지 모른다. 아줌마에게 김치
찌개를 부탁하고 일만이라는 사람의 생각에 잠겼다.
아무런 일이 없었던 것처럼 술잔을 기울이는 모습에
시간이 멈춰버린 답답함이 엄습했다. 그리고 친구들과
술잔이나 나눌 텐데 하는 후회에 사로잡혔다. 순간 속
절없이 흔들리는 자신을 감지했다.

나는 가죽을 얻겠다고 굴에 뛰어들었지만 호랑이의

눈빛에 놀라 목적의식이 흐려진 사냥꾼이었다. 회오리
바람 같은 혼돈이 일었다. 그렇다면 현명하게 이 자리
에서 일어나 친구들에게 돌아가자고 나 자신에게 명령
했으나 어떠한 행동도 불가능했다. 한편 어차피 자리
를 옮겨왔으니 뭔가 끝장을 보고 싶었다. 그렇지만 무
엇을 매듭지어야 하는지는 티끌만큼도 모르는 상태다.
지금까지 어떤 인연을 맺어 온 것도 아니고 실마리가
보이는 것도 아니었다. 다만 결말 없이 도피자가 되어
술좌석을 벗어나기는 싫었다. 이유 없는 이유였다.

호랑이는 낮에 자고 밤에만 활동한다던가, 낮에는 포
수의 표적만이 된다는 사실을 알기 때문에. 나는 숲의
생리를 터득하지 못하고 길을 잃고 벼랑에 쫓긴 사냥
꾼이었다.

김치찌개가 탁자에 놓였다. 내 술잔은 비어 있었고
사내도 마찬가지였다. 천천히 술병을 가져가 자신의
술잔에 가득 따랐다. 내게도 잔을 채워줄 거라는 기대
는 잘못이었다. 나는 무기력함에서 벗어나려고 잔을
채우고 공격의 신호탄처럼 건배를 청했다. 나의 제의
에 동의하며 술잔을 들었다. 선제공격에 당하지 않겠
다는 반격이었다. 사내는 김치찌개를 외면하고 멸치를
택했다. 적군의 군수용품을 사용하지 않아도 충분히
이겨낼 전략이 있다는 당당함이었다. 나는 불안한 가

시방석에서 벗어나려면 일만이라는 사람에 대해서 무엇이든지 알아야만 했다. 김치찌개가 바닥이 났을 때 사내의 멸치는 큰 변함이 없었다. 하찮은 그것이 패배로만 여겨졌다. 그렇다고 술에 취한 자기중심적 사고는 아니었다. 오히려 긴장으로 정신은 또렷했으니까.

다음날 최면술에 이끌린 듯 술집으로 발걸음을 옮겼다. 승리자를 만나기 위해서가 아니었다. 그렇다고 패배를 시인하기 위해서는 더욱 아니었다. 다시 싸워서 좌절감에서 벗어나고 마땅한 변명을 찾아야 했다. 그렇지 않고는 내 자신의 합리화가 불가능하였다. 술집의 아줌마가 연신 하품을 하면서 주위에서 서성거렸다. 혹시 하는 생각에 술잔을 권했다. 겸연쩍게 웃으며 내 앞자리에 앉았다.

"혹시 어제 나와 술을 마신 사람을 아세요?"
"아, 황 씨 얘기군요."
다행스럽게 기억하고 있었고 실마리가 풀리는 기분이었다.
"황 씨라고요? 그 사람 어디 사는지 아세요?"
"자주 들리긴 해도 그건 몰라요."
"언제쯤이나…."
"글쎄요."

어제는 패배가 아니라 탐색이었고 이제부터 진짜 싸움이 시작된다.

"그 사람이 들리거든 여기로 전화 좀 해주세요."

"황 씨가 오면, 형사세요?"

술집 아줌마는 고개를 갸우뚱했다. 그 사내와 싸움 중인 것을 모르기에 공정한 심판이 될 수 있을 것이다. 내가 승리하는 순간을 말이다.

회사에서 퇴직금이 입금되었다는 연락을 받았다.

아내 때문에 결국 사직서를 제출하고 말았다.

그녀의 생일날 아침, 퇴근 때 회사 인근의 레스토랑에서 만나기로 약속했다. 화사하게 입은 아내가 현관에서 기다리고 있었다. 여느 부부처럼 저녁을 먹고 영화를 관람한 후에 선물과 한 아름의 장미꽃을 그녀의 가슴에 안겨 주었다. 그날 밤 아내는 아주 적극적이었다. 직장을 다녔던 그녀에게 결혼은 커다란 생활의 변화였고, 살림에만 매달려 있는 게 답답할 거라 여기고 세심한 배려를 아끼지 않으리라 생각했다. 나의 마음은 다음 날 점심 무렵에 여지없이 깨지고 말았다. 느닷없이 회사로 찾아온 아내는 같은 부서에 근무하는 여직원의 머리를 움켜잡았다. 블라우스의 단추가 후드

득 뜯기어졌다. 갑작스러운 사태에 저항도 못 한 그녀에게 더 이상의 불륜은 용서하지 않겠다는 앙칼진 말을 던졌다. 외출에서 돌아와 옆자리의 전성주 씨에게 그 말을 들었다. 전성주는 종일토록 입질 없던 낚시에 월척이 걸렸다고 생각하는지 침을 튀기며 관심을 보였다. 그녀는 조퇴하고 없었다. 당연히 부부싸움이 벌어졌다. 나에게도 잘못이 있었다. 그러나 함께 퇴근하는 동료의 옷에 묻은 볼펜 자국을 알려준 것이 잘못이라면 더 이상 얘기하고 싶지 않다. 그녀와 오해받을 일은 추호도 없었다. 그 흔한 자판기 커피도 마신 기억조차 까마득하다. 여사원들의 입방아가 들려왔다. 끝내 그녀가 회사를 그만두었다.

"어느 지방의 도지사가 칼에 손가락을 베었지. 그 얘기는 눈송이처럼 불어나 서울에서는 그가 죽었다는 소문으로 번지고 끝내는 장례식에 갔다가 온 사람도 생겨난다고 합디다. 난 김 대리를 믿지만 사장님 귀에까지 들어간 모양이야."

나는 곧 사직서를 제출했다.

술집에서 전화가 걸려 왔다.

그동안 주도면밀하게 세운 작전대로 옮겼다. 시계는 열 시 오 분을 지나고 있었다. 지루함에 연신 하품이 나왔다.

'드르륵'

사내는 유유자적한 걸음이었다. 취하지는 않은 듯했다. 사내는 기침을 두어 번 하고 문을 밀고 들어갔다. 천천히 대문 앞으로 다가가 메모지에 주소를 적었다. 작전은 성공이었다. 이것으로 사내는 내 손바닥에서 노니는 손오공이 되었다. 나는 승리를 확신하며 술을 마셨다.

새벽같이 사내의 집주변을 서성거렸다. 사내가 대문을 나서는 것을 확인하고 주인에게 이름을 물었다. '황대만'

사내는 누명을 쓰고 있는지 모른다. 적으로 오인하고 있다는 진실을 밝힌다면 더 이상 싸움의 준비는 필요 없을 텐데. 여하튼 사내의 주민등록등본을 떼면서 무기도, 방어 태세도 갖추지 않은 상대방을 공격하기 위해서 전략을 세우고 주둔지의 지형도까지 빼앗은 비겁함이 스쳤다.

누구에겐가 쫓기는 심정으로 동사무소를 빠져나와 기차를 탔다. 보물지도 인양 등본을 펼쳤다. 회오리바람처럼 의문을 던지던 일만이는 황대만의 동생이었다. 의혹이 풀리면서 찾아드는 건 허탈감이었지만 또 다른 궁금증이 스무고개처럼 밀려왔다. 가장 편안한 자세로

의자에 몸을 맡겼을 때 어느새 황대만이 앞자리에 앉아 낄낄대며 권총을 뽑았다. 매그넘 44구경이었다. 부질없는 짓을 그만두지 않으면 쏘아버리겠다고 내 정수리를 겨누었다. 섬뜩했다. 꿈이었다. 땀을 닦고 캔 맥주 하나와 오징어를 샀다. 한 모금 마시려다 창밖으로 던져버렸다. 술이 아닌 음료수로 생각하면 그만이지만 완벽한 승리를 위해서는 맑은 정신으로 대항하고 싶었다. 술이 용기를 북돋는 촉진제 역할을 하거나 만용을 합리화시키는 구실로 작용하든 술을 마신다는 것이 용납되지 않았다. 적당하게 합리화가 섞인 비굴함을 버리고 최소한 자신이 인정하는 방법을 모색하고 싶었다. 떳떳하지 못하게 주소를 알아내어 기차에 몸을 실었으면서 맑은 정신 운운하며 술병을 버렸다는 이율배반적인 행동에 씁쓸한 웃음이 흘렀다.

차창에 비친 모습은 이미 나의 얼굴이 아니었다. 패배자는 확실했으나 사내의 얼굴을 닮아가고 있었다. 속이 울렁거리며 어지럼병이 나타났다. 패배자라는 생각을 하면 어김없이 느껴지는 증후군이었다.

창밖은 모내기가 한창이었다. 으깨어진 흙 속에 꽂는 모(秏)가 현재는 뿌리가 흔들려 힘들겠지만 내일은 고개를 숙이며 감사할 것이다. 내가 기차에 오른 것이 비굴함에 젖게 해도 조만간 승리를 확인하게 될 것이다.

끈

논은 푸른 옷을 입어갔다. 내가 올가미를 조여가듯이.

막상 사내의 고향에 도착했으나 선뜻 내키지 않았다. 목적의식이 흐려지면서 행위의 정당성이 희석되었다. 시골의 풍경은 어디나 비슷한지라 사내의 고향이 낯익은 마을로 다가왔다. 내가 찾아가는 황대만의 마을은 행정구역에 나타난 이름과 실제로 부르는 이름이 달랐고 그곳이 이미 돌아가신 할머니가 살았던 마을과 같음도 알았다. 아스라한 기억이 머릿속을 헤집기 시작하며 우연이라고 치부했지만 찜찜하였다.

진달래 졸음 겨운 봄날씨에도 이마에 땀이 맺혔다. 싸움의 정당성을 찾지 못한 이유도 있었지만 마을이 가까워지면서 겁이 생겨난 것이었는지 모른다.

밤이면 천 년 묵은 여우가 나올 듯한 첩첩산중에 자리한 마을은 십여 가구밖에 안 되는 빈촌이었다. 마을로 들어섰을 때 상가가 있음을 알리는 표지가 눈에 들어왔다. 어느 누구인지는 몰라도 한 사람의 죽음 앞에서 어지럼증을 느꼈다. 조물주가 부여한 신성한 생애의 의무를 마치고 떠나는 죽음은 정녕 실패일까. 하지만 감정에 젖어 있을 수만은 없었다. 돌담을 따라 걷는데 개 짖는 소리가 요란스럽게 들려왔다. 초상집에 가면 황대만의 얘기를 들을 수 있으리라 기대하고 발걸음을 재촉했다. 모퉁이를 돌아섰을 때 네댓 마리의 개가 버틴 채 짖어댔다. 처음 보는 이방인에 대한 인사였다. 잠시 머뭇거리다 돌멩이를 던졌다. 목표물과는 거리가 너무나 멀었다. 더 크게 짖는 개들에게 고함과 함께 날아간 돌은 또 빗나갔다. 고함 소리 때문인지 한 마리가 꼬리를 감추고 뒷걸음으로 물러서자 다른 무리도 물러갔다. 금방이라도 달려들 듯한 기세를 숨기고 도망가는 모습에서 나는 사내에게 물러서지 않았다는 당당함과 반드시 승리의 깃발을 높이 휘날리겠다고 어금니를 깨물었다.

하늘을 가린 차일이 설치되어 있고 마당가 구석에는 가마솥이 눈에 띄었다. 십여 명의 사내와 칠팔 명의 아낙이 있을 뿐 조문객은 없었다. 대문도 없는 집으로 들어섰다.

"실례합니다."
"누, 누구시단가?"
뼈마디가 굵고 듬직한 오십 대 중반의 사내가 낯선 청년을 힐끔 쳐다보며 물었다. 어딘지 낯이 익은 얼굴이었다.
"알아볼 게 있어서요."
"그래라이. 좀 앉으쇼. 내가 이장인디 뭣땜시 그라요?"
차일 안에 둘러앉아 술을 마시다 궁둥이를 게으르게

움직여 빼꼼이 자리를 만들었다.

"그러세요. 혹시 황대만씨라고….."

"뭣이여, 대만이라 했소?"

내 말이 끝나기도 전에 불에 덴 사람처럼 화들짝 놀라며 목소리가 높아졌다. 술잔을 내미는 손이 가늘게 떨렸다.

"알고 있는데 왜 그러시죠?"

"대만이 아부지가 죽어서 오늘 초상을 치는디."

이장은 말을 잇지 못했다.

"아니 그분의 아버지가…."

무의식중에 튀어나온 존칭에 스스로 놀랐다. 갑자기 오줌이 마려웠다.

"뭘 꾸물거려. 빨랑 못갔다 오겄냐?"

"다시는 안그럴께요. 한 번만…."

"말 안들으믄 집에도 안보내 줄 것이여."

꼬마가 울상이 되어 제 키보다 큰 키를 둘러 쓴 채 손엔 바가지를 들고 서 있다. 뒷간에서 나온 삼촌에게 구원의 눈길을 보내도 성그레 웃을 뿐이다. 할머니는 어느새 회초리를 들었다. 꼬마가 무거운 발걸음을 옮기는 데 속없는 강아지가 쫄랑대며 대문을 먼저 나선다.

이불에 실례한 벌로 소금을 얻으러 가는 길이다. 그것도 할머니가 정해 준 집에서 얻어야 한다. 꼬마는 잠깐 멈추더니 뒤를 돌아다보았다. 삼촌이 감시자가 되어 저만큼 뒤에서 따라왔다. 소금을 얻으러 가는 집에는 머리에 이상이 있는 청년이 살고 있었다. 수염이 산적의 두목처럼 많아 무서움에 떨게 했다.

"소, 소금 얻으러…."

연기가 자욱한 부엌에서 아궁이에 잔솔가지를 꺾어 넣으며 소금을 줄 생각은 하지 않는다.

"그냥은 안 되고 어떻게 생긴 고추가 오줌을 쌌는지 보자."

어눌한 말투에 삼촌을 바라보았다. 그리고 슬그머니 바지춤을 내리는 꼬마의 얼굴이 홍당무가 되었다.

"헤헤헤…. 이것이 말썽이었구먼."

부끄러워 어쩔 줄 모르는 꼬마의 고추를 만지작거린다.

기억 때문일까. 아니면 그 속의 부끄러움 때문일까. 갑자기 충격요법에 기억을 되살린 환자처럼 가슴에서 유황이 끓는 듯 하였다. 전설처럼 잊혀진 순간들이 현상한 사진마냥 또렷하게 살아났다.

소금을 나누어 준 청년에겐 늙은 아버지와 십여 살이

나 차이가 있는 남동생이 있었다. 욕심이 없고 매사에 무던한 그 사람은 하늘의 도움으로 굶지 않는다며 손바닥만큼의 땅뙈기도 없이 품을 팔아 근근이 연명해갔다. 그 청년이 바로 꼭지가 덜 떨어진 황대만이었다. 맞아. 수염과 살벌한 상처만 없다면 소금을 얻으러 갔던 집의 청년이었다. 계산속이나 숫자 관념이 없어 삯일 후에도 지폐보다 동전을 스무네댓 개를 주어야 만족해했다. 시장을 나가면 큰 고기의 값을 묻다가 헤벌쭉 웃으며 손아귀에 가득한 동전을 내놓기가 일쑤였다. 결국은 건어물전에서 멸치를 사와 된장국으로 제 아비를 봉양했다. 대만은 혼기가 지나버린 나이였지만 장가를 못 간 노총각이었다. 그러다가 어느 해 보리까락이 익어질 무렵에 어디서 흘러왔는지 모르지만 뜨내기 여자와 신접살림을 시작했다. 그러나 몇 해가 지나도록 아이가 없어 동네사람들은 대만이가 불구라는 애기가 나돌았고 술집여자라서 생식기가 온전하지 못하다는 애기들이 꼬리를 물었지만 그것은 큰 문제가 아니었다. 대만의 동생은 형과는 달랐다. 영특하여 인근 동네까지 수재라고 소문이 났다. 형제간의 우애가 깊었던 대만은 품팔이로 동생을 중학교까지 보냈다.

　자지러지게 매미가 여름을 노래하던 어느 날 동생

은 자가용을 끌고 고향을 찾았었다. 자가용 안에는 선
글라스에 속옷이 비치는 화려한 차림과 손톱엔 매니큐
어가 무척이나 붉은 아낙이 두 살쯤으로 보이는 아기
를 보듬고 짜증스러운 모습으로 앉아 있었다. 일만은
고학으로 대학을 졸업하고 취직하였다. 이제 과장으
로 승진이 되면서 고향을 찾았다. 자수성가한 얘기 끝
에 이제는 자신이 아버지를 모시겠다고 말했다. 동네
사람들은 세상에 부모가 아닌 사람은 있어도 자식이
아닌 사람은 없다며 침이 마르도록 칭찬하였다. 한사
코 떠나기를 싫어하는 아버지를 모셔가며 곧 큰 집으
로 이사하여 조만간 형님 내외도 모시러 오겠다고 말
했다. 그렇게 아버지가 도회로 떠나갔다. 그 무렵 대만
의 아내가 임신을 했지만 해산을 하다가 세상을 떠났
고 아이도 세상의 빛을 못 보고 말았다. 동생에게 소식
은 없고 희망 없이 살아가던 대만은 술을 마시면 입버
릇으로 아버지가 보고 싶다며 울곤하였다.

"쥑일놈은 일만이 놈이재."

잠자코 이장의 얘기를 듣고 있던 사내가 말을 거들었
다. 바람이 불어 아궁이의 장작더미에서 푸르슴한 연
기가 매케케 피어올랐다.

"한 잔 마시쇼."

내 앞에서 숨죽이며 얘기를 엿듣던 술잔을 보고 이장이 권했다. 깔끔한 사기그릇의 막걸리를 단숨에 마셨다. 아무런 맛을 느끼지 못했다.

둘째 아들과 서울로 갔던 대만의 아버지는 3개월이 안되어 길거리에 버려졌다. 영악한 일만이는 회사에서 부모를 모시는 사원에게 저렴하게 공급하는 아파트를 받으려고 모셔갔다가 회사의 지침대로 서류를 작성하고 단란한 모습의 사진을 찍은 후에 가장 번화가에 아비를 버려두고 냉정히 돌아서 버렸다. 그리고 이사까지.

얼마 후 양로원을 빠져나온 아비는 마음 좋은 트럭 운전사의 도움으로 고향을 찾아올 수 있었다. 그러나 대만이는 이미 고향을 떠나버린 뒤였다. 비록 쓰러져 가는 집이었지만 농촌의 후덕한 인심 속에서 살다가 농사철이 되면서 차츰 보살핌이 소홀해졌다. 용반네가 반찬을 가져갔다가 언제 죽었는지도 모르는 대만의 아버지를 동네 회의 끝에 장례를 치르는 도중이었다.

대만이가 동생을 찾아 떠나겠다고 했을 때 그 누구도 믿지 않았고 동네 사람들은 동구 밖쯤 나갔다가 돌아오리라 생각했다. 부족한 대만에게는 불가능하리라 여겼다. 그런데 하루하루가 지나도 돌아오지 않았다. 비록 모자란 사람이지만 아무런 생각이 없겠냐며 피붙이 없는 고향을 떠난 것이 차라리 좋을거라 여겼다. 황대만의 아버지가 죽어서 면사무소를 찾아가 주소를 확인했더니 목포로 퇴거가 되어있었다. 수소문하여 찾아갔으나 다시 서울로, 그리고 강원도 원주로 옮겨져 있었다. 비록 여름 날씨는 아니었지만 죽어있는 시신 때문에 더 이상 지체하기가 어려웠다.

나는 이장에게 담배를 권했다. 초라한 상여 쪽을 돌아다보고 손목의 시계를 보았다. 긴 한숨을 내뿜고 꽁초를 마당 귀퉁이로 던졌다. 땅을 헤집으며 냄새를 맡던 검정개가 놀라 대밭 쪽으로 사라졌다.

비어있는 하얀 사기그릇에 얼굴이 비쳤다. 그건 나의 얼굴이 아니라 어느새 텅 비어있는 가슴이었다. 황대만의 모습을 그려 넣으려 했지만 도저히 불가능했다. 나는 무너지고 있었다. 가슴을 채우는 심정으로 술을 가득 채웠다. 술 냄새에 취했는지 하루살이 한 마리가 팽그르르 술잔에 떨어졌다. 젓가락으로 집어내는 데 연못에 나타난 신선처럼 황대만의 모습이 비쳤다. 변함없는 모습이었다.

‘젊은이, 모든 게 부질없는 짓이야. 자네는 오류를 범하고 있어. 오류는 낭비야. 낭비는 용서가 안되는걸세. 어서 돌아가게. 동정은 필요 없어. 그리고 자네가 이겼어, 승리했다고.’

그는 은퇴한 철학자처럼 말했다. 얼굴에는 세월이 기

어간 자국이 주름살로 얼룩져 있었다.

‘부질없는 게 아니야. 아직도 당신의 어딘가에 은폐된 승리가 있어. 싸움은 끝나지 않았고…’

“안돼.”

나도 모르게 소리를 질렀다. 이장이 마시려던 술잔을 내려놓았다. 대나무 매듭 같은 손으로 수염을 만지며 놀란 토끼의 얼굴이 되어 몹시 난처한 표정이었다.

“하, 하루살이가…”

민망한 얼굴로 얼버무리는 데 이장은 필요 이상으로 크게 웃었다. 그대로 술을 비우고 내미는 잔을 사양했다.

“참, 뭣땜새 대만이에 대해서 물었소.”

중대한 것을 잊고 있었다는 표정으로 물었다.

“같은 동네에 사는 데 하도 불쌍해 친척이라도 있는가 싶어서요.”

“그래라이. 고맙소. 대만이 있는 데를 알고 있다니께 주소나 가르쳐 주시오. 초상집에 상주가 읎어서 여간 짠한 것이 아니었는디.”

“저랑 함께 가시죠.”

“참말로 고맙소. 점심이나 묵고 갑시다. 산 사람은 살어야 하니께.”

　탁발을 나온 비구니가 당산나무 아래에서 어떤 아낙네와 애기를 나누다가 우리가 지나치자 손을 모았다. 스님이 젊은 까닭인지 삭발한 머리가 춥게 보였다. 동네를 빠져나오는 데 또 개들이 몰려와 짖었다. 움츠리며 돌멩이를 찾았다. 이장은 나를 보며 씨익 웃더니 계속 발걸음을 옮겼다. 개의 짖는 소리가 차츰 멀어지더니 그것으로 그만이었다.

　기차는 한산했다. 한 여자가 창 밖의 풍경을 바라보고 있었다. 그녀의 뒤통수가 아내를 닮아 있었다. 이장은 어느새 잠이 들었고 그가 부럽다는 생각이 들었다.

　"개새끼."

　나는 그 누구인지 확연하지 않은 욕을 뱉았다. 아니, 그것은 내 자신을 향한 것이었다. 저만큼 앞자리에서 소곤대는 신혼부부가 나를 도마에 올려놓고 낄낄대는 것 같았다.

　나도 한때는 행복했어. 아내의 성격이 변하기 시작하면서 그 행복은 깨어지고 말았지만. 창피함을 억누르며 결혼 첫날부터 잠자리를 거부한다는 애기를 술좌석의 장인에게 꺼냈다. 시골에서 면장을 끝으로 정년을 맞은 장인은 아내가 중학교 때 성폭행을 당했다고 털어 놓았다. 당연히 분노가 치밀어야 하는데 덤덤했다.

정신과 의사는 말했다.

"강간 쇼크 증후군이라는 일종의 조현병 현상입니다. 부적절한 분노와 피해망상, 난폭한 행동, 심한 절망감 등이 나타납니다. 남편께서 애정을 가지고…."

병원을 다녀온 후에 아내는 이혼을 요구했다.

사내에게 승리의 쾌감을 맛보고 내 삶의 표피를 한 켜씩 벗겨 반환점을 달리는 마라토너가 되려던 게 사내와 적당한 타협을 해버린 건 아닌지 모른다. 기차가 터널로 들어섰다. 이장은 잠이 들지 않았던지 잠깐 눈을 뜨더니 다시 감았다. 터널을 무사히 통과한 기차는 무서운 속력으로 황혼의 숲을 달렸다. 답답하고 목이 말랐다. 그리고 갑자기 도망치고 싶어졌다. 얄팍한 자존심과 윤리적인 죄의식이 결코 허락하지 않았다. 싸움의 끝을 확인해야 했다. 내가 처절한 패배를 인정해도 좋았다.

코를 찌르는 기름 냄새와 자동차의 엔진음이 사람이 사는 곳이 아니라 전쟁터 같았다. 싸움의 위대함은 승리가 아니고 죄라는 생각뿐이었다.

밤이 깊어지면서 도시는 활기를 찾았다. 귀찮게 붙어 다니던 긴 그림자가 사라진 까닭인지 마음이 편안했다. 모든 걸 체념한 것은 아닌가 의심해 보았다. 자동차의 전조등과 네온사인이 밤을 꼬드기고 총총걸음으로 귀가하는 사람들 모두가 원격조정 되는 로봇들 같았다.

"어서 갑시다."

방향감각을 잃고 멀거니 서 있는 자신을 발견한 것은 이장 때문이었다.

사내의 집으로 걸어가는 골목의 어디선가 아련한 아기의 울음소리가 들려왔다.

잘 익은 홍시 빛 가로등이 환하게 밤을 밝히고 있었다. 초록색 대문은 곳곳에 녹물이 흘러 추상화 같았다. 또한 부정한 사람의 접근을 막는 처용의 부적처럼도 보였다. 초인종 소리에도 기척이 없어 조심스레 밀친 대문이 금속성의 마찰음을 내면서 열렸다. 불은 켜져 있었지만 섬돌에 신발이 보이지 않았다. 방문을 살며시 열었다. 퀴퀴한 악취가 코를 자극했다. 방안엔 걸레 같은 옷가지와 빈 소주병 서너 개가 나자빠져 있었다. 반쯤 남은 소주병 하나가 주인을 기다리며 정적과 대치하고 있었다. 방문을 닫았을 때 대문 소리가 났다. 바람에 대문이 닫히는 소리였다.

대만을 처음 만났던 술집으로 향하는 발걸음에 감각이 없었다. 꼭 실패를 확인하러 가는 심정이었다. 시계는 열 시를 넘어 네댓 걸음 달려가고 있었다. 지난번 미행 때와 같은 시간. 골목 어디선가 황대만이 뛰쳐나올 끝

것만 같았다. 차라리 대만에게 실컷 맞아버리고 싶었다. 이런 경우를 자학적인 자기 정화 혹은 비겁한 자기 보호술이라고 하는지 모른다. 오줌을 갈기는 소리에 뒤를 돌아봤다. 전봇대를 향한 모습이 영낙 황대만이었다. 그쪽으로 달려갔다. 그때 오른쪽의 뺨에 자극이 느껴졌다. 무의식적으로 올린 손끝에 풍뎅이가 잡혔고 오줌을 누던 사람은 이장이었다. 내동뎅이 친 풍뎅이가 꼼지락 거렸다. 오른발로 힘껏 밟아 버렸다. 비스킷 부서지는 소리가 온몸으로 느껴지면서 마취에서 풀리듯 감각이 되돌아왔다. 저만큼 술집에서 백열등 빛이 새어 나왔다. 술집 앞 간선도로를 트럭이 어둠을 가르며 지나는가 싶더니 사람들이 몰려나왔다.

"무슨 일이 났는가뷔요."

이장이 나직이 속삭이며 발걸음을 서둘렀다. 그것은 황대만의 사고였다. 대만의 죽음을 확인하는 순간 어지러웠다. 찡그린 건지 웃는 건지 분간하기 어려운 얼굴이었다. 평온하게 느껴지는 모습이 무서웠다. 그것이 시체라는 위압감 때문은 아니었다. 죽어있는 모습에서 승리자의 모습과 패배자의 얼굴을 동시에 보았다. 시작과 끝이라는 명제의 술레없는 숨바꼭질이 끝나는 기분이었다. 피해적 망상을 짊어진 채 승리를 노래하는 팡파르의 환청을 듣고 시작한 싸움이었다. 그러나 그 소용돌이 속의 우연한 만남에서 풀지 못할 방정식만을 만들고 말았다.

모든 인연은 우연으로 시작되는가. 그래서 차라리 만나지 않았다면 하는 바람은 불필요하다. 옷깃만 스치는 것은 인연이 아니다. 반면에 옷깃을 스치지 않고도 끊어지지 않는 인연이 맺어지기도 한다. 아내와의 만남이 그랬다. 겉으로는 완벽한 인연의 상태지만 지금 아내가 어디에 있는지도 모른다. 인연은 이미 끝을 향해 달려가고 있다. 인연은 쉽게 시작되지만 과정에 따라서는 필연이 되고 운명이 되어 버린다. 흐르는 시간이 세상을 변하게 만들어도 가슴에 앙금으로 앉은 기억만큼은 변하게 못한다. 확대나 축소 없이 그대로의 모습을 문신으로 남기는 시간은 기억의 조각들을 지켜주는 한 송이 물망초인지 모른다.

오후에 술집을 찾은 황대만은 사람들에게 일만이를 아느냐고 묻다가 아버지가 보고 싶다며 섧게 울었다. 많은 술을 마셨지만 결코 취하지 않은 상태에서 술집을 나섰고 사고는 순간이었다. 누군가 경찰에 신고했고 어떻게 알았는지 병원차가 도착했지만 그때 이장이 영안실이 아닌 고향으로 데려가 장례를 치르겠다고 나섰다.

송진 냄새가 알싸한 소나무로 짠 관을 실은 영구차는 금세 도착했다. 영구차에서 바라본 도시는 드디어 지

쳤는지 꾸벅꾸벅 졸고 있었다.

"대만이는 죽어서까지 효자여. 아부지보다 먼저 죽는 것도 큰 불횬디. 그라고 죽은 사람한티는 못할 소리지만 차라리 잘된 일인지도 모르고."

이장은 혼잣말을 내뱉고 눈을 감았다. 차는 헤드라이트 불빛을 앞세우고 밤을 달렸다.

"뭣땜새 피붙이도 아닌 대만이를 위해 돈까지 씀서 고생이오?"

내가 묻고 싶다.

나는 고개의 힘을 빼고 잠이 든 척하였다. 눈동자 선명한 자화상을 그리려다 지친 내 몸뚱이의 피를 깔때기로 깨끗하게 여과하고 싶었다. 운전석 앞 유리창에 붙은 십자가가 대만에 대한 죄의식으로 어지럽게 하였다. 십자가는 죄의식을 옭죄는 사슬이면서 위안과 합리화를 가져다주는 면죄부가 되기도 한다.

황대만은 교통사고를 가장하여 스스로 죽음을 선택해 이 세상과의 인연을 끊어버렸다는 생각이 스쳤다. 이제 대만은 죽어버렸고 비겁한 도망자로 인식되었다. 힘차게 기적을 울리던 배는 가라앉고 비행기는 추락하고 말았다. 나의 비판적 회의감들이 잘못된 유추라고 아우성쳤다. 깊숙하게 숨겨진 현실도피의 소산이 황대만을 선택하게 했음인가. 아니면 감정의 남용적 행동에서 유희를 즐기고 있었음인가. 그 무엇으로도 감추기 어려운 부끄러움이 해일처럼 일었다. 상대방의 십자가를 모르면서 내가 짊어진 십자가만이 세상에서 가장 무겁다고 치부하였다. 나는 비로소 내 얼굴을 찾았고 황대만의 얼굴도 선명해졌다. 그리고 나를 묶고 있던 질긴 끈이 풀리면서 몸뚱이가 깃털처럼 가벼워졌다. 안개를 헤집으며 해가 동쪽 하늘에서 눈부신 광명을 연출하고 있었다.

동네 사람들은 어둠을 밝히며 우리를 기다리고 있었다. 황대만의 죽음에 놀라면서도 주저함 없이 삼베옷을 입혀 염습을 하고 장례를 치렀다. 발인제나 노제 등의 절차는 생략하였다. 요령소리가 저승으로 나부끼고 만장이 황천으로 나부끼는 가운데 아버지의 상여가 앞서고 황대만의 관이 이장의 지게에 얹혀 뒤를 따랐다. 상두잡이 앞소리에 광목 띠를 두른 상두꾼들이 발을 맞추며 후렴을 하였다. 차마 그냥 갈 수 없다는 듯 상여가 마당을 몇 바퀴 돌았다. 구경꾼들이 상여를 따라 움직이고 꼬마들은 신이 났다.

"잘 가시소. 저승에 가믄 만나것지라."

손주를 등에 업은 할머니가 어렵게 코를 풀어 치맛자락에 닦았다. 만가 소리가 가슴을 후비며 저승길을 더욱 쓸쓸하게 만들었다. 묘지에 도착했을 때 천광(穿壙)

- 묏자리를 파는 일 - 은 끝나 있었다. 하관을 하는 이장의 눈가에서 눈물이 떨어졌다. 눈시울이 뜨거워지며 나의 눈에서도 비겁하게 눈물이 흘렀지만 닦지 않았다. 상주도 없는 위령제를 치르면서 눈물 같은 술잔을 거듭 비웠다. 술기운을 빌어서 취하고 싶었다. 그러나 마실수록 정신이 또렷해졌다.

인연이 별것인가. 생면부지의 사람을 만나 결국 그 사람의 장례까지 치르고 있지 않은가. 아니다. 나의 유년기부터 황대만과는 인연의 끈이 묶어져 있었다.

아내가 돌아오거든 그녀의 뜻대로 이혼을 해주자. 인연이 아닌 사람을 만나 회사까지 그만두어야 했고 결국 실패의 수렁으로 떨어지기 시작했다는 것은 변명에 불과하다. 정상적인 가정생활을 꾸리지 못하면서 주위의 눈이 무서워 이혼의 절차를 밟지 않았을 뿐이다. 사실은 내가 아내보다 이혼을 간절히 바라고 있었는지 모른다.

그때 공동묘지에서 바라본 산 아래 집들이 장난감 같았고 세상도 걸리버 여행기의 소인국처럼 하찮아 보였다. 겨우내 썩지 않은 나뭇잎 부서지는 소리에 바라본 큰 소나무 밑에서 담뱃불이 반짝 빛나더니 이내 사라지고 누군가의 흐느끼는 울음소리가 떫떫한 밤꽃 향기를 따라 바람에 실려왔다.

살라마, 니 피티아바쿠(Salama, ny fitiavako)

그때 당신과 나는 인천공항을 이륙해서 열세 시간을 날아 에티오피아 아디스아바바 볼레 국제공항에서 비행기를 바꿔타고 다섯 시간을 더 날아가 이곳에 와서 보름을 머물다가 당신과 함께 같은 경로로 귀국했었다.

3년이 흘러 당신과 함께했던 경로로 나 혼자서 이곳에 왔다가 다른 경로로 돌아간다. 정확한 시점을 약속하기는 어렵지만 다시 이곳을 찾아오겠다고 마음먹으면서 그때는 이번 방문처럼 혼자가 아닌 동반자와 함께하게 될 거라 확신한다.

좀 자세히 얘기하자면 아프리카의 섬나라인 마다가스카르의 수도인 안타나나리보의 이바토 국제공항을 잠시 후 이륙한다. 예정대로라면 약 열한 시간 뒤에 프랑스의 샤를 드골 공항에 도착할 것이고 두 시간의 환승 대기시간을 보내고 다시 일곱 시간을 날아 인천국제공항에 착륙하여 집으로 향할 수 있으리라.

집, 아름답고 행복한 기억과 아프고 슬픈 기억이 함께 공존하는 당신의 시골집에서 텃밭을 가꾸고 향 좋은 커피를 내리며 무늬가 예쁜 나무를 만지며 살아가는 것도 나쁘지 않겠다는 생각에 가슴이 벅차다.

한국에 도착하면 제일 먼저 목욕탕의 뜨거운 물에 몸을 담가 아프리카의 흙먼지를 씻어내야겠다. 다음날에는 중고차 매매상사에서 트럭을 사서 친구 집에 맡긴 짐을 찾아 당신의 집으로 향하리라.

이제 입에 달고 살았던 이 나라의 공통언어인 프랑스어 인사말 봉주르, 마담(Bonjour, madame)과 봉쥬르 무슈(Bonjour,monsieur)와 말라가시어의 인사말 살라마(Salsma)도 안녕이다. 맨발로 달려와 손을 내밀며 구걸하던 아이들의 모습도, 폐차장에서 구해온 듯 낡은 탁시부르스(taxi brousse)와 코티스(cotisse)[1])가 달리며 만들어 내던 황토 흙먼지에서 해방이고 간식으로 자주 사 먹었던 코바(koba)와 사모사(samosas)와 모포 가시(mofo gasy)의 맛도 혀끝에 남긴다. 그뿐만 아니라 끼니를 대신했던

---

1) 마다가스카르의 교통수단으로 미니 버스와 장거리용 승합차

아쿠(Akoho)나 짜라마스(Tsaramaso)와 바리 수수아(Vary soasoa)와 궁합을 이룬 무카리(Mokary)빵도 이제는 먹어 볼 기회가 없다.

보름짜리 비자로 마다가스카르에 입국해서 당신과 함께했던 장소를 되짚어 다니다가 문득 돌아가고 싶어졌다.

그래, 이곳 모론다바(Morondava)의 노시켈리 해변(Plage Nosikely)의 모래벌에서 당신의 발걸음 소리가 들려왔고 어제는 에비뉴 오브 더 바오바브(Avenue of the Baobabs)에서 웅장한 나무를 올려보며 감탄사를 연발하던 당신을 만났다. 오늘은 새달이 퍼지기 시작했을 때 러브 바오바브나무를 올려보다가 그 뒤로 펼쳐진 구름이 소설 어린 왕자의 보아뱀이 코끼리를 삼킨 그림과 닮았다며 환히 웃던 당신의 얼굴도 보았다. 당신을 만났을 때 불현듯 이제 한국으로 돌아가도 좋겠다는 생각에 마음이 바빠졌다. 기념품 가게 옆에서 손님을 기다리던 택시를 타고 한 시간을 달려 인터넷이 가능한 호텔로 돌아왔다. 호텔에서 제일 먼저 프랑스 파리의 드골공항을 검색했다. 운이 좋았는지 바로 다음 날 이륙하는 비행기를 예약할 수 있었다. 파리에서 환승하고 인천국제공항에 도착할 비행기도 예약했다. 모론다바에서 이바토 국제공항이 위치한 마다가스카르의 수도인 안타나나리

보까지도 비행기를 이용할 수밖에 없었다. 탁시부르스와 코티스는 항상 손님이 많아 예약이 어려울 것 같았고 다행히 자리가 남아있어도 칠백 킬로미터의 비포장 길을 열여섯 시간을 달려야 하는 데 도로의 사정이 좋지 못해서 비행기에 탑승할 시간에 도착한다는 보장이 없었다. 일주일에 3회 운항한다는 이바토 국제공항으로 날아가는 항공권을 예약하고 짐을 싸기 시작했다.

가방을 꾸리면서 바오바브 거리에서 구한 바오바브 열매 십 여 개를 세면장에서 여러 번 씻어 양말 속에 넣고 그 양말을 다시 청바지 주머니에 넣어 돌돌 말아 가방 가운데에 배치하고 다른 옷으로 덮고 마지막으로 짐을 맡겨놓은 친구에게 주려고 구입한 선물을 얹고 가방을 닫았다. 호텔에서 체크아웃하는 모습을 지켜보았는지 택시 기사가 달려와 내 여행 가방의 손잡이를 빼앗듯이 움켜쥐었다. 어차피 모론다바 공항까지 택시를 이용할 생각이었기에 남자를 따라갔다. 3만 아리아리[2]를 요구했다. 적정 금액의 두 배가 넘는 바가지요금이었지만 깎지 않았다. 어차피 한국으로 돌아가면 환전도 어렵고 사용할 수 없는 화폐였다. 택시 기사는 어

---

2) 마다가스카르의 화폐 단위. 1,000 아리아리는 한화 300원 정도
    (2024년 기준)

리숙한 손님에게 하루치 수입보다 많은 돈을 받고 공항으로 달렸다. 탑승 시간을 맞추려고 아침도 거르고 모론다바 공항에 도착했더니 19인승 프로펠러 비행기는 이륙시간이 되었으나 마냥 손님을 기다릴 뿐이었다. 승무원은 느긋하게 짐의 무게뿐만 아니라 승객의 몸무게까지 재고는 탑승을 시켰다. 검은색 선글라스를 쓴 40대 배불뚝이 손님이 팔목의 시계를 가리키며 항의했으나 승무원의 얼굴은 아주 평화로웠다.

"모라모라(천천히,천천히), 짜마니노나(문제없다)"

승무원이 활짝 웃었다. 배불뚝이가 두 팔을 벌리며 뭐라고 중얼거렸다. 선글라스에 눈자위가 가려져 표정을 살필 수 없었으나 욕을 퍼붓는 것 같았다. 예정된 시간보다 한 시간이 지나 이륙한 경비행기는 이바토 국제공항까지 한 시간 만에 도착했다. 에어컨도 없는 코티스에 몸을 의지한 채 흙먼지를 뒤집어쓰면서 두어 시간마다 풀밭으로 들어가 부끄러움과 위험을 감수하고 생리현상을 해결했던 모론다바로 오던 길에 비하면 이바토 국제공항으로 가는 길은 허망함이 느껴질 만큼 편하고 빠르게 도착했다. 무사히 공항에 도착했다는 안도감에 긴장이 풀리며 배가 고팠다. 공항식당에서 돼지고기에 곱게 찧은 카사바잎과 마늘을 넣어 만든 라비타토(ravitato)를 흰 쌀밥에 곁들여 먹고 우리나라

숭늉처럼 구수한 암팡고로(ampangoro)까지 마시고 여행 가방을 베개 삼아 공항 한쪽에 누웠다. 한국행 비행기의 탑승까지는 무려 아홉 시간이 남아있었다. 피곤함이 느껴지는데 잠이 오지 않았다. 찾아오지 않는 잠을 억지로 청하는 것도 고역이어서 공항을 빠져나왔다. 어디선가 눈망울이 커다란 청년이 달려와 나의 여행 가방을 붙들었다. 가방을 옮겨주고 팁을 받으려는 속셈을 알고도 흔쾌히 가방을 넘겨주며 검지를 펴다가 황급히 구부려 택시를 가리켰다. 마다가스카르에서는 검지를 펴서 무언가를 가리키면 욕이 된다고 당신이 알려준 말이 생각났기 때문이다. 청년에게 일천 아리아리를 주었다. 청년이 꽃처럼 웃으며 허리를 숙였다.

“레츠 고 투 아날라켈리 마켓.”
“오케이. 세븐티 사우전트 아리아리.”
“오케이.”

　택시 기사가 다행히 오케이라고 대답하며 손가락 일곱 개를 펴 보였다. 이번에도 어김없이 바가지요금을 불렀다. 아날라켈리 시장에는 뜨거운 태양을 피하려 파라솔을 펼쳐 과일과 물건을 나열해 놓고 손님을 기다리는 상인들로 인산인해를 이루고 있었다. 비록 경제적으로 윤택하지 못한 나라이지만 시장을 중심으로 관공서와 호텔 레스토랑 등의 상권이 형성되어 사람들로 북적거렸다. 마다가스카르에서 가장 크다는 아날라켈리 시장에 소매치기가 많다는 당신의 말을 떠올리며 손가방을 가슴에 안은 채 이곳 사람들의 생기 있는 모습을 눈에 담았다. 도로가 좋지 못한 나라여서 언제 교통체증이 일어날지 모르니 이른 저녁을 먹고 공항으로 돌아가려고 레스토랑에 들어갔다. 소고기와 야채를 사용하여 만든 국물 요리인 로마자바(Romazava)를 먹으며 마다가스카르가 자랑하는 THB(Three Horses Beer)를 한 병 마셨다. 한 병으로는 아쉬움이 남았으나 비행기에서 화장실을 다니는 것이 귀찮아 공항으로 향했다.

나는 출입국 직원에게 여권과 탑승권을 제시하고 탑승장에 들어가 휴대용 손가방과 핸드폰과 지갑을 바구니에 담아 엑스레이 검색대에 올려놓았다.

문형금속탐지기를 통과하고 소지품을 챙겨 계단 차로 들어가 승무원의 안내로 좌석에 앉았다. 눈을 감는다.

"바오밥나무를 키워보고 싶어."
"열대식물인데 우리나라에서 가능할까?"
"화분에 심어 실내에서 기를 수 있을 거야."
"키가 이십 미터도 더 큰다는 뚱보 나무를 어떻게 거

실에서 키워?"

"환경이 안 맞으니 그렇게 성장하지 못할 것 같아."

당신이 키워보지 못했던 바오바브나무 씨앗을 가방에 넣어 비행기에 실었다. 공항의 식물검역소를 방문해서 확인받고 증명서 한 장을 걱정할 필요가 없겠지만 뜻밖의 변수가 생겨 통과가 안 되는 돌발상황이 발생할지도 모른다는 걱정 때문에 여행 가방에 숨겼다. 당신이 소망했던 대로 씨앗이 발아하면 화분에 심어 키우다가 날씨가 좋은 날에는 햇볕이 잘 비추는 마당에도 내놓을 생각이다. 토방에 앉아 이곳 마다가스카르의 하늘과 바다와 밀림을 떠올리며 향 좋은 커피를 마시는 호강을 떠올려 본다. 당신의 바람이, 아니, 우리의 바람이 이뤄져서 녹색의 잔디밭을 아장아장 걷고 있을 아이의 모습을 떠올린다.

"지금 만드는 흔들의자에 앉아 아이에게 모유를 먹이는 당신의 모습을 상상하면 심장이 마구마구 뛰어."

CNC 작업[3]을 끝낸 편백나무를 연마하며 당신이 활

---

3) Computer Numerical Control의 약자로 컴퓨터가 제어하는 기계를 이용하여 금속, 플라스틱, 목재, 유리 등 다양한 재료를 가공하는 기계

짝 웃었다.

"아니, 흔들의자에서 모유를 먹이면 아이가 어지러울지도 모르니까, 먹인대도 말려야 하는 거 아니야?"

당신이 머쓱해서 또 웃었고 나도 따라 웃었다.

"흔들의자를 완성하면 그다음에는 아기침대를 만들 거야. 태어날 우리의 아기를 위해서."

주말이면 시골집에서 당신은 나무를 만지고 나는 텃밭에서 호미를 들고 살았다. 당신은 침대를 만들지 못했을 뿐만 아니라 흔들의자조차 완성하지 못했다.

그때 지자체의 홈페이지를 접속하지 않았다면 당신을 만나지 않았을까. 아니면 그때 신청했던 목공 강좌에서 탈락했다면 당신을 만나지 않았을까. 그것도 아니라면 당신이 목공 수업 중에 손가락을 다치지 않았다면 인연이 이어지지 않았을지도 모른다.

나는 낮에는 커피집에서 시간제로 일하고 밤에는 갈빗집에서 불판을 닦았고 주말은 바리스타 자격증 시험 공부를 위해 도서관을 다녔다. 토요일 아침에 컵라면으로 아침 식사를 대신하고 도서관에 갔다가 컴퓨터를 무료로 사용할 수 있는 미디어실에서 지자체 홈페이지에 접속했다가 목공수강생을 모집하는 공고를 보았다.

더구나 필요한 공구와 나무를 비롯한 모든 재료를 지 자체에서 무료로 제공한다는 것이 마음에 들었다. 수업 과정에는 평소에 관심이 많았던 우든 펜(Wooden Pen)을 제작하는 과정도 포함하고 있었다. 추가적인 아르바이트는 미뤄두고 모집 조건을 맞추려 상해보험에 가입하고 지원서를 제출했다. 다행히 수강생으로 선발되었다. 강좌는 토요일 오후 네 시간, 일요일 오전 네 시간으로 짜인 6개월 과정이었다.

작업대 하나에 두 사람이 마주하고 톱과 대패, 끌을 비롯한 공구를 다루는 법을 배웠다. 각재를 5밀리 간격으로 금을 긋고 자르는 톱질과 숫돌에 날을 갈아 대팻집에 어미 날과 덧날을 끼우고 날을 조절하는 것을 익혔고 끌을 다루는 법도 배웠다. 한 달이 넘도록 톱질과 대패 날만 만지는 과정이 반복되니 수강생들이 불만을 토로했고 몇 명은 수업을 포기했다. 나는 나무를 가공하면서 손가락에 전해지는 손맛이 좋아서 빠짐없이 목공 수업을 다녔다.

나는 어느 겨울날 이름도 없이 보육원 앞에 버려졌는데 생년월일이 적힌 쪽지가 끼워져 있었다. 보육원장은 세상을 따스하게 살아가라고 따뜻할 온(溫), 빛날 희(熙), 온희라고 이름을 지었다. 나는 고등학교를 졸업하

면서 자립정착금 몇 푼을 받고 사회로 내몰렸다. 결국
은 두 평이 안 되는 고시원에 둥지를 틀었고 부나비처
럼 아르바이트를 전전하며 세상과 부대끼는 중이었다.
나에게 사랑은 불필요한 감정 놀음이었고 이성에게 관
심을 두거나 누군가에게 관심을 받는 것도 사치라고
여기며 살았다. 오로지 열심히 일해서 돈을 모아 향이
좋은 커피집이라는 소문이 자자한 카페를 갖는 것이
최고의 목표였다. 죄짓지 않고 정직하게 돈을 벌어서
나처럼 환경이 불우한 사람들에게 도움을 주고 싶었
다. 카페 한쪽에 직접 만든 독서대, 그릇과 접시, 우든
펜을 비롯한 아기자기한 목공품을 판매하면 매출에 도
움이 될 것 같아 목공수강생 모집에 신청서를 접수했
었다.

공구를 다루는 기초적 기술의 습득이 끝나고 판재와
각재의 단면을 가공하는 방법을 익히고 드디어 대패
를 손에 쥐고 판재를 깎아볼 수 있었다. 적당히 벌린 두
다리에 힘을 주고 대패를 잡은 손을 다른 손으로 감싸
며 허리의 힘을 이용해 어깨를 당기는 미세한 힘의 조
절에 나무판이 습자지처럼 벗겨지며 한복이 스칠 때처
럼 사락사락 소리가 기분 좋게 귓속으로 들려왔다. 손
바닥과 손가락에 느껴지던 대패의 손맛에 젖어있을 무

렵에 나무에 그무개[4]로 금을 긋고 톱으로 자르고 끌로 파서 판재와 판재, 판재와 각재 또는 각재와 각재를 연결하는 결구를 배우기 시작했다. 처음으로 주먹장을 배웠고 다음에는 액자의 틀처럼 모서리 부분을 45도로 맞춤해도 두 부재의 연결 부위는 사선으로만 나타나고 결구는 나무의 안쪽으로 숨겨지는 연귀맞춤을 배웠다. 연귀맞춤은 기법도 다양해서 턱솔연귀, 안촉연귀, 사개연귀 등을 차례로 익혀갔다. 여러 가지 결구법을 배우면서 끌을 다루는 방법도 배웠다. 끌 날을 파내려는 나무에 수직으로 세우고 나무망치로 때려 구멍을 완벽하게 파내는 과정에서 스트레스가 해소되는 통쾌함을 느꼈고 더불어 톱으로 잘라 정확한 구멍의 크기로 촉을 만들어 얼추 끼워보고 촉을 V자로 톱질하여 떨어내고 쐐기를 넣어 완벽하게 결합했을 때의 뿌듯함은 그 무엇과 바꿀 수 없는 희열이었다. 예정된 강좌의 과정이 한 달 남았을 때 강사는 졸업작품을 제작하여 제출해야 수료증이 발급된다며 견본으로 서안(書案)과 사방탁자(四方卓子)를 보여주었다. 나는 서안을 선택하고 옛사람들이 앉아서 글을 읽던 책상인 것을 감안해서 가로의 폭은 40센티, 길이는 80센티로 정하고 높이를 30센

---

4)　목재를 가공하기 위해 선을 그을 때 사용하는 전통 공구.

155

티로 결정했다. 우선 자재실에서 판재를 가져와 필요한 넓이로 집성하여 목공 본드를 바르고 클램프(clamp)로 조여뒀다. 예상보다 빠른 진척에 흡족함을 느끼면서 여유로운 마음으로 내 앞에서 열심히 나무를 다듬는 남자의 얼굴을 무심코 바라보았다. 남자의 사방탁자는 높이가 얼추 150센티에 가로와 세로가 각각 40센티쯤으로 보였다. 각 층널을 30센티쯤으로 계산해서 5단의 사방탁자를 만들 계획인 것 같았다. 아마 중간이나 맨 밑단에 수납장을 만들고 문을 달아낼 것으로 짐작되었다. 남자는 참죽나무로 네 기둥을 재단하고 기둥 사이를 가로질러 대는 쇠목까지 준비를 끝내고 층널로 사용할 단풍나무를 집성하기 시작했다. 완성된 사방탁자를 머릿속에 그려보니 붉은색의 네 기둥과 층널의 옅은 황갈색이 어울릴 것 같았다. 수납장은 무게 중심을 낮춰 안정감을 도모하기 위해서 밑단에 배치하고 오동나무 판재에 낙동(烙桐)을 입혀 목리(木理)가 도드라진 거무스름한 문짝을 만들어 달면 멋진 작품이 탄생할 것 같았다.

"온희씨, 판재를 집성하고 얼마나 지나서 클램프를 제거한다고 했었죠?"

"제 이름을 아세요?"

갑작스러운 남자의 질문이 당황스러워 나는 대답 대

신에 오히려 엉뚱한 질문을 던지고 말았다. 그동안 목공을 배우며 눈인사만 나누는 정도였다.

"그럼요. 온희 씨는 내 이름을 몰라요?"

남자가 웃었다.

"온희 씨 얼굴이 홍당무가 되었어요."

남자는 여전히 웃었고 나는 부끄러웠다. 남자가 웃는데 하얀 치아가 참 고르다고 생각되었다. 집성이 끝난 사람은 귀가해도 좋다는 강사의 말에 작업장을 빠져나와 버스정류장으로 향했다.

"아직 클램프 제거 시간을 알려주지 않아서 따라왔어요."

남자가 서글서글 웃으며 말했다.

"만, 하루요."

"네. 알려줘서 고마워요. 나는 김민식입니다, 기억해주기를 바랍니다."

남자는 자신의 이름을 남기고 돌아갔다.

다음날에는 그무개로 금을 긋고 톱질하고 끌로 파면서 장부 구멍과 장부의 촉을 다듬느라 작업장은 어느 때보다 소음도 컸고 모두가 분주했다. 나는 등대기 톱으로 자투리 흑단목으로 서안의 상판과 다리를 결합한 이후에 사용할 몇 개의 쐐기를 만들고 있었다. 톱질의 리듬에 젖어있을 때 앞에서 작업하던 남자의 비명이 작업장의 소음을 뚫고 귓전으로 파고들었다. 왼손 검지를 감싸 쥔 오른손의 손가락 사이에서 핏물이 작업대로 떨어지고 있었다. 나는 구급함을 가져와 소독액을 바르고 붕대로 감아줬다. 남자의 자동차 열쇠를 건네받고 가까운 병원으로 운전했다. 일요일은 진료를 쉰다는 안내문을 발견하고 종합병원의 응급실로 향했다. 손가락의 통증이 심할 텐데 벙긋벙긋 웃고 있는 남자가 이해되지 않았다. 찢어진 검지를 다섯 바늘 꿰매고 주사를 맞고 약국을 들러 작업장으로 돌아왔다. 다른 수강생들이 핏자국을 닦아내고 주변 정리를 말끔하게 끝내고 돌아간 작업장은 적막했다.

"배고프지 않아요?"

작업장에 걸린 시계는 두 시가 넘어있었다. 함께 점심을 먹었고 내가 근무하는 카페에서 손님으로 들어가 커피를 마셨다. 사람 좋은 사장은 커피값을 받지 않고 남자친구냐고 은밀히 묻더니 내 얼굴이 붉어졌다고 놀렸다. 머리는 남자를 밀어내야 한다고 외치는데 가슴은 자꾸만 남자를 향했다. 혼자서 살아가니 외로운 탓이라 여겼다. 나는 세상에 동떨어진 고아고 원룸도 아닌 고시원에 살고 있다는 것을 밝혔다. 내 처지를 알게 되면 저절로 관심을 거둘 거로 생각했고 숨길 이유도 없었기 때문이다. 남자의 관심은 계속되었다. 시나브로 남자에게 스며드는 자신이 미웠다.

졸업작품의 제작 기간을 일주일 남기고 내가 만들던 서안의 조립이 마무리되었다. 마지막으로 입자가 고운 사포로 문지르고 강사가 알려준 대로 헝겊에 천연오일을 적셔 서안에 발랐다. 나무에 기름이 스며들면 한 번 덧칠을 해주면 나의 졸업작품은 완성이었다. 앞의 남자도 손가락 상처가 아물어 사방탁자의 조립이 한창이었다.

"사실은 온희씨 때문에 내가 다쳤으니 조립 좀 도와줘요."

나 때문에 다쳤다는 황당한 말을 듣고도 무언가에 홀린 듯 남자의 작업을 돕고 있었다.

사방탁자의 제작을 끝내고 돌아가던 남자가 책 한 권을 내밀었다. 생텍쥐페리의 어린 왕자였다. 새 책인데 곳곳에 밑줄이 그어져 있었는데 어느 한 문장만 붉은 색으로 밑줄이 그어져 있었다.

내가 좋아하는 사람이 나를 좋아해 주는 건 기적이야.

나에게 생텍쥐페리의 어린 왕자는 극장에서 흥행하지 못하고 텔레비전에서 시시때때로 방영하던 영화와 같았다. 채널을 돌리다가 조금씩 시청해서 대충의 줄거리는 알아도 자세한 내용은 모르는 영화처럼, 어린 왕자를 읽지 않았어도 대강의 줄거리와 몇 개의 명대사는 알고 있었다. 사람들에게 가장 널리 알려진 '사막이 아름다운 것은 어딘가에 오아시스를 감추고 있기 때문이다' 라는 문장에는 밑줄을 긋지 않아 남자의 의도를 이해하기 어려웠다. 나는 어린 왕자를 여러 번 읽었다.

육 개월의 목공 수업이 모두 끝나고 강사와 수강생들은 자축의 저녁 식사를 함께했고 우리 두 사람은 따로 커피를 마셨다. 남자는 진솔하게 말했다. 목공 수업의 첫날부터 나에게 관심이 있었는데 작업 중에 나를 바라보다가 손가락을 다쳤다고 말했다. 어느새 우리는 연인이 되었다.

봄햇살이 보석처럼 쏟아지던 어느 날 당신은 호주머니에서 은행알 몇 개를 꺼내 내 손에 쥐어주며 청혼했다.

"조선 시대에는 연인들이 경칩에 은행알을 주면서 사랑을 고백하는 풍습이 있었대. 은행나무는 음양의 조화가 잘 맞고 천년을 산다고 해. 근데, 은행보다 더 오래 사는 나무가 아프리카에 있어. 우리 결혼해서 그 나무를 보러 가자."

당신은 바오바브나무가 살고 있는 아프리카의 섬나

라인 마다가스카르를 신혼여행지로 원했다. 어려서 생일선물로 받은 생텍쥐페리의 어린 왕자를 수 백 번 읽으며 언젠가는 바오바브나무를 직접 마주하는 것을 꿈꾸었다. 마음에 품고 있던 나라의 다양한 지식을 습득했고 지도 한 장이 머릿속에 박혀있었다. 그뿐만 아니라 당신은 어린 왕자가 살았던 소행성 B-612가 지구에 자리하고 있다고 믿었다.

지구에서 자라고 있는 8종의 바오바브나무 중에 가장 많은 6종이 살고 있는 마다가스카르. 어린 왕자가 매일 아침에 바오바브나무의 새싹을 뽑아내고 장미와 다투고 방황하다가 지구에 정착했을 때 소행성도 지구로 향했다. 소행성에서 자생한 바오바브나무의 새싹들은 원없이 몸집을 불리고 키도 키우고 싶어 본섬으로 탈출했다. 화성과 목성의 사이에 있었다는 소행성은 마다가스카르 북서쪽 해안의 노시 타니켈리 (Nosy Tanikely)섬이 되었는데 애초의 크기대로 내려앉았다.

당신은 지구의 어딘가에 머물고 있던 어린 왕자가 소행성이 지구에 도달한 것을 알고 찾아와 너무나 커버린 바오바브나무를 뽑아내지 못하고 바오밥 가로수길 어딘가에서 날마다 바라보고 있을 거라며 마다가스카르에 가면 어린 왕자를 만날 수 있다고 믿었다.

시부모님은 보육원 출신인 나를 탐탁지 않게 여겼고

결혼을 반대했다. 축복받지 못하는 결혼이어서 마음이 아팠지만 나는 이미 당신에게서 벗어날 수 없었다. 우리는 당신의 시골집 마당에 초례청을 꾸며 전통 혼례를 올리기로 결정했다. 여행사에 마다가스카르로 떠나는 여행 상품이 없어 우리는 직접 비행기를 예약하고 숙소를 예약하며 결혼식을 준비했다. 아프리카를 여행하려면 네 가지 주사를 반드시 맞아야 했다. 당신과 나는 국립중앙의료원을 방문하여 로비에 비치된 단말기 화면에서 번호표를 뽑고 여권을 접수처에 제출하고 안내를 받았다. 내가 발급신청서와 문진표를 작성하는 동안에 당신은 은행에서 구입한 수입증지를 신청서 하단에 붙여 창구에 접수했다. 잠시 후 내 이름을 불러서 해외 여행클리닉으로 들어가 간단한 진료를 받고 여행 일정과 이동 국가, 그리고 여행 목적 등을 묻는 말에 대답하니 처방이 내려졌다. 문진표를 작성하고 비용을 수납하고 주사실에서 A형 간염, 파상풍, 장티푸스 주사를 맞았다. 마지막으로 말라리아는 출국 전날부터 여행이 끝나도 일주일간 약을 먹어야 했다. 노란색의 국제공인 예방접종 증명서를 받아 집으로 돌아왔다. 고시원에서 옷 가방 하나만 들고 당신이 살고 있던 전셋집으로 옮겼다. 작은 아파트는 나에게 궁궐보다 크고 안락한 보금자리였다.

기다리던 결혼식의 아침에 보육원에서 몇 명의 하객이 찾아왔다. 어머니와 같았던 보육원장이 혼주석에 앉았고 당신은 자기 친척과 친구들을 신부의 하객석에도 앉도록 배려해 주었다.

당신의 부모님은 끝내 결혼식장에 나타나지 않았다.

우리는 마다가스카르 이바토 국제공항에 도착하여 비자를 발급받고 달러를 그 나라의 화폐로 환전하고 휴대전화 유심을 구매했다. 예약한 호텔로 이동하려 공항을 빠져나왔다. 오랫동안 꿈꾸었던 나라에 발을 내디뎠다는 감격에 당신의 눈은 빛났고 목소리는 떨렸다.

"마다가스카르의 나라 이름은 마르코 폴로가 지은 거나 다름이 없대. 왜냐면 동방견문록에 소말리아의 수도이자 항구도시인 모가디슈를 섬으로 알고 '동아프리카에는 마다게이스카르(Madageiscar)라는 섬이 있다'고 잘못된 기록을 남겼대. 그러다가 1500년경에 포르투갈의 탐험가가 유럽인으로는 처음으로 지금의 마다가스카르를 발견하고 '상로렌수' 라고 이름을 붙였지만 이미 마다가스카르라고 널리 알려져 있었던 거래.

우리가 살아가면서 행여 뜻하지 않은 곳으로 걸어가게 되더라도 좌절하지 않고 원하지 않았던 길이 새로운 길이 되고 인생의 전환점이 되게 노력하자. 잘못된 기록이 마다가스카르로 정착되었듯이."

당신이 내 눈을 바라보며 미소를 보였다. 당신의 눈이 참 맑고 깊어 보였다.

"근데, 마르코 폴로는 글씨를 몰랐데. 어찌어찌하여 전쟁에 참전하게 되었는데 포로로 잡혀 약 3년간 감옥에 갇혀있는 동안 루스티첼로(Rustichello)라는 사람에게 자신의 경험을 얘기하며 기록하게 한 것이 동방견문록이래."

당신은 관광 가이드처럼 습득한 지식을 알려주었고 필요하면 핸드폰의 번역기로 마다가스카르 사람들과 소통했다. 그들은 일본어로 곤니찌와라고 인사를 건넸다가 반응이 없으면 다시 니하오라고 미소를 지으며 중국말로 인사했다. 우리가 코리아, 사우스 코리아라고 대답하면 그들은 오, 태권도나 오! 케이팝, 혹은 오, 김치라고 말하고 손가락을 벌려 손바닥을 내미는 전통 인사로 친근함을 표현했다.

우리는 사륜구동 오프로드 차량을 빌렸으나 빌린 사람이 직접 운전할 수 없는 법 때문에 현지 기사와 대동하여 관광지를 찾아가거나 시간을 지키지 않는 코티스의 출발을 하염없이 기다렸고 목적지에 도착하여 약속한 요금을 지급하면 거스름돈이 없다는 표정을 짓거나 딴청을 부리며 끝내 거스름돈을 내놓지 않던 운전기사도 여러 번 만났다. 노시베 (Nosy Be)에서는 스노클링을 즐겼고 앙다시베-만타디아 국립공원 (Andasibe-Mantadia National Park)에서는 여우원숭이에게 먹이를 주는 것을 경험했다. 관광객에게 익숙해진 카멜레온을 만졌을 때 비늘이 거칠고 건조한 고무 같은 느낌이지만 전혀 미끄럽거나 끈적임은 없었다. 유네스코 세계유산으로 등재된 치린디비 마리나(Tsingy de Bemaraha) 국립공원을 찾아가 석회암 카르스트 바늘 숲인 칭기(Tsingy)가 눈앞에 펼쳐졌을 때는 나도 모르게 감탄사가 터져 나왔다.

당신은 바오바브나무 잎으로 음식을 만들고 씨앗으로 기름을 추출하거나 가공해서 화장품으로 사용하고 가루로 만들어 건강식품으로는 활용할 수 있어도 나무가 물러서 작은 인형을 조각하는 정도만 사용한다는 것을 안타까워했다. 당신은 바오바브나무를 시골집에서 키워 그 나무가 알맞게 자라면 베어 어린 왕자 인형을 깎아 예쁘게 색칠하여 거실을 장식할 수 있기를 소망했다. 중요한 것은 눈에 보이지 않기에 마음으로 보아야 한다고 사막여우가 말했듯이 어린 왕자가 수호신으로 우리의 주변에 머물고 있을 거라 믿었다.

당신은 귀국하는 비행기에서 우리의 아이가 긴 비행 시간을 견딜 수 있는 나이가 되면 이곳 마다가스카르로 다시 여행을 와서 바오바브나무를 배경으로 당신이 조각한 어린 왕자 인형을 들고 가족사진을 찍어 우리

집 거실에 걸자며 환히 웃었다.

나는 신혼여행에서 돌아와 종합병원의 산부인과를 찾아갔다. 의사는 생리가 시작하고 이틀이 지나서 병원을 방문하라며 상담을 끝냈다. 약속된 날에 병원을 방문했고 초음파 검사와 혈액검사를 받고 하루도 빠짐없이 호르몬 주사를 맞다가 2주가 되었을 때 의사는 물을 마시는 것도 금지했다. 다음 날 아침에 나는 수술실의 침대에 누웠고 의사가 팔뚝을 알코올 솜으로 닦고 정맥에 마취 주삿바늘을 찌르던 것까지 기억한다. 과정은 보름 정도가 소요되었으나 시술은 이십 분에 불과했다. 회복실에서 두 시간 정도를 쉬고 집으로 향했다. 나는 난자를 채취해서 냉동시켰다는 것을 당신에게 애기하지 않았다. 텔레비전의 드라마처럼 당신과 나 사이에 태어난 갓난애를 안고 시댁을 찾아가 며느리로 인정해달라고 아이를 볼모로 삼고 싶지 않았다. 더 사랑하고 행복하게 살면서 시부모님을 공경하면 며느리로 인정받을 거라 확신했다. 내가 축복받은 생명이 아니어서 보육원에 버려졌기에 축복받지 못한 아이를 낳고 싶지 않았다. 한동안 피임에 신경을 쓰겠지만 언젠가 며느리로 인정을 받았을 때 현재도 적잖은 나이인지라 임신성 고혈압이나 임신성 당뇨도 걱정되고 무엇보다 전치태반의 위험성 때문에 마음이 불안했다. 혹여 자연스럽게 임신이 되지 않으면 노산이 염려되어 조금 더 젊었던 나이에 현대의학의 힘을 빌려놓았다고 자랑스럽고 흐뭇하게 얘기하고 싶었다. 당신이 나에게 깊이 스며들었을 때 결혼은 피할 수 없는 운명이라 여겼고 결혼하면 당연히 엄마가 되고 싶었다. 우리 두 사람보다 세 사람이 되면 더 행복할 것 같아 심장이 마구 뛰었다. 당신과 나의 유전자를 가진 아이가 엄마라고 불러준다면 또 다른 세상이 펼쳐질 것 같았다. 더구나 프랑스의 한 신문사가 세상에서 가장 아름다운 것을 찾는 것을 공모했는데 어린 소녀가 응모한 우리 엄마의 눈이 선정되었다는 내용을 SNS에서 보았을 때 나는 엄마의 눈망울은커녕 얼굴도 모르지만 내가 세상에 여자로 태어났다는 것은 누군가의 엄마가 되라는 하늘의 뜻으로 여겨졌다. 거리에서 임산부를 만나면 부러움에 발길이 멈춰지고 아이의 손을 잡고 신호등을 기다리는 엄마를 마주치면 빨리 엄마가 되고 싶어 스스로의 다짐을 어기고 피임을 중단하고 싶은 욕구가 들었지만 축복받는 우리의 아이를 위하여 나의 바람을 잠시 접었다.

비행기에 흐르던 잔잔한 음악이 끊기고 앞좌석에 붙

은 모니터에 승무원이 안내방송에 맞춰 안전벨트 사용
방법과 산소마스크 착용법 등을 시연하는 영상이 송출
된다. 이제 곧 소망을 싹틔워준 마다가스카르를 떠나
당신과 나의 소망이 꽃처럼 피어날 우리나라로 향한
다. 그 소망은 당신이 바오바브나무를 키우고 싶어 했
던 시골집을 카페로 바꿔 향 좋은 커피를 내리고 어린
왕자를 조각해 거실과 카페에 장식하고 당신이 만들던
흔들의자를 완성하고 침대를 만들어 아이를 재우련다.

나는 바오바브나무를 올려보다가 나무 뒤로 펼쳐진
구름이 소설 어린 왕자에서 보아뱀이 코끼리를 삼킨
그림을 닮았다며 환히 웃는 당신의 얼굴을 만났을 때
정자를 기증받아 아이를 출산하겠다고 마음의 결정을
내렸다.

이제 이 세상에 존재하지 않는 당신은 꿈에도 나타나
지 않으니 오롯이 내가 결정하고 행동하여 책임질 일
이다. 그토록 우리가 원했던 아이에게 당신의 유전자
가 존재하지 않을지라도 나의 결정을 믿어주고 응원해
주리라 믿는다. 생판 모르는 아이도 입양하는데 나의
유전자를 절반이나 가진 아이를 내 뱃속에 잉태하는
것은 커다란 축복이 아닐 수 없다. 귀국하면 우리나라
모든 대형 병원의 산부인과를 방문해서 상담을 받아볼
생각이다. 정자를 기증받아 임신하는 것이 법적으로는

문제가 되지 않으나 의료기관에서 시술을 꺼려서 실행한 사례가 없다지만 내가 그 마중물이 되어보고 싶다. 끝내 우리나라에서 아이를 가질 수 없다면 외국으로 눈을 돌리는 것도 서슴지 않으리라. 일만 이천 킬로미터의 멀고도 먼 마다가스카르까지도 날아왔는데 생명을 품기 위해 더 먼 곳이라도 마다하지 않겠다.

"동물의 세계에서는 상대보다 빠르지 않으면 무조건 죽어.

쫓기는 동물은 쫓는 맹수보다 빠르지 못하면 잡아먹히고, 쫓는 맹수는 쫓기는 동물보다 빠르지 못하면 굶어서 죽는 게 동물의 세계야.

근데, 나는 에스와티니에 의료봉사 활동을 갔을 때 쫓기지 않던 동물이 스스로 죽음을 선택하는 것을 보았어. 오지마을을 찾아가느라 어느 강가에 이르렀는데 새끼 얼룩말이 강에 빠졌고 그것을 목격한 악어가 미끄러지듯 물살을 가르며 다가왔단 말이야. 이제 저 어린 것이 악어의 먹이가 되겠구나 싶었어. 그때 그 상황을 목격한 어미가 허겁지겁 강으로 뛰어들어 새끼에게 헤엄쳐가더라고. 아, 어미까지 생명을 잃을 것 같아 안타깝고 슬펐지. 새끼에게 향하던 어미가 갑자기 악어와 새끼의 중간쯤에서 멈춰 섰어. 어미가 기운이 빠져

걸음을 내딛지 못하는 것 같았거든. 그때 도망가던 새끼가 어미에게 다가오기 시작했는데 어미가 목이 찢어지라고 소리를 질렀고 새끼는 다시 몸을 돌려 처음의 방향으로 도망가기 시작했어. 당연히 새끼를 향하여 걸음을 옮기거나 반대 방향으로 도망갈 줄 알았던 어미는 스스로 악어에게 다가가다 다시 걸음을 멈추고 고개를 돌려 제 새끼에게서 시선을 떼지 않았어. 이제 어미와 악어의 거리는 불과 사 미터 정도에 불과했는데 어미는 악어가 다가오며 만드는 물살을 느끼면서도 끝까지 새끼를 바라보다가 악어에게 목덜미를 단번에 물렸는데 목의 동맥을 날카로운 이빨에 뚫리면서도 얼굴이 평온해 보였어. 이윽고 강을 건넌 새끼는 제 어미가 물속으로 잠기는 모습을 바라보고 있었어.

당신과 결혼하면 나는 우리 가족을 위한 어미 얼룩말이 될 거야."

신혼여행에서 당신이 들려주었던 말이 떠오른다. 어미 얼룩말이 되겠다고 약속했으나 약속을 지키지 못한 당신을 대신해서 얼룩말이 되겠다고 다짐하며 눈을 감는다. 당신이 알려준 마다가스카르의 말라가시어 단어를 몇 개 떠올린다.

안녕, 살라마(salama)

사랑, 피티아바쿠(fitiavako)

소망, 파난테나나(fanantenana)

비행기가 미끄러진다. 속도가 느껴지고 몸이 뒤로 젖히면서 당신과 나의 소망을 싣고 창공으로 힘차게 상승한다.

안녕, 나의 사랑.

살라마, 니 피티아바쿠 (Salama, ny fitiavako)[5]

---

5) 말라가시어는 o를 u로 발음함.

복통

일기예보를 끝으로 저녁 텔레비전 뉴스가 끝났다. 정말 눈이 내리려는지 유리창을 흔들던 바람이 잦아졌다.

손녀딸 정미가 목강스럽게 칭얼거렸지만 며느리는 곁눈질 한번 없이 뜨개질에 열중했다. 잠시 손을 놓고 허리를 두드리는 며느리의 얼굴에 피어있는 기미가 안쓰러웠다. 며느리는 정미를 낳고 몇 해가 지나도록 둘째의 소식이 없어 발걸음조차 조심했었다. 맹꽁이처럼 불룩한 배를 보면 마음의 무게를 한 켜 벗겨 준 며느리가 고마웠다. 예정일이 얼마 남지 않은 며느리는 건산댁의 만류로 부엌이 아닌 아랫목을 차지하게 되었다. 그것이 미안한지 시어미의 조끼를 짜느라고 늦은 밤까지 바늘 코를 꿰었다. 아랫목에는 고양이가 팔자 늘어진 기생오라비 모양으로 잠들어 있었다. 건산댁은 가래 끓는 듯한 고양이의 숨소리가 싫어 이마에 밭고랑을 만들며 플라스틱 라이터를 집어 던졌다. 고양이가 느긋하게 일어나 자신이 부숴 놓은 장난감의 팔목을 건들며 건중건중 재롱을 떨었다.

울음을 그친 정미가 눈물이 채 마르지도 않은 자닝스런 표정으로 텔레비전에 넋을 잃고 있었다. 화면에는 건강한 노인이 건강식품을 광고하면서 환한 웃음을 만들었다. 거울에 비친 자신의 얼굴은 저승꽃이 자리를 넓혀가고 있었다. 담배를 꺼내 거실로 나왔다. 그때 지랄병을 앓듯이 전화벨이 울렸다.

건산댁은 수화기를 내려놓고 우두망찰 한숨부터 쉬었다. 며느리가 고개를 돌리며 눈치를 살폈다.

"애비야, 어쩜 좋으냐? 할무니가 글쎄 농약을…."

부서진 장난감을 조립하고 있던 아들이 일어나 외출복으로 갈아입었다. 며느리가 물에 담근 쌀처럼 부은 얼굴을 애써 숨겼다. 하지만 V 자의 양미간 사이에 귀찮은 표정이 또렷하게 숨어 있었다.

"위독하데요. 언제 오실 거예요?"

"일단 가봐야 알지."

"연락하마."

무뚝뚝한 아들의 대답에 자신의 목소리는 주파수가

맞지 않은 라디오의 잡음 소리 같았다. 며느리가 하품을 길게 하고 대문 안으로 들어갔다. 이내 두 개의 자물쇠를 잠그는 쇳소리가 밤하늘로 울려 퍼졌다. 그 소리는 불만을 겉으로 드러내면서 이번 일에 관여하지 않으려 마음에 빗장을 채우는 여운으로 남았다. 서운함이 날카로운 가시처럼 울대에 걸렸다. 건산댁은 침을 꿀꺽 삼켰다. 담장 위로 삐죽 얼굴을 내민 동백나무가 유리창에서 흘러나온 불빛에 도저히 헤쳐 나오지 못할 적막한 정글의 늪처럼 느껴졌다. 그 늪에서 어머니가 허우적 손을 휘저었다.

"동백은 뭣 하러 키우세요?"

"내가 살믄 을마나 살것냐? 나 죽으믄 묏동에 심어 주라고 그란다."

팔뚝 굵기의 동백 한 그루가 화분에 안겨 아랫목을 차지하고 있었다. 세배를 받으신 친정아버지는 물수건으로 잎사귀를 정성스레 닦았다. 건산댁은 고추를 먹은 듯 가슴이 알싸했다.

"내가 거동 할 수 있을 때 하나라도 준비를 해놔야…. 지난 윤년에 늬 엄니거랑 수의도 마련해 놨고 묏자리도 봐 났다."

당신이 마련한 가묘(假墓)는 텃밭의 양지 녘에 자리하고 있었다. 계절이 옷을 갈아입을 때마다 삽이나 낫을 들고 황톳길을 오르고 내렸다.

아버지는 노을로 물든 자신의 삶이 오래도록 햇살이 비추기를 바라지 않았다. 텔레비전을 리모컨으로 간단하게 조작하듯 삶도 그렇게 하지 못하는 것을 늘상 안타까워했다. 바다의 부표처럼 세상살이에 떠밀리면 생을 갈무리하여 자식들의 부담을 덜어주려고 하였다. 하지만 아버지의 소박한 꿈은 물거품이 되고 말았다.

오래전부터 끈질기게 낫지 않는 어머니의 배앓이는 당신에게 주어진 마지막 짐이었다. 대도시의 종합병원에서 진찰을 받아 보았으면 하는 간절한 바람을 아들에게 꺼내지 못했다. 손에 쥐어준 게 없으니 받지도 않겠다는 마음이었다. 물론 누구보다도 아버지의 바람을 잘 알고 있는 병환이었지만 한 마디 언급이 없었다. 가끔 약국에서 위장병 약을 사 왔지만 아무런 약효가 없었다. 병환은 농사가 잘되어 돈이 잡히면 종합병원의 진찰을 염두하고 있었다. 아버지는 묵묵부답인 병환이가 서운했다. 차마 병원 애기를 꺼내지 못하는 병환의 마음은 추수를 끝내고 불에 태운 논둑처럼 새까맣게 탔고 아버지도 마찬가지로 새까만 숯먹이 가슴이었다. 원수 놈의 가난을 향해 한숨이나 내쉬는 게 고작이었다. 병환이의 속마음도 알지 못한 채 아버지는 세상을 떠나고 말았다. 아들에 대한 서운함을 삭히느라 아버지는 노인정에서 동무들과 술을 마시고 돌아오는 길에 동네 앞 춘정강 다리에서 실족해 세상을 떠나고 말았다. 아지랑이가 개나리 허리에서 가물거리던 올봄이었다. 아버지는 자신이 찍어 놓은 하얀 고무신의 발자국을 따라 영원한 길을 떠났다. 가신 님의 흔적을 가슴속에서 잉걸불로 지키던 어머니까지 동백이 한 번도 꽃망울을 피우지 못했는데 꽃이 아닌 서러움이 가득한 붉은 피꽃을 피우려 한다니.

"눈이 내리는데요."

아들의 목소리가 마치 동굴 깊숙한 곳의 울림처럼 들려왔다. 건산댁은 재빨리 눈가를 훔치고 창밖으로 시선을 던졌다. 첫눈이 많이 내리면 풍년이 든다고 하던가. 그렇지만 건산댁은 하얀색이 싫었다. 그래서 눈도 좋아하지 않았다. 제법 소담스레 내리는 눈송이에서 끝이라는 단어가 낚시 끝에 매달린 물고기처럼 파닥거렸다.

지금의 정미 아비가 세상에 태어나 옹알거림을 시작할 무렵에 남편을 잃었다. 동네 사람들과 약초를 캐러 떠났던 일요일, 그 아침의 모습이 마지막이 될 줄을 전혀 짐작하지 못했다. 하얀 점퍼 차림으로 대문을 나선 남편을 산의 품에 빼앗겼다는 사실을 믿기 힘들었다. 소식을 듣고 병원으로 허겁지겁 달려갔지만 남편은 벌

써 이 세상 사람이 아니었다. 병원의 영안실에서 만나
본 주검 사이로 이승과 저승을 넘나드는 독경 소리만
카세트테이프가 풀어놓고 있었다. 밀가루가 바람에 날
린 듯 어지러운 향불은 건산댁의 마음을 더욱 찢어 놓
았다. 남편의 손짓처럼 일렁이는 촛불을 보고 참고 참
았던 눈물 한 방울이 하얀 소복에 떨어졌다. 등에 업힌
아이가 칭얼거렸다. 건산댁은 이를 깨물며 마음을 사
려 먹었다. 생선 광주리를 머리에 얹고 마을을 돌아다
니며 행상을 시작했다. 고무신이 닳는 것도 아까워 호
젓한 길에서는 벗어 쥐고 동네가 눈에 들어오면 신발
을 꿰었다. 물집이 생겨 아물고 그 위에 또 굳은살이 박
였다. 건강하게 자라는 아이의 똘망똘망한 눈동자를
보면 끓는 물에 데친 시금치 같은 몸에 기운이 돌았고
피곤도 잊었다. 팔자를 고치라는 친정아버지의 성화에
건산댁은 뭍에 오른 물고기처럼 펄쩍펄쩍 뛰었다. 그
러한 소리를 귀에 담는 것조차 죄라고 여겨졌다.

　건산댁은 반대편에서 비쳐오는 부채꼴의 전조등 불
빛에 이맛살을 찌푸렸다. 운전석에 앉은 아들의 옆모
습에서 피곤이 뚝뚝 떨어졌다. 불쌍한 녀석. 아비 없는
자식이라는 소리를 가슴에 문신으로 새기며 늘상 눈물
에 절어 살아야 했던 아들이었다. 그래도 건산댁의 유
일한 버팀목이었고 등불이었다.

아들이 다니던 출판사를 그만두고 빚을 얻어 서점을 시작했을 때 걱정이 태산이었다. 하지만 금세 빚을 갚고 아담한 집도 한 칸 마련해 자신의 이름을 새긴 문패를 대문에 붙여 준 아들이 고마웠다. 한 번은 술을 즐기지 않는 아들이 인사불성이 되어 들어왔다. 일찍부터 며느리로 얼굴을 읽혀 왔던 인순이의 부모가 과부의 자식이라고 반대해 결국 헤어졌음을 알았다. 가슴을 찌르는 통증이 엄습했다. 어떠한 위로의 말도 떠오르지 않았다. 천장의 무늬가 쇳토막이 되어 사정없이 쏟아졌다. 칼바람보다 매서운 세상을 살아오면서 큰 숨 한 번 쉬지 못한 채 주눅이 들고 두려워했던 과부의 자식이라는 그 한마디가 온몸을 찔렀다. 눈에 보이지 않는 핏방울이 몸뚱이를 흠씬 적셨다. 그날 밤 장롱 깊숙하게 숨겨둔 사진을 꺼내놓고 죽은 남편을 원망하며 눈물로 밤의 어둠을 하얗게 씻었다. 누렇게 변색한 사진은 가시밭 세월을 간직하고 있었다.

후사경에 비친 자신의 귀밑머리 흰머리가 유난히 눈에 들어왔다. 이 세상에 발 딛고 있을 날이 얼마나 될까. 조금도 미련은 없었다. 죽음과 가까워진 어머니를 생각하고 불손한 자신을 꾸짖었다. 한 해를 마감하는 계절에 팝콘 같은 눈송이가 차창으로 달려들었다.

비릿한 병원의 소독약 냄새가 빈속을 자극해 헛구역

질이 나왔다. 신음소리와 비명의 입자들이 응급실을 가득 메우고 있었다. 낡은 가죽같은 어머니의 얼굴엔 주름살이 시냇물로 흐르고, 산소 호흡기에 의지해 느릿하게 숨을 쉬고 있었다. 뜨거워진 눈자위를 옷소매로 찍어냈다.

급박한 구급차 사이렌 소리가 점차 가까워지더니 부산한 발걸음 소리와 함께 20대 초반의 청년이 들것에 실려 들어왔다. 의사가 눈동자를 살피고 청진기로 가슴팍을 짚었다. 환자의 어머니가 대상이 확연하지 않은 욕설을 한바탕 퍼부었다. 의사가 껌을 재근재근 씹고 있는 간호사에게 가망이 없다고 귀엣말로 전하자 간호사는 오히려 안도의 표정이었다. 건산댁은 의사에게 어머니의 상태를 조심스럽게 물었다.

"걱정하지 마십시오. 순환기 장애 때문에 부정맥(不整脈), 심실세동(心室細動). 그리고 중추신경 장애로 안구진탕(眼球震湯) 등의 증세가 나타나 바르비탈제와 아세트산 아마이드…."

의사는 주문을 외우는 무당처럼 거침없이 의학용어를 주절거렸다. 의사가 간호사에게 눈짓을 보냈다. 위세척을 시작했다. 어머니의 산소 호흡기를 벗기고 시커멓게 변해버린 입을 벌린 후에 고무토막을 물렸다. 그리고 고무호스를 집어넣어 물을 주입했다. 배가 빙빙해진 환자의 몸을 숙여 토하게 하는 과정을 되풀이했다. 다음에는 링거의 호스에 제독제를 주사했다. 건산댁은 위세척하는 간호사들의 경직된 모습에서 정미가 좋아하는 만화영화의 로봇을 떠 올렸다. 어머니가 쏟은 토사물은 마치 시궁창에 떠오른 부패물 같았다. 숨이 막히고 눈자위에 눈물이 고이게 하는 악취가 진동했다.

"외삼촌은 휴게실에 있던데요."

정미 아비가 혼자 말처럼 일러주었다. 휴게실로 향하는 복도 천장에 매달린 형광등이 비상 경광등처럼 깜박거렸다. 동생 병환이가 나무 의자에 앉아 담배를 문 채 뭔가를 열심히 끄적이고 있었다. 일어나 인사를 던지고 담배를 내밀었다. 군산댁은 입안이 모래를 씹은 것 같아 손사래를 쳤다. 정미 아비가 자판기에 동전을 넣었다. 돈을 삼킨 기계가 졸린 눈망울을 껌벅이며 메뉴판 아래에 와이셔츠 단추 크기의 불을 밝혔다.

"애비야, 건강을 생각해서 커피는 묵지 말어라."

건산댁은 흰소리 한마디를 잊지 않았다. 율무를 뽑아 온 아들이 옆자리에 앉았다. 이음새 사이에서 신경통을 앓고 있는 환자처럼 삐그덕 소리가 들려왔다. 따스한 온기가 전해오는 율무의 구수한 냄새가 텅 빈 위장을 뒤집었다. 끈끈한 점액질이 발성부를 막아버렸는지 굳은 얼굴로 서로 눈치만 살필 뿐 그 누구도 입을 열지 않았다. 마치 햇살 한 자락 비쳐 들지 않는 바닷속 깊숙이 잠수해 있는 느낌이었다. 벽시계의 초침 소리만 규칙적으로 들려왔다. 병환이가 말아 쥐었던 신문지를 펼쳤다. 여백마다 숫자를 계산한 흔적들이 가득했다. 빈 곳을 찾아 숫자를 나열했다. 건산댁은 달궈진 돌멩이가 끓어오르는 기분에 휩싸였다. 어깨에 상여를 메고 언덕을 오르는 행렬이 아른거렸다.

"키우던 개도 아니고 아부지가 돌아가셨어. 돈이 그렇게도 아깝디야. 아부지의 혼이 저승에도 못 가고 구천을 헤매것다. 동네 사람들 챙피해서 고개를 못 들것다. 이눔아."

건산댁의 목소리에서 쇳가루가 묻어났다. 충혈된 두 눈에서 금방이라도 눈물이 쏟아질 듯하였다. 병환이는 술기운이 돌아 붉은 물감을 뒤집어쓴 얼굴이었다. 상복 옷고름 끝에서 서러움이 반짝 빛났다. 아련히 타들어 가는 향불을 따라 슬픔보다 더 진한 배신감과 분노가 피어올랐다. 당신의 명을 다하지 못하고 돌아가신 아버지의 죽음이 너무나 원통했다. 아버지의 혼이 물

귀신으로 남아있을 춘정강에서 살풀이라도 크게 벌이고 싶었다. 그리고 마지막 가는 길까지 지긋지긋한 가난을 상여에 얹어 보내기 싫었다. 가난의 끈을 싹둑 잘라 버리고 홀가분하고 쓸쓸하지 않은 저승길을 배웅하고 싶었다. 그래서 장례를 번듯하게 치르기를 바랐다. 손가락질을 받아도 좋았다. 관을 쑥돌이 아니면 행자관으로 준비하기를 기대했지만 상주인 병환이는 한사코 소나무 관으로 준비했다. 성대한 장례를 지낸다고 죽은 사람이 아느냐고 핏대를 올렸다. 건산댁은 오동나무 관이라도 쓰자고 애원했지만 병환이는 먼 산을 바라볼 뿐이었다. 핏줄을 나눈 동생이 너무나 야속했다. 상복도 마찬가지였다. 마포나 삼베가 아닌 무명에 치자 물을 들여서 입었다. 가난에 한이 맺힌 탓이겠지만 어릴 적 다정했던 모습은 눈곱만큼도 보이지 않았다. 딸은 자식이 아니냐고, 돈 있으면 누님의 생각대로 장례를 치르라고 눈을 부라렸다. 어쩔 수 없었다. 서러운 마음을 눈물로 달래며 어머니에게 발길을 옮겼다. 의지와 상관없이 발걸음이 흔들렸다. 이웃에서 넘어온 감나무 가지 때문에 음산한 기운이 감돌았다. 비녀 대신에 하얀 광목 띠로 쪽머리를 묶은 어머니가 조각상처럼 멀거니 앉아 있었다. 환하게 웃고 있는 영정을 마주하고 있기가 힘들다고 곰팡이 피고 습기가 눅눅한

뒷방을 고집하였다. 옆집 할머니가 치맛자락에 코를 풀고 얼굴을 닦았다.

"엄니, 기운을 내시요. 아부지는 천당에 가셨을 것인게."
"오냐오냐. 내가 늬 아부지 몫까지 살아야재."
"좀 쉬재 그라요?"
"머잖아 늬 아부지를 따라가믄 편하게 쉴 텐데 뭘."

어머니가 허리춤에서 쌈지를 풀어 한 숟갈의 소다를 털어 넣고 주전자를 집어 들었다. 손수건으로 입가를 훔치고 소다 봉지의 주둥이를 노란 고무줄로 묶어 허리춤에 찼다.

소다 가루 복용은 당신의 유일한 위안이었고 어머니의 삶을 지탱해 주는 노둣돌이었다.

몇 년 전 느닷없이 어머니는 복통을 호소하며 안방을 뒹굴었다. 검진을 마친 의사는 별다른 증상이 없다며 안심하라고 하였다. 그러나 배앓이는 낫지 않았다. 좋다는 약도 소용없었고 어머니는 항상 소다 가루를 옆구리에 끼고 살았다. 어머니는 쑥이나 익모초를 비롯한 민간요법과 병원에서 일러준 식이요법을 하루도 거르지 않았다. 장례가 끝나고 건산댁은 아버지를 대신해 어머니를 모시고 종합병원에 갔다.

"나이가 많아 기운이 쇠하고 신진대사가 원활하지 못하면 간혹 그러한 증상이 나타나기도 합니다. 영양가 좋은 음식을 드시도록 하세요. 에, 혹시 집안 식구 중에 예전에 위장병으로 고생한 분이 있었나요?"

"그것도 유전이 된다요?"

"아닙니다. 다만 특정한 일에 심리적인 강박관념이 심하면 그 병이 자신의 것으로 인식되어 유사한 증세를 나타낼 수도 있습니다. 실제로 어떤 사람은 그 아버지가 신장병으로 죽자 같은 병을 앓았다는 임상 기록이 있거든요."

포승줄에 묶여 있던 기억이 일순 피돌기를 시작하며 맥박을 뛰었다.

맹물로 채운 뱃속은 수챗구멍을 흘러가는 개숫물 소리를 냈다. 어린 남매는 서리를 맞은 호박잎 같았다. 어쩌다 보리밥이라도 먹는 날이면 어머니는 배탈이 났다며 두 남매의 그릇을 가득 채워 주고 눈물로 배 속을 채웠다. 추수가 끝난 들녘을 휘돌던 바람이 방안으로 몰려들었다. 어느 날 저녁 병환이가 배를 움켜잡고 얼굴이 시퍼렇게 변하면서 사색이 되었다. 어머니가 된장

물을 먹였지만 아무런 소용이 없었다. 의사가 맹장이라고 진단했다. 수술비가 막막했다. 친척들 역시 똥구멍이 찢어지는 형편이었다. 어머니는 제대로 먹지 못해 늘 사산이었기에 집안의 대가 끊어질 판이라고 통곡을 그치지 않았다. 병원에서는 수술을 서두르지 않으면 복막염이 되어 생명이 위험하다고 말했다. 입술이 부르트고 부황 든 얼굴의 눈빛만이 허공으로 쏟아졌다. 장대비가 억수로 쏟아지는 밤에 아버지는 집을 나섰다. 나이가 들어 어머니에게 들어 알았지만, 아버지는 인접한 마을의 어느 부잣집의 황소를 훔쳐 수술비를 마련했다. 그 후 아버지는 정신병을 앓았다. 궂은 날씨가 되면 증후가 나타났다. 무릎을 꿇고 소 울음소리를 내면서 방안을 기어다녔다. 난폭해졌다가 서럽게 울음을 터트리기도 했다. 제정신을 찾아도 당신의 행동을 기억하지 못했다. 날씨에 따라 아버지를 뒷방으로 모시고 밖에서 자물쇠를 채우지 않을 수 없었다. 어머니도 잠들면 소가 커다란 눈에서 피를 흘리며 날카롭게 뿔을 갈아세우고 달려드는 가위에 시달렸다고 덤덤하게 말했었다. 그렇게 병환이의 목숨을 건졌다. 시간이 약이었던지 아버지의 병환은 시나브로 치유되었다.

　죄의식과 가난의 잠재의식들이 어머니의 소다 가루 복용과 질긴 끈이 묶어져 있다는 게 놀라울 뿐이었다.

응급실에 누워있는 어머니는 지금도 옆구리에 소다 가루의 쌈지를 꿰고 있을까.

형광등의 안정기 소리만이 휴게실의 공간에 부서졌다. 너무나 고요하여 숨이 막힐 지경이었다. 입을 꼭 다문 무표정의 모습에서 긴장과 초조가 묻어났다.

"이 쥑일놈아, 엄니가 농약을 마시도록 뭘 했냐?"

"면목 없소. 뒷골 하우스에서 고추에 물을 주고 있는디 숙자네가 읍내에 나감서 엄니가 친구들을 찾아 댕기드라고 혹시 서울 누님 집이라도 가느냐고 묻습디다. 이상한 생각이 들어 집에를 가본께 엄니가 막 약을…."

밤 세시를 알리는 시보가 아득한 홍두깨 소리처럼 들려왔다.

"급하게 차를 불러 읍내에 있는 병원에서 응급처치하고 종합병원으로 옮겼구만이라."

건산댁은 일어나 화장실을 찾았다. 문을 잠그고 좌변기에 앉아 물을 내리고 소리를 내며 마음껏 울었다. 울지 않고는 버티기 어려웠다. 수도꼭지를 돌렸다. 몇 번이고 입 안을 헹구었다. 복도의 형광등은 피곤도 모르는지 변함없이 껌벅거렸다. 담배를 한 개비 물었다. 성냥의 유황이 타면서 불꽃이 일었다. 나무로 옮겨지면서 불이 잦아졌다. 손끝에 온기가 전해지더니 곧 뜨거움으로 변했다. 불꽃이 점차 작아지면서 흔들렸다. 뜨거움은 더욱 심했다. 죽음이 손짓할수록 삶의 애착은 더욱 강해지는 법인데 어머니는 닳은 삶의 그릇을 스스로 깨뜨리려 했다니. 아버지의 몫까지 살겠다며 꼬박꼬박 식이요법을 지켰던 어머니였는데. 깊숙이 넘긴 담배 연기가 목구멍에 막혀 심한 기침이 나왔다.

“저어, 누님. 의사가 그런디 그냥 퇴원해도 되것다고 그랍디다.”

“죽어 저승 갈 때 돈 싸서 들고 가그라, 싸들고 가. 이 눔아.”

“누님, 그것이 아니고….”

동생과 같은 의자에 함께 앉아 있을 수 없었다. 하염없는 눈물이 흘러 내렸다. 응급실로 향하는 발걸음이 후들거렸다. 누구든 부여잡고 하소연을 늘어놓고 싶었다.

청년은 이미 영안실로 옮겨지고 없었다. 그가 누웠던 하얀 시트가 눈에 들어왔다. 그곳에는 죽음의 전령만이 껄껄 웃고 있었다. 건산댁은 어머니의 손을 잡았다. 수세미처럼 거친 손이 차가웠다. 구석에 설치된 가습기가 칙칙거리는 소리를 내면서 눈물처럼 물방울을 똑

똑 흘렸다. 어둠의 저편에는 하얀 눈이 긴 겨울밤을 지
키고 있었다.

"예. 퇴원해도 괜찮습니다. 물론 알고 계시겠지만 농
약에는 살충제와 살균제로 크게 구분됩니다. 할머니가
마신 것은 살충제로 독성이 작은 겁니다. 마신 양도 극
히 소량이고요. 물론 입원하시면 더욱 좋겠지만 저 분
께서 퇴원의 뜻을 비쳤고, 어쨌든 큰 문제는 없을 겁니
다. 물을 많이 마시도록…"

어디선가 맷돌 돌아가는 소리가 귓전으로 부서졌다.
눈앞에서 아지랑이 무리가 너울너울 춤을 추었다. 온
몸을 끓는 물에 덴 듯한 아픔이 미세한 신경까지 퍼졌
다. 병환이의 소매를 잡고 늘어지며 애원했지만 막무
가내였다. 건산댁은 정미 아비를 찾았다.

"저어, 차를 빌리러 갔구만이라."
"뭔 차를?"
"조카의 차는 좁은 게 엄니를 모시고 갈 차요."

한마디 말도 없이 병원을 나선 아들이 야속했다. 내
심 부담을 느꼈다는 생각에 마지막 비상구조차 막혀
버린 기분이었다.
눈은 멈췄지만 밤사이에 쌓인 눈이 길바닥에 얼어붙

어 모든 차량이 아장걸음이었다. 봉고차는 도심을 빠져 나가고 있었다. 하늘은 여전히 먹장구름으로 가득했다. 금세라도 눈을 흩뿌릴 낌새였다. 정미 아비는 눈이 부신 지 자꾸만 얼굴을 찡그렸다. 먼저 지나간 바퀴 자국이 반질반질 윤이 났다. 시커멓게 타버린 건산댁의 가슴과는 정반대로 창밖의 풍경은 온통 백색의 물결이었다. 가로수의 앙상한 가지에 붙은 눈송이들이 바람에 날렸다. 펼친 의자에 누워있는 어머니의 표정은 조금도 변화가 없었다. 고통스러워 찡그린 얼굴을 보여 준다면 차라리 마음이 놓일 것 같았다. 면 소재지를 지나 시멘트 포장길로 들어섰다. 저만큼 수덕산 중턱의 장군바위가 하얀 갑옷으로 치장하고 있었다. 새롭게 일어서는 뼈저린 기억들이 또 건산댁을 울렸다. 춘정강이 다가왔다. 예나 지금이나 맑기는 여전했다. 물의 수면에 아버지의 얼굴이 어른거렸다. 건산댁은 속으로 아버지를 불렀다. 대답이 없었다. 동네 어귀에는 아직도 거두지 못한 감나무들이 눈에 들어왔다. 마치 나뭇가지에 전구를 매달아 놓은 것 같았다. 노인들만 남아있는 농촌의 모습이었다. 나뭇가지에 새들이 앉아 홍시를 쪼아먹고 있었다. 사장 나무를 돌아 집에 도착했다. 정미 아비가 기지개를 켰다. 누렁이가 침을 흘리며 사납게 짖었다. 올케가 부엌에서 나오며 고개를 숙였다. 건성으로 인사를 받았다. 작은방에서 조카들이 조르르 달려 나왔다. 이웃에서 넘어온 감나무의 가지치기가 말끔했다. 소문을 들은 동네 노인들이 찾아왔다. 경순이 할머니가 건산댁의 손을 잡고 눈물부터 흘렸다.

"무심한 사람아, 자주 좀 찾아오재 그랬는가. 늙으믄 자식들 생각 뿐인디."

아버지의 장례식 이후 첫 발걸음이었다. 그것도 어머니 때문에. 홀어머니까지 돌아가시면 보고 싶어도 그림자조차 볼 수 없을 터인데 너무나 무심했다는 생각이 들었다.

"으짠다고 그렇게 독한 마음을 묵었으까. 요새는 노인당도 안 나오길래 날씨가 추운 게 그런다냐 했등만."

"아니여. 맨날 영감님 죽은 다리 위에 멍하니 서 있등마."

"아무리 잘 모신다고 해도 부모 맘을 알간디. 자식이 효자란 소리 들으믄 부모도 반 효자 노릇을 하는 것이여."

어머니는 여전히 의식을 찾지 못했다. 노인들이 가끔 한숨을 섞었다. 건산댁은 이야기를 듣다가 눈시울이 뜨거워 방을 나왔다.

누렁이가 또 사납게 짖었다. 토방만 쓸린 마당을 깨끗하게 치웠다. 눈을 쓸어버리면 어머니가 훌훌 자리를 털고 일어날 것만 같았다. 이마에 땀방울이 맺혔다. 찬물을 한 바가지 마셨다. 빈속에서 짜르르 한기가 느껴졌다. 벌써 두 끼를 굶었지만 배가 고프지 않았다. 하지만 건산댁도 노인이었다. 연황빛 현기증이 몰려왔다. 수덕산 마루의 장군바위가 오래된 무성영화의 필름처럼 희미했다. 마당가에서 자치기를 하던 조카들이 손을 내밀며 달려왔다. 애써 정신을 가다듬고 그들의 손에 동전 하나씩을 쥐어 주었다.

"영철아, 학교 파하믄 놀지 말고 빨리 들어와서 할무니 수발도 들고 심부름도 잘해야 쓴다."

"싫어. 맨날 죽은 할아부지 애기만 하고 할무니한테 이상한 냄새가 나."

영철은 급히 두어 걸음을 물러나 가게 쪽으로 뛰어갔다. 그때 정미 아비가 대문을 들어섰다.

"은행에 좀 다녀왔어요."

"고맙다."

아들이 돈을 슬며시 내놓았다. 뒤쪽으로 돌아가 세어 보았다. 십만 원이었다. 갑자기 개가 컹컹 짖었다. 대식이 할머니가 지팡이로 개를 쫓고 있었다.

"오메, 왔는가. 엄니는 으짠가?"

건산댁은 대답 대신에 개를 나무라는 대식이 할머니를 부축했다. 의식을 찾은 어머니가 눈을 뜨고 주변 사람을 바라보았다. 어머니와 건산댁, 두 노인의 눈빛이 마주쳤다. 어머니가 성그레 웃었다. 건산댁은 입술을 깨물며 고개를 돌리고 말았다.

"오메, 이것이 뭔 일이여. 괜찮해야 할 것인디. 그란디 또 큰일이 생겼단게. 영전댁이 목을 매고 죽었다네. 그 노인같이 불쌍한 사람도 없는디."

"그것이 진짜여. 으째 자살을 했당가"

"뻔한거 아녀?"

춘정강이 휘도는 곳에 외따로 위치한 양철집에 개 한 마리를 친구 삼아 살아온 영전댁이 목숨을 끊은 모양이었다. 살짝 얽은 얼굴에 허리가 구부정한 칠순의 노인에게 남은 시간이 얼마나 된다고 가느다란 삶의 실을 끊어 버렸을까. 이십 여 년 전에 남편을 앞세우고 자식들은 모두 타국으로 이민을 가버렸다. 셋째 딸이 먼저 브라질로 떠나 자리를 잡더니 하나둘 모두 절차를 밟았다. 동네 어른의 생일날 막걸리라도 한잔 마시면 영전댁은 자식들이 돈도 많이 송금하고 초청장도 보내지만 고향에서 살겠다고 너스레를 떨었다. 바람만 드나들던 양철집에 노인이 키우던 누렁이가 꼬리를 흔들며 맞아주면 말 못 하는 개에게 서러움이 넘치는 신세타령을 늘어놓고 끝내 눈물을 흘렸다. 다행히 생활보호대상자로 지정되어 지급되는 몇 푼으로 근근이 살아오던 노인이었다. 아마 또 여기저기에서 자기 손으로 세상을 거두어 버린 애기가 들려 올 것이다. 곱게 키운 자식들 민들레 씨앗처럼 품을 떠나면 부모는 낡아 구멍이 난 신발이 되어 버린다. 젊음은 흰 머리칼과 주름살에 빼앗기고 저승사자를 기다리다 지치면 그나마 남은 세상의 끈을 잘라 버린다. 그러면 소문을 들은 노인들은 남의 일이 아닌 자신의 일로 여겨져 눈물로 가슴을 앓다가 그 자신도 이승을 마감한다. 영전댁도 어머니의 소식을 듣고 세상살이 무거운 짐을 벗어버렸을 것이다.

방 안의 공기는 긴장으로 차갑게 얼어 있었다. 고래가 수면에 올라 숨을 쉬는 듯한 긴 한숨만 가끔씩 들렸다. 건산댁은 답답하여 방문을 열었다. 그녀의 등 뒤로 한숨들이 다투어 퉁겨 나갔다. 하늘의 구름이 빠르게 이동하고 있었다. 누렁이가 잽싸게 대문으로 달려가 술을 마신 병환이를 맞았다.

"누님, 너무나 괴로와서 마셔 부렀소. 나도 자식인디 엄니를 입원시키기 싫것소. 근디 형편이 웬만해야재. 빚을 내서라도 입원을 하믄 좋것지만 누가 빚을 줘야지라우. 트렉타 사니라고 농협에 융자있재, 작년 겨울에 오이 하우스 맨드느라 사채를 썼는디 솔직히 이자 갚기도 벅차요. 올해 농사는 홍수로 망쳐부렀고 농협에서 날마다 전화가 왔싸길래 논을 내놨지만 누가 사도 안해라우. 쌀까장 수입한단 게 농사 짓는 사람들이 여기 저기서 논을 내놓은 상태요. 누님이 서운해 한 것을 알재만은 나도 어쩔 수 없었소. 그래도 못 배워주고 가난만 물려 준 아버지를 원망하지는 않았소. 가슴이 아픈 것은 눈가림으로 대충 자, 장례 지낸 것하고, 아부지 살아서 어, 엄니랑 병원에 못 가본 것이고…."

건산댁은 병환의 손을 살며시 잡았다. 동생의 손이 자신보다 거칠었다. 못이 박힌 손을 쓸어 주었다. 올케가 병환을 부축해 방에 눕혔다.

아버지가 오르던 그 길을 건산댁은 발목이 빠지도록 쌓인 눈길에 발자국을 찍으며 올랐다. 종이컵에 술을 가득 따르고 담배에 불을 붙여 묘지 앞에 놓았다. 손가락을 모아 봉분의 눈을 쓸었다. 잔디는 온전히 뿌리를 내리지 못해 묘를 완전히 덮지 못하고 황토흙이 듬성듬성 드러났다. 손톱 크기의 꽃망울을 맺은 동백나무가 추위에 떨고 있었다. 건산댁은 잎사귀의 눈을 털어냈다. 푸른 잎사귀가 따스하게 느껴졌다. 문득 아버지의 얼굴이 선명히 떠올랐다. 주책없는 눈물이 하염없이 흘렀다. 바람이 불어와 울음을 삼켜 버렸다. 건산댁은 술을 한 잔 마시고 북어포를 찢어 우물거렸다. 입안에 침이 가득 고였다. 아버지와 술잔을 거듭 나누었다.

추운데 뭐하러 올라 왔냐며 어서 내려가라는 아버지의 목소리가 바람에 묻어왔다.

건산댁은 공중전화가 설치된 가게 문을 열고 들어갔다. 아들이 준 돈의 촉감이 마음을 든든하게 만들었다. 어머니를 단 하루라도 입원시키고자 마음먹었다. 114를 눌러 읍내에 있는 병원의 번호를 물었다. 한 푼이라도 병원비에 보태려 건산댁은 약지에 끼워진 금가락지를 침을 묻혀 뺐다. 틀어 놓은 라디오에서 일기예보가 흘러나왔다. 전라남·북도, 많은 양의 눈이 예상됩니다. 십 칠시를 기하여 호남지방 일원에 폭설 주의보가 발령되었습니다.

가게를 나서던 건산댁은 남은 동전으로 서울의 집에 전화를 넣었다. 손녀 정미의 목소리가 흘러나왔다.

"할머니, 엄마는 점심때 외할머니랑 배가 아파서 병원에 갔어요. 곧 동생이 태어난대요. 나 혼자뿐이에요. 빨리 오세요."

"그래. 이따가 아부지 보낼게."

"근데요. 고양이가 할머니의 조끼를 못 입게 만들어 버렸어요. 어쩌면 좋아요."

집으로 발걸음을 돌렸다. 달음질치던 구름이 기어이 눈이 되어 쏟아지기 시작했다. 엄청난 눈발에 길이 흐릿했다. 갑자기 아랫배가 사르르 아파왔다. 집까지의

길이 아득하게 보였다. 신물이 넘어오며 통증이 속 깊
은 곳에서 밀려오기 시작했다. 마치 날카로운 칼로 위
장을 도려내는 아픔이었다. 도시로 떠나버린 빈집의
담장에 손을 짚으며 휘청이는 다리를 간신히 지탱했
다. 허물어지기 시작하는 담벼락에서 흙덩이가 발아래
로 굴러떨어졌다. 비척거리며 발걸음을 옮겼다. 오래된
외양간의 서까래가 무너지듯 건산댁은 쓰러지고 말았
다. 얼굴에 닿은 눈이 눈물처럼 볼을 타고 흘러내렸다.
다리에 힘을 주고 어렵사리 일어섰지만 한 걸음도 옮
기지 못하고 다시 넘어지고 말았다. 꼭 쥐고 있던 가락
지가 눈 속으로 떨어졌다. 어디선가 개 짖는 소리가 들
려왔다. 아버지의 안타까워하는 모습이 눈앞에서 가물
거렸다. 건산댁은 가락지를 향해 손을 뻗다가 정신을
잃고 말았다. 왜소한 건산댁의 몸 위로 어머니 쌈지 속
의 소다 가루처럼 눈부시게 하얀 눈이 겹겹이 쌓여갔
다. 광견병에 걸린 듯 사납게 짖는 개의 울음소리가 어
둠이 내리는 하늘을 산산이 찢었다.

개팔자, 상팔자라구요?

나, 혜지는 지금 너무 우울하고 슬프다.

슬픔에 젖은 이유가 욱신거리는 삭신 때문만은 아니다. 이까짓 고통이야 어금니를 깨물면 그만이지만 이미 오래전부터 오늘을 예감하고 서로를 견제하며 조심스럽게 딛어온 발걸음이었다. 결국 타들어 온 도화선이 뇌관을 건드려버린 지금, 차라리 나의 잘못으로 뇌관이 터졌다면 억울함은 더 적을 것이다. 아니, 그것보다 아직도 곳곳에 터지지 않은 폭탄이 남아 있다는 사실이 더 두렵다.

곱게 치장하고 외출을 나섰다가 뜬금없이 만난 잠깐의 소나기라면 잠시 쉬어 가면 그만이고 기다리면 다시 햇살이 창창해질 터이지만 먹장구름이 가득한 지금의 기분이 언제쯤 맑은 하늘로 바뀔지 좀체 짐작할 수 없다. 맑은 날과 흐린 날의 되풀이가 세상살이라는 것쯤은 알고 있지만 이미 장마로 접어든 슬픔의 시작과 원인을 너무나 잘 알고 있어도 그것의 실마리를 풀어갈 방법을 전혀 모르겠다.

나는 지금 우리나라에서 생산되는 최고급 승용차의 푹신한 의자에 앉아 병원을 향하고 있지만 석삼년 가뭄에 갈라진 논바닥 같은 심정이다. 평소의 외출 같으면 농악판의 상쇠처럼 흥겹겠지만 지금은 전혀 그렇지가 못하다. 운전대를 잡은 박 여사가 짬짬이 보내는 눈길조차 서글픔으로 다가온다.

오늘도 변함없이 깨끗하고 푹신한 융단이 깔린 나의 왕궁에서 아침을 맞았다. 고소한 냄새가 코끝을 자극하고 뽀글뽀글 끓는 소리가 귓속을 파고들었다. 무거운 추를 매달아 놓은 듯한 눈꺼풀에 남아 있는 겉잠을 떨치고 눈을 떴다. 그 순간 안방에서 들려오는 소리에 흠칫 놀라며 오늘도 한바탕의 전쟁이 진행 중인 것을 직감했다.

내 슬픔의 뿌리와 시작은 순전히 대한민국의 정치 상황 때문이다. 정치가 안정되고 국민이 편안하다면 지금의 슬픔도 없었을 것이다. 사실 정치와는 무관했던 삶이 어느 날 갑자기 세심한 관심을 두지 않을 수 없게 되었다. 텔레비전의 뉴스 시간이면 제법 귀를 쫑긋 세우고 들어야만 한다. 나는 아예 정치와 담을 쌓고 살아도 좋았던 평범했던 시절이 그리운 것이다. 언제부터인가 평범한 일상은 사라지고 귓속을 파고드는 세상의 온갖 소리, 목소리들 때문에 머리가 지끈거릴 뿐이다.

사방이 시끄러우면 아무리 커다란 목소리도 한낱 소리의 웅성거림에 불과하지만 아무리 작은 소곤거림도 한결같은 목소리라면 그것은 어떤 외침보다 또렷하게 들리는 법이다.

언제부터인가 박제가 되어버린 정치와 경제를 되살려 힘찬 피돌기를 시키려 응급처치를 시행하고 있는 중이다. 그 첫 번째 처방이 바로 내각의 개편으로 가닥이 잡혀가고 있다. 능력이 부족하고 개혁성향이 미흡한 몇 개 부처의 장관을 경질할 것이라는 풍문이 들려오기 시작한 것은 약 보름쯤 전이었다. 그것도 정치권이 아닌 언론에서 먼저 흘러나왔다.

어떤 사안이든 기자들의 후각은 아주 예민하다. 기자들은 먼저 냄새를 맡아보고 주변을 살피다가 반응이 없으면 마음껏 포식한다. 포식이 채 끝나기 이전에 세상은 바뀐다. 바뀐 얼굴을 놓고 한동안 맛있는 요리를 즐기다가 이빨이 아프면 씹기를 그만둔다. 그쯤이면 기자들만 이빨이 아픈 것은 아니다. 세상의 사람들도 마

찬가지다. 세상은 바쁘게 돌아가고 어떤 일이든 그것이
자신과 직접적인 관련이 없으면 그것으로 끝이다.

“나, 내일 일본으로 떠나니까 그렇게 아세요.”
“안 된다고 했잖아. 혜지가 그렇게 중요해?”
“내일 열한 시 비행기니까 그렇게 알아요.”
“누구 죽는 꼴 보려고 그래!”

박 여사는 어젯밤 귀가하여 들어온 현직 국회의원인
남편이 손발을 씻기도 전에 기어코 일본에 가겠다고
일방적으로 선언했다.
처음으로 박 여사가 일본을 다녀오겠다는 말을 꺼냈
을 때는 아직 언론과 정치권이 잠잠한 시기여서 마동
국 의원은 아주 쉽게 허락했었다. 이곳저곳의 사람들
에게 전화를 걸어 호들갑스러운 자랑을 늘어놓으며 꽃
처럼 화사한 얼굴이 되었다.
그때 마침 내각의 개편이 불가피하다는 언론의 기사
가 정치면을 도배하였고 마동국 의원의 하마평이 나돌
았다. 마의원은 모든 정보망을 동원하여 입각의 가능
성을 저울질하기 시작하면서 아내에게도 일본행을 보
류하라고 단단히 못을 박았다.
두 사람은 세상의 습성을 익히 알고 있었다. 조만간

입각 문제는 어떻게든 정리되어 세상은 다시 조용해질 것을. 하지만 세상은 가마솥의 콩처럼 콩콩 튀기만 할 뿐 좀체 가닥이 잡힐 기미가 보이지 않았다. 박여사는 느긋하게 기다리지 못하고 날마다 일본행을 졸랐다.

"이 한심한 여편네야, 제발 신문을 읽든지 뉴스를 들어봐, 지금의 내 입장과 상황이 어떤지를."

"그것이 내가 일본엘 가는 것과 무슨 상관이에요?"

"정화수를 떠놓고 빌지는 못할망정 이 상황에서 일본에 가겠다고?"

두 사람은 새벽이 가깝도록 계속해서 싸웠고 나는 불안 속에서 밤을 보냈다. 늦잠을 즐기는 습관이 있는 박여사가 오늘은 일찍 일어나 아침을 먹고 있는 남편의 맞은편에 앉았다.

"어떤 일이 있어도 오늘은 떠날 테니 그렇게 알아요."

박여사는 단호하게 한 마디를 내뱉고 방으로 들어갔고 불끈한 마의원이 뒤쫓아 들어가 핸드백이며 장롱과 화장대를 들추어 보았으나 여권은 이미 어딘가에 숨겨버리고 보이지 않았다. 마의원이 절대로 안 된다고 고함을 지르고 현관으로 향했다. 나는 화가 치민 의원님을 위로하고 배웅하려고 다가갔다.

"에잇!"

의원님은 구두를 신은 발로 나를 대뜸 걷어찼고 나

는 비명과 함께 소파 위로 떨어지고 말았다. 의원님은 뒤도 돌아보지 않았고 운전기사가 살짝 얼굴을 찌푸렸다. 내 비명을 들은 박여사가 황급히 뛰어나와 나를 감싸안았다. 나는 발길에 차인 아픔보다 오늘의 슬픔을 안겨 준 세상을 탓하지 않을 수 없었다.

박여사는 김원장의 병원에 연락을 취하고 시집간 딸에게도 일본행을 취소하니 공항에 나오지 말라는 전화를 걸고는 서둘러 자동차의 시동을 걸었다.

낯익은 김원장이 모든 준비를 갖춰놓고 자동차가 도착하자 문밖까지 마중을 나왔다. 나는 그의 손으로 옮겨졌고 곧 뢴트겐 검사가 시작되었다. 이 검사는 엑스선 검사와 비슷한 데 뼈의 골절 여부나 이물질을 삼켰을 때 사용한다. 결과를 기다리며 커피를 마시는 박여사가 근심스러운 얼굴로 자꾸만 나를 바라보았다.

야당이었던 마동국 의원이 주동하여 몇 명의 의원과 함께 집권 여당으로 정당을 옮기던 무렵부터 박여사와 동거생활이 시작되었으니 벌써 2년이 되어간다. 마의원은 자신의 지역구에 저명한 인사가 영입되자 자신의 입지가 좁아지고 다음 선거에서 공천을 받기가 수월치 않으리라는 판단에 미련 없이 소속 정당을 바꾸어 버렸다. 마의원의 걱정이 여기에 있었다. 아마 자신의 입각이 구체화되면 야당은 소신이 없는 철새 정치인이라는 주장을 펼치며 무차별한 난도질과 공격을 퍼부을 것이다. 마의원은 언론의 힘을 방패로 내세우기 위해서 날마다 촌지를 준비하여 정치부 기자들과 식사와 술좌석을 마련하느라 정신이 없는 상태다. 이러한 시기에 도움은 못 될지언정 일본에 가겠다는 아내를 마의원은 도저히 이해할 수가 없다.

원래 내가 태어난 곳은 대정건설 사장의 집이었다. 박여사와 대정건설 정사장의 부인인 희경씨와는 대학 동창이다. 우정이 남달랐던 두 사람은 졸업을 하면서 결혼까지 비슷한 시기에 올렸다. 박여사는 중소기업을 경영하던 아버지가 선택한 지금의 남편을 맞선으로 만났다. 명문대학을 졸업하고 방송국기자로 근무한다는 남자에게서 꿈틀거리는 야망이 느껴졌다. 그러한 예상은 빗나가지 않았다. 지금은 관직에서 은퇴했지만 장관직을 두 번이나 지낼 정도로 쟁쟁한 힘을 갖고 있던 마동국의 아버지는 적극적인 막후 교섭활동으로 서른 후반에 국회에 진출시켜 젊은 나이지만 벌써 4선 의원이다.

박여사는 남편에게 부탁하여 절친한 친구인 희경씨의 대정건설이 몇 건의 공사를 맡을 수 있도록 도움을 주었고, 나는 수주한 공사의 보답이 아닌 친구 사이를 강조하는 희경씨의 극성에 거처가 옮겨졌다.

그때가 마침 박여사의 딸이 결혼하고 아들은 미국으로 유학을 떠난 무렵이라 쓸쓸하고 서글픈 마음에 눈언저리가 마를 날 없던 시절이었다. 남편은 항상 너무나 바빴기에 처음부터 따뜻한 위로를 기대하지도 않았다. 남들이야 부러운 집안이었지만 국회로 진출하면서 서로는 따로 국밥과 같았다. 박여사는 딸이 대학을 졸업하자 자신이 그랬듯이 앞날이 유망한 검사에게 서둘러 결혼을 시켰다. 또한 늘 말썽만 일으키던 아들이 족집게 고액과외에도 불구하고 대학입시에 실패하자 곧 미국으로 유학을 보냈다. 내 생각으로는 아들이 공부에는 취미가 조금도 없는 것 같다. 열흘이 멀다하고 걸려오는 전화는 그때마다 희한한 명목으로 돈을 송금하라는 얘기뿐 이었다. 자식을 일찍 키워 품에서 떠나보낸 박여사는 무료하고 외로웠다. 시아버지의 엄청난 힘도, 무남독녀로 장차 자신의 몫으로 돌아올 재력도 외로움을 해결해 주지는 못했다.

취미활동을 시작했다.

처음엔 꽃꽂이 학원을 다녔는데 흥미를 느끼지 못하고 두 달이 못되어 에어로빅 학원에 등록했다. 원체 운동신경이 둔하고 평소에 운동은 남의 일이라서 오히려 몸이 피곤할 뿐이었다. 사흘만에 그만두고 이번엔 골프를 시작하려던 순간에 집안의 일에는 전혀 관심 없던 남편이 어떻게 알았는지 다음 선거에 영향을 끼친다고 극구 반대하여 포기하고 말았다. 대신에 왠지 품위 있어 보이는 서예학원을 다니다가 외유를 떠나는 남편을 동행하느라고 자연스럽게 관두고 말았다. 여자는 죽는 순간까지 손에서 빗을 놓지 않는다고 아랫배에 기름이 차오르기 시작한 몸매의 관리를 위해서 수영장을 열심히 다녔다. 근 반년을 투자하여 제법 개구리헤엄은 익혔는데 또다시 남편이 제동을 걸었다.

"그만둬. 강산지 뭔가 하는 젊은놈 앞에서 옷을 홀딱 벗고 즐거웠겠구면. 내 위신을 생각하라구, 위신을."

"지금 질투해요? 그냥 건전한 스포츠에요, 스포오츠."

"자선봉사단체 같은 곳에 나가면 다음 선거를 위해서도 좋잖아."

결국 수영까지 그만두지 않으면 안되었다. 처음엔 반대하지 않았던 마동국 의원이나, 너무나 쉽게 수영을 포기해버린 박여사는 숨기고 싶은 비밀이 있었기 때문이었다.

"원장님, 결과 나왔는데요."

키가 작달막한 간호사가 필름을 내밀고 나를 바라보았다. 그녀는 무엇이 그렇게 즐거운지 입가에 웃음을 잔뜩 물고 나갔다. 원장이 아크릴판 위에 그것을 붙이고 집게로 물렸다. 스위치를 올리자 형광등이 몇 번 껌벅이더니 불을 밝혔다. 자리로 돌아온 원장이 걱정하지 않아도 된다며 나의 머리를 쓰다듬었다. 박여사가 안도하는 표정으로 나를 자신의 가슴으로 감싸주었다.

"혜지가 임신중이라 세포에 손상을 줄 수도 있는 뢴트겐 검사를 피하려 했습니다만, 발길에 채였다해서, 결론은 아무런 이상을 발견하지 못했습니다."

"정말 다행이네요. 혹시 유산의 염려는 없는거죠?"

"장담하기는 어렵지만 지금의 상태는 양호합니다."

하얀 봉투를 내밀었고 원장이 부담스럽다는 표정을 억지로 만들었다. 원장을 비롯하여 간호사들이 문 밖까지 배웅을 나왔다. 박여사가 노련한 솜씨로 승용차를 출발시켰다. 나의 시야에서 병원이 사라졌을 때 핸드백에서 휴대폰을 꺼냈다. 오른손으로 운전대와 휴대폰을 동시에 잡고 왼손으로 전화번호를 눌렀다. 한참의 발신음에도 상대가 대답이 없자 연락번호를 남기고 휴대폰을 접어 내가 앉아 있는 의자의 빈 공간에 놓으며 얼굴에 밭고랑을 만들었다. 그녀가 라디오의 버튼을 누르자 한창 유행하는 대중가요가 흘러 나왔다. 박여사가 그 노래를 따라 부르며 머리까지 끄덕이기 시작했다. 신호등에 걸릴 때마다 나를 바라보며 눈을 찡긋거렸다.

나는 방금 전화를 걸었던 상대방이 누구인지를 또렷

하게 알고 있다. 어떠한 일이 있어도 나를 자신의 곁에서 멀리하는 법이 없지만 이 사람을 만날 때는 예외이다. 노래가 끝나고 사회자의 낭랑한 목소리가 흘러나왔다.

'어제 여의도 한강 시민공원에서 열렸던 소년 소녀 가장 돕기 기금마련을 위한 마라톤 대회는 일만 이천여 명의 시민이 참가하여 성황을 이루었습니다. 이 뜻깊은 대회에 참가한 시민들은 자발적인 모금 활동을 전개했으며 각계각층의 인사와 여러 단체에서 후원금을 기탁하여 약 사천만 원의 기금이 모아졌다고 합니다. 더구나 이번 행사에서는 후견인 제도를 도입….'

박여사가 바람 빠진 축구공처럼 얼굴을 찌푸리며 카세트테이프를 밀어 넣었고 베토벤의 운명 교향곡이 승용차의 실내를 떠다니기 시작했다.

"혜지이, 이렇게 행사를 한다고 우리 나라의 모든 소년 소녀 가장들을 행복하게 만들 수 있겠니? 영원히 불가능할거야. 어차피 한계가 있는거라고, 오히려 불쌍한 애들에게 상처만 줄 뿐이야. 괜히 의타심만 심어주고 자립할 의지를 꺾어버리는 일에 불과한거야."

그녀가 혜지이 하고 내 이름을 길게 발음할 때는 기분이 매우 좋은 상태다. 항상 감정의 변화가 술취한 고수의 북장단과 다름없기에 발길에 차인 나의 걱정이 안심으로 바뀌고, 그 기분은 상대방의 전화를 기다리면서 절정으로 치솟은 것이다.

"그러니까 결론은 그들의 운명대로 살아가게 그냥 내버려 두는 게 좋아. 어느 누구나 열심히 노력한다고 모두 그 목표를 모두 달성한다면 이 세상엔 농사꾼이 하나도 없을걸. 아마, 다른 나라에서 농사꾼을 들어와야 할거라구. 상류층은 상류층답게, 하류는 하류답게 살아가면 그만이야. 뱁새처럼 가랑이 찢어지지 않도록 말이야 그것이 세상의 이치지. 안그러니? 혜지이."

나는 창밖으로 시선을 던졌다. 한강을 따라 유람선이 생크림 같은 거품을 만들며 지나가고 있었다. 달뜬 기분에 젖은 애기는 상대방의 전화가 걸려오기 전까지는 계속 이어질 듯했다.

"혜지이, 운명 교향곡을 갖고 생각해볼까? 베토벤은 귀머거리였잖니. 온전한 사람도 만들지 못한 훌륭한 음악을 만들었지만 귀머거리라는 사실은 달라지지 않았어. 설령 피나는 노력의 결과로 상류층으로 진입해도 그 태생이 천한 것까지 지워지는 것은 아니잖아. 베토벤이 결국 귀머거리로 세상을 떠난 것처럼."

테이프는 해소 기침을 앓는 환자처럼, 혹은 운명을 감내하는 사람처럼 여전히 발작성 선율을 토해내고 있었다.

삐리리리. 삐리리리. 박여사가 황급히 휴대폰을 귀로 가져갔다.

"왜 이렇게 늦게 연락을 늦게 한 거야. 나, 전번 그곳으로 가고 있으니까 빨리 나와."

"핑계를 만들면 되잖아. 10분이면 도착할거야."

일방적으로 전화를 끊고 가속기를 밟고 있는 발에 힘을 주었다. 상대방, 그가 우리를 발견하고 재빨리 차에 올라탔다. 승용차는 서울을 벗어나 울창한 광목수목원 사이의 아름드리 나무들 사이를 발정난 수캐처럼 달렸다. 한참을 색색거리며 달리던 승용차가 정원이 아름다운 모텔 앞에서 멈췄다. 트렁크를 열고 비스킷과 우유, 그리고 껌을 가져다가 신문지 위에 놓아두고 유리문을 4센티미터 정도 열어 둔 채 밖에서 문을 잠갔다.

"나, 아침도 못 먹었어. 먹고 들어가자."

"어쩌다가 아침도 못 드셨어요?"

"혜지 때문인징, 남편 때문잉지 모르겠어엉."

코맹맹이 소리로 대답하며 상대방, 그의 팔짱을 끼었다.

아마, 세 시간 혹은 더 많은 시간을 나는 혼자서 이 좁고 답답한 승용차 안에서 지내야 할 판이다. 다만 좋은 게 있다면 얼마든지 짖어도 나무랄 사람이 없다는 정도이다.

누구나 마찬가지겠지만 내 삶의 터전이 바뀌었을 당시에 처음 며칠 동안은 밥도 안 먹고 고집을 피워 봤지만 되돌릴 수 없는 운명으로 받아들이고 마음을 고쳐먹었다. 머잖아 발자국 소리만 들어도 그가 누군지를 구별할 수 있었다. 의원님도 나를 무척 예뻐해 주었고 꼬리를 흔들며 캉캉 짖으면 내 머리를 쓰다듬어 주었다. 나는 행복했다.

몇 달이 지나면서 캉캉 짖는 일이, 귀여움과 사랑을 받으려 목이 아프게 캉캉 짖는 일을 놓고 이웃집들이 참을 수 없는 소음이라는 강력한 항의가 들어왔다. 그들은 이웃에 피해를 주는 가축사육을 금지한다는 현행 공동주택관리령 조항을 들먹거렸다. 나의 가족들이 누군가에게 말꼬리를 사리는 것이 그때가 처음이자 마지막이었는데 다음 선거를 위해서 그들의 항의를 묵살할 수 없었기 때문이다.

자존심이 뭉개진 박여사는 내가 짖는 것을 멈추게 하려고 김원장에게 자문을 구하여 몇 가지의 방법을 동원했다. 처음엔 손바닥을 펴 보이며 짖지 말라고 고함을 질렀지만 나는 그것을 무시했다. 박여사는 아파트를 처분하고 단독주택이나 인근의 전원주택으로 이사를 가자고 의원님에게 조르기 시작했다.

"주소는 여기에 그대로 남겨두면 되잖아요?"

"모르는 소리하지마. 차라리 상대 후보에게 내 살점을 떼어주라지. 유권자들이 살지도 않는 사람을 찍어줄 것 같아. 다시는 그런 얘기 꺼내지마."

의원님은 유권자가 밀집하여 생활하는 최고의 주거 공간을 결코 포기하지 않았고 박여사도 그 그늘의 덕택으로 얻어지는 향유와 자신의 위상이 돋보이는 계단에서 발걸음을 내려놓지 않으려 결국 이사를 포기하고 말았다.

나는 그때 처음 알았다. 고뿔에 힘겨운 환자의 기침 같은 캉캉거리는 짖음이 가족들에게 오히려 관심사가 되고 있다는 것을. 이번에는 신문지를 말아 슬쩍 때리거나 코를 약간씩 비틀었다. 코 비틀기에도 효과를 얻지 못하자 짖을 조짐이 느껴지면 레몬향 물을 뿌리는 것이었다. 목소리가 점차 커져가는 것을 느낀 박여사가 외국의 경우처럼 전기충격을 사용하거나 아예 성대수술을 생각하고 있음을 알았다. 그때부터 나는 기쁘거나 슬픔에 직면해도 짖는 것을 참으며 살았다. 다만 산책을 나갈 때면 가끔 짖어보았지만 별다른 흥미를 느낄 수 없었다. 짖기를 그만두었기 때문인지 의원님은 나를 여전히 사랑해 주었다. 그 빌어먹을 장관직에 대한 하마평이 나오기까지는 말이다.

아침까지 굶었지만 식욕이 전혀 일어나지 않는다. 옆

구리가 허전한 것이 의원님에게 채였기 때문만은 아니
다. 이유를 따져보면 일본여행이 좌절된 까닭이다. 나
에게도 일본행은 크나큰 기다림이고 설렘이었다. 정치
상황만 안정된 상태였다면 이미 일본을 다녀왔을지도
모른다. 아니, 장관직을 맡게될지 모른다는 하마평만
아니었어도 우리 의원님과 박여사도 여전히 편안한 나
날의 연속일 것이고 행복한 삶 속에 젖어있을 것이다.

지금 경희씨의 집에서 살고 있는 엄마가 새삼 보고
싶다.

우리가 헤어지던 그 순간 엄마는 귀여움받으며 잘 살
라는 한 마디를 남기고 안방으로 들어가 내가 박여사
의 품에 안겨 그 집을 나올 때까지 얼굴을 내밀지 않았
다. 나는 품에서 벗어나려고 캉캉 짖으며 손등을 할퀴
려 버둥거렸지만 소용이 없었고 오히려 무척 영리하다
며 머리까지 쓰다듬었다.

엄마는 우리의 이별을 이미 예감하고 있었는지 모른
다. 헤어지기 전날 밤에 엄마는 자신도 할머니에게 들
었다는 이야기를 들려주었다.

내 종족의 고향은 지중해의 중앙에 해당하는 시칠리
아 남쪽에 있는 몰타공화국의 말타라는 섬이다. 작열
하는 태양 아래 올리브 나무가 하늘을 찌를 듯 무성한
말타는 마치 진주처럼 아름다운 곳이다. 사람들은 우

리의 고향이 말타 섬이어서 흔히 몰티즈 종이라 부른다. 처음엔 영국의 상류층에서 기르다가 지금은 세계적으로 알려지게 되었다. 간혹 모습이 비슷하여 스피츠 가문과 혼동하는 사람들이 있는데 전혀 다르다는 것을 알아주었으면 좋겠다. 우리의 몸은 긴 면사포같이 새하얀 털로 뒤덮여 있고 겉모습만 하얀 것이 아니라 마음도 깨끗하고 성질이 온순할 뿐 아니라 강직한 충성심으로 어느 사람에게나 사랑을 독차지하는 집안이다. 애완견의 대부분이 작은 신체를 가졌듯이 우리도 예외는 아니어서 몸체가 2, 30센티미터 정도이고 몸무게도 이, 삼 킬로그램에 불과하다. 스스로 완벽한 애완견의 조건을 갖췄다는 긍지와 자부심이 대단한 가문이기에 가족 모두가 나를 끔찍이 사랑하는 것은 어쩌면 당연한지 모른다.

금방 무엇이건 싫증 내는 박여사가 나를 이토록 좋아하는 것을 보면 가끔은 이해가 되지 않을 정도지만 나에게 쏟는 정성은 각별하다.

푹신하고 따스한 보금자리에서 일어나면 가사도우미가 예쁜 용기를 가져다준다. 용변을 보고 나면 맛있는 소고기 요리가 나의 코를 자극한다. 충치예방 껌을 먹고 나면 잠옷을 벗기고 조깅복을 입혀준다. 박여사와 함께 조깅을 다녀오면 아줌마가 향수를 섞은 따스한 물로 씻어주는데 이때가 하루 중 가장 기분이 좋다. 다시 박여사의 손으로 옮겨지면 핸드 드라이로 털을 말려 털 브러시와 핀 브러시로 곱게 빗겨 기분에 따라 머리에 혹은 턱에 리본을 매어준다. 이 모든 것들이 지금은 익숙하고 즐겁지만 처음엔 너무나 싫었다. 특히 무슨 예방주사는 그렇게도 많은지 곤욕이 아닐 수 없었다. 간염, 파보, 파라인프렌자, 렙토스피라는 물론이고 사람이라면 홍역에 해당하는 디스템파 까지 거의 날마다 예방주사를 맞았다. 지금은 일년에 한 번씩만 맞으면 되니까 부담을 느끼지 않는다. 오죽했으면 키가 작달막한 간호사의 손가락을 물어버릴까 생각했지만 이 모든 것이 나를 사랑하는 세심한 배려라서 참았다.

역시 내 마음을 가장 알아주는 사람은 박여사다. 가끔 리본을 앞발로 뜯는통에 꾸중을 듣지만 그것도 이유 없이 뜯는 것이 아니다. 내가 심심해서 소가죽으로 만들어진 껌을 달라고 달려가지만 미련퉁이 아줌마는 내 마음을 알지 못하는 경우가 많다. 결국 꾸중을 듣는 것은 아줌마다.

한번은 내가 사용하는 변기를 씻다가 아줌마가 그것을 깨뜨리는 일이 있었다. 비록 돈으로 계산하면 삼십만 원에 불과하지만 내 물건이 깨졌다는 사실이 너무나 불쾌했고 결국 아줌마의 월급에서 변기의 값을 제외하고 지급되었다. 내가 사용하는 물건의 대부분이 수입품인데 그 변기도 마찬가지였고 예를 들면 통조림이 6천 원에서 3만 5천 원이고, 15개가 들어있는 일회용 생리대가 1만 7천 원인데 이러한 물건들은 일반적인 용품에 불과하다. 무엇보다 일주일에 하루는 퇴계로에 있는 애견센터에 나가 전신미용을 받는데 귀지를 파주고 발톱을 깎은 후에 샤워로 피부를 마사지하고 일일이 털을 손으로 풀며 말려주는데 온몸이 가뿐해지는 느낌을 받는다. 그 가뿐함도 일본을 다녀온 친구들이 있다는 이야기를 들을 때면 울적해진다.

일본의 나리타공항 인근의 페페 호텔에 여장을 풀고 미스코시 백화점에서 쇼핑하고 박여사는 애완동물 건강관리자 양성소에 등록하려고 한다. 나도 에어컨과 일광욕실이 갖춰져 있다는 페페 호텔을 무진장 가보고 싶다. 세계에서 애완견을 위한 물건의 종류가 가장 많다는 미스코시 백화점에서 쇼핑을 즐기는 내 모습을 상상하면 오금이 저릴 정도다.

박여사와 상대방, 그의 발걸음 소리가 들려온다. 고개를 들어 볼 필요도 없다. 모텔에 들어갈 때와 걸음 소리가 약간은 다르지만 틀림없는 두 사람의 걸음소리다. 네댓 걸음이면 승용차의 문이 열리겠지.

"어머, 혜지야. 왜 안 먹었어. 임신 중에는 충분한 영양을 섭취해야 하는데. 아이 속상해. 지금이라도 먹어, 혜지야.”

상대방, 그가 음식들을 승용차 트렁크에 가져다 실었다. 상대방, 그는 먹어보라는 한 마디 없었다.

“언제쯤 만날까?”

“나, 그렇게 한가한 놈이 아닙니다.”

“시간이 없는 게 아니라 체력 때문이 아니야.”

박여사가 입가에 웃음을 지으며 눈을 흘겼다.

“개고기를 먹어봐. 끝내준다던데.”

“혜지를 기르면서 여사님이 개고기를 먹어요?”

“그럼, 식용과 애완용은 근본이 달라. 프랑스의 동물보호협회에서 우리 나라 사람들이 개고기를 먹는다고 야만인 운운하며 한국상품 불매운동을 벌이며 야단법석이어도 저희들은 구더기까지 먹는데 뭐. 소고기를 먹여서 키운다지만 우리나라 사람들은 돈을 주면서 먹으래도 못 먹을거야. 그 나라의 문화가 어떻든 그냥 인정하면 그만인 거야.”

“우리들 사이를 의원님이 알게 되면 그냥 인정할까요?”

질펀한 정사를 나누었을 두 사람이 박장대소를 터트렸다.

나도 한 달 전쯤에 신방을 차렸었다. 내가 어른이 되

었다는 증후가 느껴지자 박여사는 만사를 접어두고 전화기를 붙들고 살았다. 결국 김원장의 주선으로 오교수 집의 보스라는 청년을 신랑으로 맞았다. 혼례를 치르기로 결정되자 나는 무척 바빠졌다. 혼례는 우리 집에서 치러졌는데 모든 진행과정을 비디오로 찍고 사진으로도 남겼다. 혼례가 끝나자 오교수의 부인을 개사돈이라고 부르며 영롱하게 빛나는 다이아몬드 세트를 전달했다. 물론 김원장에게도 충분한 사례를 하였고 보스가 훌륭한 혈통을 가졌다며 2세를 기대해도 좋다는 덕담을 김원장은 잊지 않았다. 박여사는 아주 흡족한 표정이었다.

박여사가 상대방, 그를 신문사 앞에 내려주고 차를 회전시켰다. 어디를 가려는지 나는 벌써 알고 있다. 출가한 딸, 수현씨 집에 가려는 모양이다.

딸은 유치원에 간 아들을 마중 갔다며 가사도우미가 우리를 맞았다. 찻물이 채 끓기도 전에 딸과 외손주 영식이가 유치원에서 배운 노래를 부르며 들어왔다. 그때까지 박여사의 가슴 품에 안겨있던 나는 소파로 내려앉았고 대신에 영식이가 무릎을 차지했다. 뺨에 입맞춤하고 좀전의 노래를 듣고 싶다고 말했지만 할머니의 얼굴조차 쳐다보지 않았다. 핸드백에서 일만 원권을 꺼내 흔들자 영식은 어느새 거실 한쪽에서 두 손을 모으고 우리 집 강아지는 복슬강아지라고 노래를 부르기 시작했다.

식모가 커피와 과일을 내왔지만 눈길조차 주지 않고 물을 만난 물고기처럼 딸에게 의원님의 흉을 늘어놓기 시작했다. 상대방, 그와 맛있는 음식으로 포식했으니 어쩌면 당연했다. 딸은 어머니의 애기에는 귀를 기울리지 않고 잠시라도 틈이 보이면 남편이 사표를 내고 변호사 개업을 하려는데 사무실 임대비가 너무나 비싸다는 이야기만 반복했다.

나는 이제서야 배가 고파 박여사의 오른쪽 발등을 핥았다. 쇠고기 스프가 먹고 싶었지만 어쩔 수 없이 식모가 끓여 온 사골국물에 밥을 말아먹었다.

오후 네 시를 알리는 벽시계의 시보가 홍두깨질처럼 들려왔다. 박여사가 나를 안고 일어섰다.

"지금은 사표를 내면 안돼. 늬 아빠에게 걸림돌이 될 수가 있으니까."

나는 딸에게 한 마디를 남기는 박여사의 얼굴을 한참 동안 바라보았다.

집으로 돌아오는 길의 한강은 너무나 아름다웠다. 쏟아지는 금빛햇살이 바람에 흔들리는 수면에 부딪쳐 보석처럼 빛나고 있었다. 이렇게 아름답고 풍요로운 세상인데 무엇이 어떻다고 난리법석인지 이해하기 힘들다. 모두들 굶지 않으려 장관이 바뀌든 국회의원이 낮잠을 주무시건 제 나름대로 걸음을 걸으며 비지땀을 흘리고 있고, 세상은 팽팽 돌아가고 있으니 말이다.

장관이 바뀌고 국회의원들이 매일 국회의사당에서 국정을 놓고 씨름한다고 어제까지 빚더미에 앉은 농부가 돈더미에 앉을 것도 아니고 한순간 중소기업의 수출이 늘어 쏟아진 장대비가 수챗구멍을 흐르듯 외화가 넘쳐날 것도 아니지 않는가. 어쩌자고 이 세상은 가마솥의 콩처럼 튀는지 이해하기 어렵다.

아파트의 주차장에 사람들이 모여 있었다. 나는 처음에는 관리비 인상을 반대하는 집회거나 아파트 건설회사를 상대로 복지시설 확충을 요구하는 집회인 줄 알았다. 이상한 것은 그 흔한 현수막이나 피켓 하나 보이지 않았고 질끈 머리띠를 두른 사람도 없었다. 박여사가 승용차를 신속하게 주차하고 그들의 틈을 비집었다. 머리가 새하얀 노부부와 젊은이가 사람들에게 둘러싸여 있었다. 아, 그 옆에는 보기에도 끔찍하게 원산지가 러시아인 몸집 큰 볼조이 한 마리가 배가 찢긴 채 죽어 있었다. 나는 품속으로 고개를 파묻었다. 젊은이는 지갑을 꺼내든 채 경찰이 도착하면 해결될 일이라고 소리를 질렀다. 노부부는 이미 생명이 끊어진 볼조이를 붙들고 망연히 앉아 있었다.

노부부는 거칠고 투박한 옹기 대신에 매끈하고 앙중스런 유리 혹은 스텐레스 그릇을 사용하는 시대에 자식들에게 차마 버리지 못하는 항아리 같은 존재가 되는 것이 싫었다. 노인들은 낡아 사용하지 못하는 짐짝처럼 아들집의 구석방을 거부하고 쌓아 놓은 통 성냥 같은 아파트에서 단 둘이 살았다. 자신들의 항아리엔 세상을 살아온 경험과 지혜가 가득했으나 세상과 자식들에게는 깨어진 도자기 파편보다 쓸모 없는 일이었다. 가슴은 빈 항아리처럼 외로움으로 가득하였다. 두 사람은 애완견 한 마리를 기르는 재미로 살았다. 비록 말 못하는 동물에 불과했지만 자식을 키우듯 볼조이에게 정성을 쏟았고, 그 정성은 노부부의 파리한 삶에 활력을 주었다. 찾아오는 손님도 가족도 없는 외로운 노부부의 곁에는 항상 볼조이가 있었다.

지금은 기억으로만 남아있는 추억과 회한이 어울어진 젊은 시절의 애기와 자식을 키우던 이야기를 두런두런 풀어놓아도 볼조이는 조용히 들어주었다. 노인들이 아직은 다행히 건강하였으나 밤새 안녕이라고 했듯이 눈을 뜨면 지난밤 옆자리에 누웠던 남편이 아내의 안부를 확인하면 이번엔 볼조이가 앞발로 방문을 긁으며 노부부의 안부를 확인했다.

맑은 햇살의 빛이 바래가는 늦은 오후에 노부부는 볼

조이와 함께 산책을 나섰다. 두 노인은 다정하게 손을 잡고 아파트 앞산의 약수터로 올라갔다.

한 모금 물을 마시고 벤치에 앉아 날아가는 새들에게 눈길을 주기도 하다가, 이민을 떠난 딸애의 안부가 궁금하여 안타까웠던 마음도 초등학교에 다니는 손주 녀석의 애기로 흐뭇한 마음이 되었다가, 가끔은 낯익은 노인들과 인사를 나누었다. 노부부가 벤치에서 일어나자 눈치가 빠른 볼조이가 숲속에서 달려나와 노인의 얼굴 근처까지 펄쩍 뛰어 올랐다. 아파트 근처에 이르렀을 때 볼조이는 이미 죽어있고 젊은이가 담배를 피우고 있었다.

신고를 받은 경찰이, 타고 온 오토바이보다 몸집이 큰 경찰이 도착하여 자초지종의 애기를 들은 경찰이 노부부의 앞에 쭈그려 앉았다.

"할머니, 좋은 게 좋은거라구요, 없었던 일로 하세요."

"우, 우리 개가 이렇게 죽, 죽었는데 없던 일로 하라고."

할머니가 볼조이의 머리를 자신의 품으로 감싸며 울부짖었다. 그것은 마치 깊은 밤 늑대의 울음처럼 처절했다. 젊은이는 팔목의 시계를 힐끔 쳐다보고 난감한 듯 귀찮은 표정으로 경찰관을 바라보았다.

"할머니, 붙들고 있는다고 다시 살아날 수는 없잖아요. 교통만 마비될 뿐."

“이 개는 소식 없는 아들보다, 전화 한 통 없는 이민 간 딸보다 가까운 내 가족이나 마찬가지야.”

“할머니 진정하세요. 사실 법으로도 개는 묶어서 기르게 되어있어요. 지금의 상황은 할머니가 오히려 벌금을 물어야 할 형편이에요.”

박여사가 혀를 차며 집으로 발걸음을 옮겼다. 가사도우미 아줌마가 벌건 얼굴로 문을 열어주고 재빨리 비디오를 껐다. 그 비디오는 나의 혼례를 찍은 테이프였다.

“오교수 집에서 전화 왔었어요.”

아줌마가 주방으로 향하며 건조하게 내뱉었다. 박여사가 즉시 전화번호를 눌렀다.

“그래요. 정교수가 딸애를 원한다고요?”

“예정일이 정확히 24일 남았어요. 걱정 말라고 하세요. 예, 예. 혜지도 건강하게 잘 지내고 있어요.”

상냥함이 지나치다 싶은 전화를 끊고 박여사는 꽃 같은 얼굴이 되어 나를 자신의 얼굴 높이까지 들어올렸다.

“혜지이, 정교수 집에서 네가 새끼를 낳으면 한 마리 분양해 달라는구나. 사례금도 충분히 주겠다고. 그것보다 정교수의 아들이 뭐하는줄 아니? 국세청에 근무한다. 국세청 징수과에.”

박여사가 내 코에 입을 맞추고 또 전화번호를 눌렀

다. 정교수의 집이었다. 아줌마가 유자차와 내가 먹을 전복 죽을 가져왔다.

“저어, 사모님. 20만원만 가불했으면 좋겠는데요.”

“어떡하죠. 지금 돈이 없어서.”

피곤한 척 기지개를 켜고 안방으로 들어가는 박여사의 뒷모습을 아줌마가 망연히 바라보고 있었다. 간단히 세면을 끝내고 얼굴에 맛사시 크림을 문지르고 티슈로 닦아냈다. 다시 갈색의 머드팩을 덕지덕지 바르고 침대에 누웠다. 아마 침대에 누워 의원님과 싸울 전략을 수립하고 있는지 모른다. 지금은 머드팩으로 숨겨진 얼굴이 의원님이 들어오면 도깨비 방망이 모양의 풍선처럼 부풀어오를 것이다.

전화벨이 울리고 마동국 의원의 집이라는 아줌마의 음성이 들리고 노크 소리가 들리고 문이 열리는 소리가 들리고 건네지는 무선전화기와 객지도 아닌 외국에서 돈이 떨어지면 낭패라며 내일 은행이 업무를 개시하면 바로 천 달러를 송금하겠다는 통화가 들리고 전화가 끊어졌다.

벽시계를 보면서 나의 이브닝드레스를 가져오라고 아줌마를 향해 입을 열었다. 방문이 열리고 아줌마의 손에는 이브닝드레스가 아닌 큰 가방이 하나가 들려 있었다. 교통사고로 남편을 잃고 희망으로 남은 아들의 뒷바라지를 위하여 살아간다는 아줌마가 고개를 깊게 숙였다. 황급히 핸드백을 들고 아줌마를 붙잡았지만 뿌리치고 현관문을 나섰다. 왠지 아줌마의 모습이 오래도록 잊혀지지 않을 것 같다.

박여사는 중화요리 집으로 음식을 주문하여 걸틀지게 저녁을 먹고 상대방, 그에게 전화를 걸었고 김원장에게 전화를 걸었고 희경씨에게 전화를 걸어 한참을 수다를 떨었다. 수다에 지친 박여사가 텔레비전을 시청하고 있을 때 의원님이 귀가하였다. 장식장에서 손에 잡힌 양주를 집어들고 냉장고에서 과일과 얼음을 꺼내 소파에 앉아 신문을 들추고 있던 의원님에게 가져갔다. 한참을 아양을 떨다가 내가 안정을 찾으면 기어코 일본을 가겠다는 말에 의원님은 재떨이를 집어던지고 말았다. 청동 재떨이가 굴러 내 발 앞에서 멎었다.

"제발, 어린애 같은 얘기 그만해. 이렇게 고생하며 입각하려는 게 나 혼자 잘살기 위해서야?"

"그럼, 나를 위해서에요? 모든 것이 지금도 충분해요."

"아버님의 위상에 맞는 아들이 되려는 나의 마음을 몰라서 그러는거야!"

"아버님을 핑계 삼지 말아요. 당신에게는 가족보다 욕망이 소중하잖아요."

"아니야, 믿어 줘. 왜 그렇게 내 처지를 이해 못하고 보채는거야. 혜지는 지금으로도 충분하니까 조금만 기다렸다가 일본을 가든지 미국을 가든지 알아서 하란 말이야.”

물론 나도 현재 부족함을 느끼지 않는다. 우리 나라도 필요한 물건은 얼마든지 쉽게 구할 수 있기 때문이다. 다만 일본을 간다는, 갔다는 것이 커다란 자부심이고, 박여사는 일상의 허무를 일본행에서 위로와 보상을 받으려는 것이다.

“꼭 특별한 물건이 필요해서 일본을 가려는 것은 아니…”

박여사가 말을 끝맺지 못하고 손바닥으로 얼굴을 감싸며 울음을 터트렸다. 텔레비전 속의 드라마는 거실에서 과일을 먹으며 행복한 웃음소리를 흘리고 있었다.

누구보다 행복한 가정생활이었지만 어느 순간 점차 외톨이가 되어 가는 자신을 발견했을 때 세상은 온통 검은 장막이었다. 탁자에 향기로운 꽃병을 놓아두어도, 머리모양을 바꾸어도 그 누구도 관심조차 갖지 않았다. 종일토록 가족이 귀가할 시간을 기다리지만 모두가 따로국밥이었다. 애들이 성장한 만큼 슬하에서 멀어졌고 가족은 바람에 제각각 굴러가는 낙엽이었다. 대화를 나눌 틈이 없는 가족들은 제각기 다른 시간에 아침을 먹고 집을 나서면 집안에는 움직이며 소리가 있는 것은 시계추와 텔레비전의 화면뿐이었다. 딸이 결혼하여 떠나고, 아들이 유학을 떠나면서 가족은 먼 우주에서 날아온 외계인이 잠시 머물다 떠나버린 느낌이었다. 부엌일을 맡아줄 가사도우미를 구하고 자신은 여러 가지 취미생활을 시작했으나 구멍 난 가슴은 오히려 찬바람만 횅하게 불었다. 의원님은 모르고 있지만 자원봉사단체도 가입했으나 결국 서민들과 섞일 수 없는 기름이었다.

누군가에게 의지하고 싶은 상태에서 희경씨 집에 들렀다가 칠흑 속에서 불빛을 만났다. 불빛이었던 나는 떠밀리 듯 박여사의 품에 안기게 되었고 의원님은 나의 이름을 진수로 부르자고 제안했었지만 결국 혜지가 되었다.

의원님은 지난 선거에서 떨어진 친구 임진수씨를 생각했었다. 공천을 받지 못한 채 선거판에서 고전하던 임진수는 점쟁이를 찾았고 삽살개의 어원이 나쁜 기운을 쫓음에 있으니 구해서 기르면 선거에 붙으리라는 점괘를 내놓았다. 수소문 끝에 삽살개를 구해서 애지중지 길렀지만 결과는 낙선이었다. 임진수는 나중에야 알았다. 그 삽살개가 순종이 아니었음을. 행여 진짜였다면 선거에서 승리를 거뒀을까. 의원님도 무진장 외로웠다. 국회의원을 관두면 그만이겠지만 이미 고기의 맛을 알아버린 땡추가 아니었던가. 먹고, 먹히는 정치판에서 믿을 사람이 없었고 혁대 풀고 마음 편하게 소주 한 잔 마시기도 힘들었다. 의원님에게도 혜지는 위안이었다. 개는 결코 사람을 배신하는 법은 없으니까.

성질을 삭인 의원님이 입을 열었다.

"아침 일은 미안해. 새끼 밴 개를 차고 싶었겠어."

"아니, 당신은 혜지가 아니라 나를 차버리고 싶었던 거예요."

박여사가 울음을 그치고 소리를 질렀다.

"왜 내가 당신을 발로 차고 싶다는거야."

"우리가 함께 식사를 하고 차를 마시고, 잠자리에 들어본 것이 언젠줄 아세요?"

"당신은 필요하면 언제든지 즐겨왔잖아. 오늘도 그랬고."

박여사가 놀란 토끼 눈으로 의원님을 바라보았다. 의원님의 얼굴은 오히려 편안해 보였다.

"섹스로 외로움이 사라지는 것은 아니에요."

"그럼, 일본행이 외로움을 씻어주는 처방인가?"

섹스도, 일본행 비행기에 오르는 것도 외로움의 특효약이 아니라는 것을 서로가 어찌 모르랴.

박여사는 여전히 소리 없이 눈물을 흘리며 술병을 들어 그대로 입으로 가져가다 갑자기 나를 향해 던졌다.

순식간에 날아온 술병은 나의 정수리에 정확하게 맞았다. 그 고통도 대단했지만 무엇보다 나의 영원한 박여사의 돌발적인 행동에 놀라지 않을 수 없었다.

한숨을 길게 내쉬고 의원님이 담배에 불을 붙이자 나는 정신이 아득한 상황에서도 재떨이를 가져다주려고 입을 가져가는 순간에 의원님이 라이터를 던졌고 나는 왼쪽 눈알이 빠지는 듯한 고통에 술병을 맞고도 참았던 비명이 새어나왔다. 살아가는 일이 어찌나 힘들고 고달픈지 눈물이 저절로 흘러 나왔다.

흩어진 술병의 파편처럼 내 마음은 복잡했고 머리가 지끈거리고 눈두덩이가 부어올랐고 두 사람은 동상처럼 앉아 있다.

실어증 환자가 갑자기 말문이 열리듯 텔레비전이 정규 방송을 중단하고 뉴스 속보를 내보냈다.

"시청자 여러분 안녕하십니까? 익명을 요구한 정부의 고위 관계자는 내일 오전에 개각이 단행될 것이라고 밝혔습니다. 이번 개각은…"

동시에 의원님과 박여사의 귀가 쫑긋 솟았고, 눈에서는 밝은 빛이 발산되어 사방이 환해지기 시작했다.

술병에, 라이터에 맞아 눈앞은 캄캄하지만 내 머릿속도 개운해지며 밝아지는 느낌이다. 그 느낌과 동시에 엄청난 배고픔이 엄습한다. 이제 거실의 동상이 피돌기를 시작하였으니 어쩌면 늦은 저녁밥을 챙겨 줄지도 모른다. 아니면 아줌마까지 떠나버렸으니 내일 아침도 장담할 수 없잖은가.

아, 누가 말했던가. 개 팔자가 상팔자라고!

고래

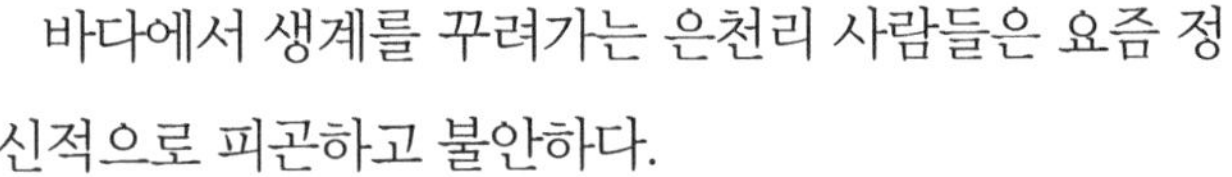

바다에서 생계를 꾸려가는 은천리 사람들은 요즘 정신적으로 피곤하고 불안하다.

마을 사람을 두 명이나 죽이고 교도소에 갔던 동환이가 출소하여 서울에 터를 잡았다더니 고향으로 돌아온다는 소식이 마을에 쫙 퍼졌기 때문이다. 그동안 명절에도 고향을 찾아오지 않았던 동환의 소식은 마을 사람들의 마음에 폭풍우를 몰고 왔다. 모든 국민은 거주·이전의 자유를 가진다는 법이 있으니 마음만 먹으면 누구든 언제나 고향에 돌아올 수 있기에 죗값을 치른 동환의 귀향을 막을 수 있는 명분이 티끌만큼도 없는 상태다. 다만 고향으로 돌아와 재판받는 과정에서 서운했던 사람들에게 해코지할지 모른다는 마음을 지울 수 없기 때문이다. 이제 동환의 나이도 환갑이 지났고 세월도 많이 흘렀으니 불상사는 없을 것으로 기대하지만 혹여나 그때의 감정이 남아있다면 무슨 일이 일어날지 장담하기 어렵기 때문이다.

도시에서 사업을 벌여 성공했다는 소문이 돌았던 동환이가 고급 승용차를 타고 고향을 방문할 때면 마을회관에 술과 고기를 선물하고 친구들을 만나서 거침없이 술값을 계산했다. 세월이 흐르면서 차츰 고향을 찾는 횟수가 줄었고 친구인 병식이는 돈까지 빌려줬으나 이자는커녕 원금조차 받지 못해서 동환을 찾아갔다가 만나지도 못하고 사무실을 지키고 있던 몸집 좋은 사내들에게 봉변만 당하고 돌아왔다는 풍문이 돌았다. 병식이는 가타부타 말이 없었다. 고향에 거주하던 동환의 아버지, 금당 양반도 아들의 애기만 나오면 묵묵부답이었고 며칠간은 마을회관에도 발길을 끊었다.

어느 날 아침, 동환이가 마당에서 낚싯대를 손질하는 모습을 마을 사람들이 목격했다. 휴가를 왔다는데 한 달이 지나도 고향 집을 떠나지 않고 갯바위에서 낚시만 열중했다. 고향에 내려온 지 두 달이 되었을 무렵부터 아버지 소유의 작은 어선으로 고기잡이를 시작했고 개펄에서 낙지를 잡고 조개를 캐는 모습도 심심찮게 목격되었다. 마을 사람들도 성공한 사업가가 아니라

귀향한 어부로 여기고 마을의 대소사를 함께하며 이웃
사촌의 정을 나눴다.

동환이가 고향에 내려와 처음으로 맞는 초봄이 되었
다. 이쯤이면 마을 주민들에게는 연례행사가 시작되는
데 그것은 다름 아닌 민물장어 치어를 잡는 일이었다.
장어의 생태를 모르는 사람들은 민물 장어의 새끼를
바다에서 잡는다는 것이 믿기지 않겠지만 바다에서 부
화한 어린 치어가 강으로 올라가는 길목을 지키고 있
다가 뜰채로 잡아 짭짤한 수입을 올린다. 장어가게를
수십 년 운영한 민 사장도 수많은 장어의 배를 갈라봤
으나 지금까지 알을 밴 장어를 본 적이 없다니 양어장
에서 기르는 대한민국의 모든 민물장어는 사람이 직접
포획해서 키워낸 장어들이다. 사람이 직접 포획하니
치어값이 무척 비싸서 운이 좋아서 하룻밤에 서른 마
리 정도만 잡으면 하루치 일당보다 많은 수입이 생기
니 마을 사람들이 밤잠을 설치며 바다로 나간다. 치어
가 잘 잡히는 기수역 부근은 마을 사람들이 순서를 정
해 놓고 질서 있게 치어를 잡았다. 겨우 사오 센티에 불
과한 치어를 잡기 위해 밤이면 횃불이나 밝은 손전등
으로 바다를 비춰서 어린 치어가 꼬리를 흔들며 유영
하는 것을 마을 사람들은 뜰채로 낚아 도매상에게 넘
긴다.

마을의 질서가 깨진 것은 동환이가 장어 치어 잡는 일에 끼어들면서 시작되었다. 정해 놓은 순서를 어기고 자꾸만 기수역으로 접근하고 사람과 사람의 간격을 얼추 삼 미터로 유지하던 불문율을 무시하고 끼어들어 치어를 잡았다. 처음에는 마을 이장이 조곤조곤 설명하니 말썽을 일으키지 않겠다고 똑 부러지게 대답했으나 지키지 않았고 나중에는 마을의 제일 연장자가 타이르니 역시 대답은 야무졌지만 다음 날이면 또다시 마음대로 바닷가를 휘젓고 다녔다. 결국은 동환이를 치어 잡는 작업에서 제외하기로 의견을 모았다. 의견을 모았으나 두 다리를 묶어둘 수 없어 마을 사람들은 벙어리 냉가슴을 앓았다. 주민들은 불만이 쌓여갔으나 뾰족한 방법을 찾지 못한 상태였다. 어느새 동환은 마을의 대소사에서 제외되기 시작했고 자식을 잘못 키운 금당 양반도 마을에서 소외시키기 시작했다.

치어 잡는 일이 막바지에 이르렀을 무렵에 마을 앞 개펄에 고래 한 마리가 갇혀 마을이 떠들썩한 일이 발생했다.

뻘밭에 떠밀려온 고래를 마을에서 부지런하기로 소문난 문대식 씨가 처음으로 발견했다. 개펄에서 바다로 빠져나가지 못한 꽃게와 개불이랑 돌게를 잡고 운이 좋으면 낙지나 몇 마리 잡을 생각으로 물때에 맞춰 초꼬슴으로 일어나 삽과 고무통을 들고 집에서 오 분 거리의 갯벌로 나갔다. 마을의 개들이 유난히 짖었다. 도둑고양이가 지나갔거나 가두리 양식장에 수달이 나타나 개들이 이빨을 드러내며 짖는 거라 짐작했다. 어젯밤에 정갈히 뒷물하던 마누라가 세면장에서 나오기 전에 거짓 눈을 감아서 새벽 기운이 뻗치는 것이 틀림없이 낙지를 제법 잡아낼 징조라고 여겼다. 대식 씨는 날씨를 짐작할 요량으로 하늘을 올려 보았다. 푸르스름한 기운이 돌기 시작한 하늘에 안개가 가득 깔렸고 물안개까지 피어올라 시야가 답답했지만 안개가 걷히면 따가운 봄볕이 쏟아질 것이 확실했다. 봄기운이 완연해지면서 민물장어 치어는 줄어들었고 대신 낙지가 쏠쏠하게 잡혔다.

테트라포드와 이어진 방파제 위에서 고무장화로 바꿔 신고 허리춤에 두 손을 얹은 다음에 엉치뼈를 돌려 몸을 풀고 손가락 깍지를 끼고 가슴에서 쭉 내밀어 준비운동을 끝내고 뻘밭으로 들어갔다. 종아리까지 빠지는 발을 옮겨가며 낙지 구멍을 찾기 시작했다. 은천리에서 태어나 한 번도 마을을 떠난 적이 없어서 나무 한 그루며 바윗돌 하나까지 꿰뚫고 있는 대식 씨에게 평소에 못 봤던 물체가 포착되었다. 썰물에도 웅덩이처럼 약간의 바닷물이 고여있는 뻘밭에 그 물체는 절반쯤 잠겨있었다. 밤에 이곳을 지나던 배가 조난되었나 싶어 발걸음을 재촉했다. 대식 씨의 나이를 고려하면 반공교육을 철저하게 받은 세대라서 혹시 밤새 간첩들이 내려와서 배를 버리고 육지로 숨어 들어갔을지도 모른다는 생각이 미쳤을 때 긴장감에 심장이 마구 뛰었다. 종아리와 허벅지에 더욱 힘을 주고 안갯속의 물체로 성큼성큼 다가갔다.

그것은 고래가 확실했다.

그 물체에 십여 미터까지 접근했을 때 안개 속에서 고래의 윤곽이 눈에 잡혔다. 대식 씨는 뻘밭을 되돌아 나와 이장 집으로 향했다. 마침 마당귀퉁이의 닭장에서 모이를 주고 있던 이장이 반갑게 맞았다.

"오야, 이장, 뻘밭에 고래 한 마리가 갇혔네."
"왐마, 진짜여? 살았던가? 죽었던가?"
"확인은 못 하고 바로 자네한테 왔네."
두 사람은 짧은 대화를 끝내고 약속을 한 것처럼 어촌계장의 집으로 향했다. 세 사람은 고래를 향해 뻘밭을 건중건중 걸어갔다.

"오메, 고래는 맞는디 무슨 고래다냐? 징하게 크구마잉."

어촌계장이 고개를 좌우로 흔들며 감탄했다. 커다란 바위 같은 고래를 둘러보고 있을 때 해녀의 숨비소리보다 깊게 느껴지는 고래의 숨소리가 들려왔다.

"오메, 살어있는디."

"살았던 죽었던 우리 목구멍으로 들어갈건디 뭔 소용인가."

세 사람은 뭍으로 빠져나와 고래의 처리방안을 궁리했다. 요즘의 상황이라면 당연히 바다로 돌려보낼 방법을 찾았겠으나 그 당시에는 그 무엇이든 식용할 수 있으면 스스럼없이 살생하고 도륙하던 시절이었다. 당연히 세 사람은 고래를 도살해서 모처럼 마을 사람들이 신선한 고기를 마음껏 섭취할 기회로 여겼다. 그동안 돼지와 염소를 잡아본 경험이 있어서 필요한 연장을 챙기기에 바빴다. 소문은 금세 집집이 전해져 많은 마을 사람이 마을회관으로 몰려들었고 일부는 뻘밭으로 들어가 고래를 구경하느라 정신이 팔려있었다. 고래가 가끔 거친 숨을 내뿜었는데 그 숨소리가 우렁찼다.

"근디, 뻘에서 배를 가를거여?"

"그라믄 이 큰놈을 어뜨케 마을회관까지 옮기것는가?"

"우리가 고래를 처음으로 해체를 하는지라 시간이

얼마 걸릴지 모르는디 물이라도 들어오믄 낭패가 아닌
가. 밀물이 되믄 작업을 중단했다가 썰물에 이어서 작
업하는 것도 쉽잖을 판이어서 그러재.”

　고래를 구경하는 사람들의 의견도 비슷했다. 바닷가
사람들이라 밀물과 썰물의 시간을 알고 있어도 고래를
해체하는 데 소요될 시간을 가늠하기 어려워 난감한
상황이었다.
　지금이야 마을마다 트랙터나 굴착기를 소유한 사람
도 많지만 겨우 경운기 몇 대만 굴러다니는 마을에서
손잡이도 없는 생명체를 통으로 경운기에 싣는 것은
포기하는 것으로 가닥을 잡았다. 최대한 빠른 손놀림
으로 몇 개의 부위로 칼질해서 경운기에 나눠 싣고 뻘
밭을 빠져나가기로 결정했다.

　“고래를 해체하니라 고생하지 말고 수족관에 팔믄
더 이익이 될거 같네만.”
　“더 이익이 많다 쳐도 그동안에 죽어 불믄 말짱 도루
묵인디?”
　한 달 전쯤에 서울의 아들네를 방문했다가 별별 물고
기가 살고 있는 수족관을 다녀온 경험이 있는 이장이
판매를 제안했다. 마을 사람들은 고래를 해체하는 과

정에서 도사리고 있는 돌발의 상황이 염려되어 판매가 해법이라고 의견이 바뀌었다.

"그것보다 가격이 얼마나 받을 수 있는가를 먼저 알아보는 것이 순서같은디."

"아니여. 우선 고래가 죽지 않게 조치하는 것이 먼저 단게."

"아따 고래는 허파로 숨을 쉬게 얼른 안 죽을 거네."

"모르는 소리말어. 고래는 피부에 물에 마르믄 죽는 거여. 지금은 해가 없은게 살아있어도 안개가 걷히면 금방 죽어불건디."

이장은 집으로 플라스틱 물동이를 가지러 갔고, 마을 사람 몇몇도 집으로 향했다. 대식 씨는 밧줄을 가져왔고 어촌계장은 마을회관에 보관하고 있던 차일을 가져왔다. 각자 나름의 셈법이 있었다.

"밧줄은 뭣땜새 갖고 왔는가?"

"밀물이 되믄 고래가 먼바다로 가불거 같은 게 꼬리를 묶어서 사장 나무에 묶을 참이네. 근디, 자네는 차일을 뭣할라고 갖고 왔는가?"

"응. 나는 뻘에 말뚝을 박고 차일을 쳐서 햇빛을 가려줄 참이네."

서로의 생각에 공감하며 만족한 웃음을 터트렸다. 웃

음소리가 안갯속을 비집고 저 멀리 탱자 섬까지 퍼져 갔다. 철홍이 엄마는 연탄불에 올려놓은 된장찌개가 졸아들까 걱정되어 집으로 돌아가면서도 고래에게 자꾸만 고개를 돌렸고 희자네는 쌀을 씻다가 나왔다며 고래에게 눈길을 주면서 집으로 향했다. 뜬금없이 개펄 한가운데서 회의가 벌어졌다. 진지한 회의를 모르는 고래는 잊을만하면 한 번씩 숨을 내뱉었다. 숨을 쉴 때마다 머리통과 등짝의 중간쯤의 콧구멍이 벌렁거렸는데 그 크기가 어른 주먹이 들어갈 정도였다. 마을 사람들은 고래의 숨소리에 놀라면서도 고래가 살아있다는 것에서 놀란 가슴을 쓸어내리며 안심했다.

우선 고래가 죽으면 모든 계획이 허사가 되므로 여자들은 순서를 정해서 한 시간씩 고래의 몸에 바닷물을 끼얹다가 자신의 시간이 끝나면 마을회관으로 옮겨가 밥을 짓고 국을 끓여 아침밥을 준비하는 임무가 주어졌다. 남자들은 한재골로 대나무를 베러 가고 이장과 대식 씨는 사다리와 낫과 커다란 망치를 가지러 갔다. 고래의 꼬리에 밧줄을 묶어 나무에 묶는 것은 꼬리에 상처가 생겨날 우려가 있고, 만일 상처가 생기면 고래의 값이 내려가거나 죽을 염려가 있다는 결론을 내렸다. 대신에 고래의 주변에 대나무를 박아 민물이 되어도 빠져나가지 못하게 울타리를 만들고, 울타리 위는 그물을 치기로 결정했다.

"근디, 소보다 큰 고래가 몸부림을 치면 대나무 울타리가 견뎌줄란가?"

마을 사람들은 또다시 고민에 빠졌다.

"그라믄 대나무 울타리를 치고, 혹시 모른 게 꼬리에 헌 옷을 감아 밧줄로 묶어 사장 나무에 감아놓세."

"그라세. 바다로 도망가는 것보다는 낫것네. 죽어불믄 고기로 묵는거고."

아침부터 바삐 움직인 은천리 사람들은 배고픔을 느꼈으나 밀물이 멀잖았다는 것을 경험으로 짐작하고 자신이 맡은 바 임무를 충실하게 수행하기 위해서 부지런히 움직였다. 부지런히 움직이면서도 고래가 얼마에 팔릴 것인지가 궁금했다. 마을 주민 숫자로 나눌 것인지, 세대수로 나눌 것인지도 궁금했으나 그 누구도 그 궁금함을 내뱉지는 않았다.

대나무가 뻘밭에 도착했고 먼저 가지를 쳐내고 고래를 중심으로 촘촘하게 대나무를 박았다. 아무리 물렁물렁한 뻘밭이지만 이백여 개의 대나무를 깊이가 1미터가 넘게 박는 일은 결코 쉬운 일이 아니었다. 고래가 갇힌 개펄은 만조가 되어도 어른의 가슴까지만 바닷물이 들오는 곳이라 고래가 숨을 쉬는 데 지장이 없는 곳이었다.

"아따, 먼저 고래 꼬리를 묶고 대나무를 박어야재. 울타리를 쳐불믄 어뜨케 묶을 것이여."

경만이가 대단한 것을 알아냈다는 듯 호기롭게 외쳤다.

두 시간이 지나 울타리가 완성되었고 울타리 위에 튼튼한 그물을 씌우고 철사로 동여맸다.

사람의 키보다 높은 울타리가 완성되면서 고래에 물을 끼얹던 일은 두 사람이 힘을 합쳐야 가능했다. 울타리 옆에 사다리를 세우고 올라가 있고 다른 사람이 대야에 바닷물을 담아 전해주면 고래의 등짝에, 꼬리에, 대갈통에 뿌렸다.

급한 불을 껐으니 이제 안개가 걷히기 전에 차일을 세울 셈이었다. 차일이 울타리보다 높아야 그늘을 만들어 봄볕을 막을 수 있었다. 차일에 딸린 쇠말뚝이 짧아 밀물에 넘어질 수 있으니 길이 2m 정도의 대나무를 펄에 박다가 그 대나무가 50센티 정도 남으면 말뚝을 묶어서 차일을 세우면 바닷물을 견딜 것으로 판단했다. 마을 사람들 모두가 일사불란하게 움직였다. 시간이 지날수록 안개가 더 짙어졌다. 차일의 끝단이 만조가 되어도 바닷물에 잠기지 않을 높이로 세워졌다.

뜬금없이 새벽에 발견된 한 마리의 고래 때문에 급하게 계획하고 준비한 모든 일을 마무리했을 때 마을 사람들은 허기가 몰려왔고 저 멀리서 바닷물이 달음박질로 들어오고 있었다. 동네 사람들이 뻘밭을 벗어나고 있을 때 소식을 늦게 들었는지 박재호 씨가 나타났다. 울타리 안의 고래를 대나무 사이로 기웃거리다가 서둘러 동네 사람들 사이에 섞였다. 마을회관에는 아침밥이 준비되어 있었고 아직 해도 하늘에 걸리지 않았는데 막걸리병도 몇 개 놓여있었다. 마을회관은 그 어느 때보다 시끌벅적한 소리로 넘쳐났다.

정신없는 새벽을 보내고 맞은 아침밥과 막걸리 해장술은 마을 사람들의 마음에 풍선을 달아주었다. 마을 사람이 불과 스무 명 남짓이니 고래를 팔면 쏠쏠한 현금이 나눠질 것을 생각하면 아닌 밤중에 홍두깨가 아니라 아닌 밤중에 노다지나 다름없었다. 황금 돼지 아니, 황금 고래가 버티고 있으므로 하루쯤 갯일을 쉰다고 살림살이가 거덜 날 리 없어 모두가 태평한 마음이었다. 민물이 들기 시작했으니 고래에 물을 끼얹던 여자들도 돌아와 늦은 아침을 먹고 몇 잔의 막걸리를 기분 좋게 들이켰다. 마을 사람들은 회관 창고에서 꽹과리와 북과 장구를 꺼내 회관 마당에서 판을 벌였다. 항상 마을의 대소사에 관여한 이장과 어촌계장, 대식 씨는 흥겨운 농악판을 뒤로하고 고래를 판매할 구체적인 방안을 논의했다. 태어나 처음으로 잡은, 아니 잡은 것은 아니어도 워낙 희귀한 물고기, 아니 동물이니 몇억은 족히 받을 수 있으리라 짐작하지만 정확한 시세를 알아보려면 목포수협 수산물공판장의 경매사에게 확인하는 것이 정확할 것 같았다. 세 사람은 이심전심으로 마을에서 유일하게 전화가 설치된 어촌계장 집으로 걸음을 재촉했다. 전화기의 수화기를 들고 손잡이를 몇 바퀴 돌렸다.

"잉, 나, 은천리 이장인디 목포수협 수산물 공판장 경매사 아무나 좀 연결해주씨요."

어촌계장은 교환원의 인사말을 무시하고 용건을 전달했으나 이내 힘없이 수화기를 전화기 위에 놓았다.

"우리 면에는 전화가 몇 대 안 되고, 번호를 몰라도 교환원이 다 외우고 있은게 연결이 된디, 목포는 도시여서 전화번호를 모르믄 연결을 못한다네."

"교환원도 그짝 번호를 모를까?"

"모른게 안된다하것재, 전화세 벌어묵을것인디 알믄서 연결을 안해주것는가?"

세 사람은 망연자실한 표정으로 아직도 안개가 걷히지 않은 바다만 바라보았다.

이장이 손뼉을 치며 읍내의 동물병원 원장을 찾아가

보자고 제안했다. 세 사람은 서둘러 트럭의 협소한 의자에 앉아 읍내로 향했다. 원장은 소의 인공수정을 하러 외근을 가고 없었다. 늦은 저녁에나 귀가할 거라는 얘기에 세 사람은 기운이 빠졌다. 밀물이 들어올 시간이 가까워지니 마음은 급하고 특별한 방법이 떠오르지 않았다. 어촌계장이 두 사람을 트럭에 태워 고등학교로 들어섰다. 자초지종을 들은 교장 선생님이 수업 중이던 과학 교사를 호출했다. 어차피 트럭은 네 사람이 앉을 좌석이 부족한지라 이장을 따라 택시를 타고 은천리로 향했다. 어촌계장과 대식 씨는 트럭으로 흙먼지를 남기고 쏜살처럼 달려가는 택시를 뒤따랐으나 10분도 안 되어 펑크가 나는 바람에 바퀴를 교체하고 마을을 향해 달렸다. 이미 마을에 도착해서 고래를 살펴봤어야 할 택시가 길가에 멈춰있었다.

느닷없이 뛰어든 고라니를 피하느라 운전대를 꺾다가 바퀴가 고랑에 빠져버렸다는 것이다. 이장과 과학교사는 서둘러 마을로 걸어갔고 택시 기사는 누군가 지나가길 기다리는 중이었다. 어촌계장이 짐칸에서 삽한 자루를 택시 기사에게 건네주고 다시 트럭을 몰았다. 십 리쯤 달려가니 이장과 과학 교사의 뒷모습이 보였다. 트럭을 정차하고 과학 교사를 옆자리에 태우고 마을로 향했다. 뻘밭에는 이미 바닷물이 들어와 어른

가슴께까지 차오르고 있었다. 과학 교사는 뻘밭의 고래는 구경도 못 하고 마을 주민들의 권유로 막걸릿잔을 들이켰고 썰물이 되었을 때 과학 교사는 술에 취하여 인사불성이 되어 마을회관에 큰대자로 뻗어버렸다. 또다시 난감해진 세 사람은 고민에 빠졌다. 과학 교사가 술에서 깼을 때는 밖은 어둠에 잠겨버렸고 뒤통수를 두어 번 긁적이던 교사는 머리를 몇 번 조아리고 돌아갔다. 고래를 판매할 곳에 연락을 취하기는커녕 아직 고랫값조차 알아보지 못했는데 하루가 지나버렸다. 동네 주민들은 횃불을 준비했고 봄이지만 밤이면 기온이 많이 떨어지는지라 장작도 준비하면서 썰물이 되면 뻘밭에 나가 고래의 등짝에 바닷물을 끼얹을 만만의 준비를 갖췄다.

또 아침이 찾아왔고 어제처럼 안개가 자욱했다.

밤새 잠을 이루지 못한 이장은 어둠이 가시기 시작하자 서둘러 어촌계장 집으로 향했다. 다짜고짜 거실로 들어가 수화기를 집어 들었다. 문이 열린 안방에서 속옷 바람의 어촌계장의 부인이 놀라는 모습은 눈에 들어오지도 않았다. 통화를 끝내자 어촌계장이 손뼉을 치면서 등을 토닥였다.

"암만, 생각해도 사진을 찍어서 서울로 바로 올라가세. 시세를 알아볼 방법도, 알려줄 사람도 없는 데다,

이러다 고래가 죽어불믄 말짱 도루묵인 게.”

“자네가 묘안을 생각해냈구만.”

이장은 새벽 댓바람부터 마을방송을 했다.

‘주민 여러분께 알려드립니다. 아시다시피 마을 앞 뻘에 고래 한 마리가 갇혀 있습니다. 서울의 대형 수족관에 팔아 마을의 수입을 올리기로 의견을 모았으나 방법이 마땅하지 않아 우선 고래의 사진을 찍어 서울로 갖고 가서 담판을 지으면 좋겠다고 합의를 봤습니다. 그래서, 사진을 찍기 위해 어제 박았던 대나무를 일부 해체하고자 하오니 주민 여러분은 물이 빠진 지금 바로 뻘밭으로 나와주시기 바랍니다. 거듭 알려드립니다…’

대식 씨는 마을 이장의 방송을 듣고 서둘러 뻘밭으로 나가면서 본인도 모르게 일이 진행되는 것이 매우 불쾌하고 사진을 찍으려면 사다리로 울타리를 넘으면 될 것을 마을 주민을 모이게 하는 것도 불만이었다. 개펄에 도착해서야 자신을 소외시키지 않았다는 것을 알게 되었다. 읍내의 사진사가 워낙 고령이어서 사다리로 울타리를 넘기가 위험해서 일부를 해체한다는 것과 상황이 급박해서 전화가 있는 어촌계장 집으로 향하느라 대식 씨에게 연락을 못 했다는 말이 이해되었다. 더구나 조만간 자신이 마을 이장직을 맡게 될 것이어서 오해가 금방 풀렸다.

은천리는 주된 수입인 김 채취가 끝나 바닷일이 좀 한가해지는 곡우에 마을 잔치를 열고 마을 이장의 이·취임식을 거행한다. 미리서 다음 후임자를 정해 놓고 2년의 임기가 끝나면 자연스럽게 이장을 맡아 봉사하는 전통을 이어왔다.

장어 치어를 잡는 일과 김 채취가 끝나가는 데 느닷없는 고래가 펄에 갇힌 바람에 마을이 떠들썩해진 것뿐이다. 게다가 안개는 여전히 자욱했다. 고래는 여전히 살아있어 가끔 숨을 내쉬었다.

대나무 울타리 일부가 해체되었고 세 사람은 줄자를 이용해서 고래의 크기를 재서 적었다. 사진을 찍어가더라도 정확한 치수를 알아가면 흥정에 유리할 듯싶었다. 걸음걸이가 시원찮은 사진사가 택시를 타고 마을 회관에 들어왔다. 주민 두 명이 사진사를 부축해서 뻘밭으로 안내했다. 사진사의 한 마디에 마을 주민들이 안타까운 탄성을 질렀다.

"고래를 사진 한 장에 담을라믄 박아 놓은 대나무 절반은 뽑아야 해. 이 상태로는 절반밖에 안 찍혀."

마을 주민들이 각고의 노력으로 고래의 사진을 찍고 다시 울타리를 치고 뻘밭을 벗어났다. 힘든 일을 끝내고 전날처럼 아침을 먹으며 또 막걸릿잔을 나누었다. 주민들과 아침을 먹은 고령의 사진사는 오후 두, 세 시경에 사진을 찾으러 오라는 말을 남기고 돌아갔다. 이장과 대식 씨가 저녁때 사진을 찾아 야간열차를 타고 바로 서울로 올라가고 어촌계장은 마을 주민과 더불어 뻘밭의 고래를 보살피는 임무를 맡았다. 서울에 올라가 흥정이 끝나면 바로 소식을 전할 것이니 내일도 바닷일을 작파하고 전화기 옆에 붙어있기로 회의가 마무리되었다. 주민들은 하루만 지나면 서울에서 반가운 소식을 전해올 것을 생각하며 북채를 잡았고 꽹과리를 꺼내 손에 쥐었다.

"고래를 발견한 지 이틀이 지났는데, 얼마나 배가 고플까? 그동안 죽지는 않것재?"

"배도 고프것지만 목도 마를 거 아니여?"

"아, 바다에 사는 고래도 물을 묵으까?"

"그라믄 울타리 안에 고등어라도 몇 마리 던져줘보까?"

한바탕 농악판을 벌이려던 주민들은 여러 가지 걱정거리 때문에 슬그머니 악기를 내려놓았다. 기분이 구름 위를 걷고 있는 주민들은 일이 손이 잡히지 않아 괜스레 마을회관에 머물고 있었다.

"오메, 우리가 고래한테 정신이 팔려서 몰랐는디, 오늘이 곡우네. 오늘이 새로운 이장이 취임하는 날이네,

오야, 대식이, 얼른 인사하고 이장을 맡으소.”

안개가 걷히고 솟아오른 햇살이 마을을 비추고, 회관을 비추고, 주민을 비추고, 대식 씨의 얼굴을 비추었다. 마을회관 벽에 붙은 시계가 10시를 알렸다. 대식 씨가 인사말을 시작하려는 순간에 동환이가 마을회관에 나타났다.

“자네가 뭔일로 발걸음을 했는가?”

“아따, 아재는 뭔 서운한 말씀을 하시오. 마을 주민이 회관에 나올라믄 누구한테 허락을 맡아야 한다요? 오늘이 이장 취임을 하는 날이어서 나와봤소.”

어촌계장은 기분이 언짢으나 어찌 되었든지 마을 주민이어서 막걸릿잔을 내밀었다.

“아니어라. 이장선거를 하고 마실라요.”

“뭔 이장선거? 대식이가 이장을 맡기로 진즉 애기가 끝났는디.”

“그것은 후보가 한 사람일 때 이야기지요.”

“긍게, 다른 후보가 없은게 만장일치로 추대를 한 거란 게.”

“내가 이장에 입후보를 할라고 합니다.”

“자네가? 뭔 자격으로?”

“그거야 다른 지역 출신이라도 마을에 1년 이상 거주하면 자격이 된담서요, 더구나 나는 이 마을 출신인 게 자격이 충분하지요."

　동환이의 말에 대식 씨뿐만이라 마을 주민 모두가 할 말을 잃어버렸다. 장어의 치어를 잡으면서 질서를 무너뜨린 죄를 묻느라 마을의 대소사를 제외한 것은 주민들이었지만 동환이가 뜬금없이 이장선거에 나서겠다고 회관에 나타난 것이다. 진정 자신의 잘못을 뉘우친다면 감히 이장을 맡겠다는 말을 꺼내서는 안 된다고 주민들은 이심전심으로 느꼈다. 선거를 치러도 그 누가 동환에게 표를 주겠는가.

　"내 말이 틀렸소?"
　"맞네. 그라믄 몸이 불편한 두 사람을 빼고는 마을 사람들이 여기에 다 모여 있은게 바로 선거를 해불세."
　어촌계장은 결과가 뻔한 선거를 치르려는 동환의 어리석음을 확인시켜주자는 의미로 주민들을 바라보았다. 지금껏 국회의원이며 대통령 선거를 경험한 주민들은 투표를 준비했다. 어촌계장이 달력 한 장을 뜯어 주민의 숫자만큼 잘라 나누고 제비를 뽑아 기호를 정했다.
　"다른 사람이 안 보게 표시하고 잘 접어서 여그에 넣으시오."

어촌계장이 자신이 쓰고 있던 모자를 벗어 회관 거실 중앙에 놓았다.

"알았구마. 우리가 같이 지켜보드라고. 다른 마을 사람이 넣을 일도 없을 것이고, 두 장 넣는 일도 없을것인게."

"뭐, 오줌이나 누고 시작하믄 좋것소."

단숨에 쇠뿔을 빼겠다고 덤비던 동환이가 똥이 마려운 강아지처럼 불안한 얼굴이었다. 그때 회관으로 봉고차 한 대가 달려와 정차했다. 마을을 떠나 목포에 살고 있는 사람들이 우르르 내렸다. 아직 인사가 끝나지도 않았는데 또 한 대의 봉고차가 마을회관으로 들어왔다. 완도에 터를 잡은 은천리 출신들이었다. 마을에 대소사가 없는데도 거의 동시에 나타난 두 대의 봉고차에 반가움보다는 불안감에 휩싸였다. 한두 사람도 아니고 전체 마을 주민만큼의 많은 사람이 한꺼번에 고향을 찾아온 것이 수상쩍었다. 고래를 발견한 것이 벌써 다른 지역까지 소문이 난 것인지 주민들은 의아한 마음이었다.

"뜬금없이 뭔일로 왔는가?"
"아따, 오늘 이장선거를 한다해서 왔지라."

　목포에서 건어물 가게를 운영하는 영필이가 마을 주민들을 둘러보며 대답했다.

"누가 이장선거를 한다고 그러든가?"

"아따, 매년 곡우에 이장을 추대하는 것이 오래된 전통이어도, 그것은 입후보자 한 명일 때 얘기고 다른 후보가 있으믄 당연히 선거를 해야하니까 얼른 투표나 하게 해주시오."

"그란디, 자네들은 투표권이 없는디 뭔 투표를 한다고 왔는가?"

"아따, 내 고향인 은천리에 주소가 있는디 뭔소리다요?"

　비록 타향에서 살아도 마을 주민과 꾸준한 연락으로 마을의 누군가 세상을 떠나면 부의금을 들고 조문을 왔었고 누구의 아들이 결혼하면 축의금을 보내면서 주민의 역할에 충실했다. 그뿐만 아니라 은천리 주민들도 마을의 대소사의 소식을 알리며 몸은 멀리 떨어졌어도 주민으로 인정하며 교류를 해왔기에 투표를 하겠다고 고향을 찾아온 사람들을 배제할 수 없었다.

"주소는 여그에 있어도 실제로 살지는 않은 게 투표권이 없는거재."

"아따, 필요하믄 주민이고 안그라믄 타지 사람이 되분다요?"

영필이의 야무진 대꾸에 어촌계장과 마을 주민은 반박하지 못했다. 더구나 그들은 마을에서 공동으로 관리하는 어업권에도 일정의 지분을 갖고 있었다. 더구나 영필이는 초등학교 동창인 동환이와 각별한 사이라는 것을 모르는 동네 사람이 없었다. 봉고차를 타고 새로운 이장이 취임하는 날에 찾아온 마을 출신들을 바라보는 주민들은 찜찜한 마음을 버릴 수가 없었다. 어촌계장과 신경전을 벌이느라 상기되었던 동환의 얼굴은 평온해 보였다. 동환이가 달력을 찢어 봉고차에서 내린 사람들에게 나눠주었다. 지금껏 입을 다물고 있던 이장이 나섰다.

"자, 그라믄 정식 절차를 밟아서 선거를 해야것네. 오고, 안 오고는 본인들 마음이지만 우리 마을에 주소를 둔 다른 사람들에게도 선거가 있다는 것을 알려줘야 뒤탈이 없것네. 내 말이 맞재?"

마을 주민들이 환한 얼굴로 이장의 말에 대답하며 손뼉을 쳤다.

"아니 오늘이 선거날인디 언제 연락하고, 언제 투표를 할 것이요?"

"오야, 영필이, 선거날이 정해진 것이 아니고 곡우에 취임만 하는 것이 관례인디, 투표를 해야하니까 선거는 돌아오는 일요일에 하세.”

영필은 하는 수 없이 수긍하고 동환의 표정을 살폈다. 봉고차를 타고 온 사람들이 투표용지로 받았던 달력을 바닥에 버리고 돌아갔다.

봉고차에 타지 않은 영필이가 바다를 바라보며 말했다.

“소문을 들으니 뻘에 갇힌 고래를 팔아서 나눠 갖기로 했담서요?”

“그랬네. 뭐가 잘못되었는가?”

“얼마를 받든 우리도 마을 주민인 게 똑같이 나눠줘야 탈이 없을 것이요.”

“자네들은 고래를 관리하는 데 손가락 하나를 보탠 것이 없는디 나눠주라고?”

마을 주민들은 막걸리를 마시고 올라오는 트림을 참으면서 두 사람의 대화를 숨죽이며 들었다. 두 사람의 담판 여부에 따라 돌아올 몫이 달라지기 때문이었다.

“아따, 시방 고래가 앉아있는 저 뻘이 누구건지 몰라서 그런 말을 하시오?”

동네 사람들은 커다란 망치로 뒤통수를 맞은 기분이었다. 주민들은 서로의 얼굴을 바라보며 난감한 표정이었다. 그 모습을 바라보던 동환이가 슬그머니 마을 회관을 빠져나갔다.

“왈가왈부할 거 없단게라. 고래가 앉은 곳이 내 뻘이여, 그런게 고래는 내 것이재라.”

비록 배우지 못한 바닷가 사람들이지만 갯벌은 원칙적으로 나라의 소유이고 허가를 받은 사람만이 권리를 행사할 수 있다는 것은 군청 수산과 직원에게 여러 번 교육을 받아 잘 알고 있는 내용이었다. 다만 영필은 본인이 직접 갯벌을 활용할 수 없어 마을 사람들이 공동으로 이용하도록 암묵적으로 인정했다. 마을 사람들은 어업권을 획득하지 않고 수입을 올리니 영필이가 고마울 뿐이었다.

개펄이 본인의 소유라는 것을 주장하는 것은 인정하겠지만 고래까지 본인의 것이라고 우기는 것이 괘씸할 뿐이었다. 왜냐면 수산과 직원은 어업권을 가진 사람이 쳐놓은 양식장이나 어망에 포획된 어류를 채취하는 것은 불법이지만 갯벌에 있는 자연산 생물들을 채취하는 것은 불법이 아니라고 강조했기 때문이다.

어촌계장은 군청 수산과 직원에게 전화를 걸어 고래의 주인이 누구인지 확인하자고 영필에게 제안했다. 회관의 벽시계가 12시를 알렸다. 점심시간이어서 군청으로 전화를 거는 것을 미룰 수밖에 없었다. 영필이가 점심시간이 끝나면 돌아오겠다고 회관을 빠져나갔다.

마을 사람들은 막걸리를 마시며 먹는 점심이 모래알처럼 까끌까끌했다. 회관은 바닷속처럼 고요했다. 점심을 마친 이장과 대식 씨가 사진을 찾아 서울행 야간기차를 타러 떠났다. 어느새 바닷물이 빠질 시간이 되었고 순번에 따라 고래에게 물을 끼얹으러 뻘밭을 향해 걸어갔다. 군청의 점심시간이 한참이나 지났음에도 영필이가 마을회관에 나타나지 않았다. 주민들은 고래의 소유권이 누구인지 궁금하여 함흥차사가 돼버린 영필을 기다리느라 목이 탔다. 목이 타서 마신 막걸리 때문에 화장실만 들락날락했다.

"영필이도 속이 타서 어디서 술을 묵고 있을 거 같은디."

어촌계장의 짐작에 모두가 동의했고 분명 단짝인 동환이 집에서 술판을 벌이느라 시간이 흘러가는 것을 잊은 모양이라고 입을 모았다.

"내가 동환이 집에 가볼라네."

술기운에 걸음이 조금 흔들렸으나 어촌계장은 빠른 걸음으로 동환의 집으로 향했다.

"오메, 사람이 죽었네. 영필이가 죽었당게."

어촌계장이 마을회관으로 달려오며 소리쳤다. 동네 사람들 모두 넋이 나간 표정으로 창백한 얼굴의 어촌계장을 마주했다. 정신까지 혼미한 어촌계장에게 냉수

한 그릇을 건넸다.

"영필이가 죽다니, 뭔말이여?"

영필의 죽음을 들은 주민들은 어촌계장의 입만 바라보았다.

"칼에 찔, 찔렸는가 마당에 피가 흥건하고 쓰러져 있는 것을 보고 달려왔당게."

"신고는 했는가? 동환이는?"

어촌계장은 머리를 좌우로 흔들 뿐이었다.

전화가 있는 집보다 파출소가 가까워 달려가 정 순경에게 신고했다. 파출소장이 읍내의 경찰서에 사건을 보고하고 동환의 집으로 향했고 마을 주민들이 그 뒤를 따랐다. 참혹한 모습을 마주한 주민들이 비명을 지르거나 고개를 돌렸다. 정 순경이 영필을 살펴보고 고개를 저었다. 사망한 것이 분명하다는 의미였다. 마을 사람들은 다시 마을회관으로 돌아왔다. 읍내에서 형사들이 들이닥쳤고 구급차가 시신을 옮겨갔다.

"암만해도 고래가 숨을 안 쉬는 것 같소."

살인사건이 일어난 것을 모르는 고래 당번이 마을회관으로 돌아와 다급하게 외쳤다.

"으짜쓰까, 사람이 죽어 마을이 시끄러운디, 고래까지 죽어부렀다고?"

어촌계장은 어수선한 회관을 빠져나와 집으로 향했

다. 읍내 사진관으로 전화를 걸었으나 이미 사진을 찾아 버스정류장으로 떠난지 한참이라는 대답이 돌아왔다.

“오메, 고래가 죽은지도 모르고 밤기차를 타겄네.”

어촌계장은 혼잣말을 내뱉고 마을회관으로 돌아왔다. 마을의 봉이네도 칼에 찔려 죽었다고 정 순경이 알려주었다.

동환은 마을 이장선거에 출마하려고 마음을 먹었다. 이장이 되면 마을에서 모아온 발전기금을 빼돌려 다시 사업을 시작할 생각이었다. 막상 투표가 진행되면 자신이 불리하다는 것을 알기에 다른 지역에 살고 있는 고향 사람들을 끌어모았다. 소요되는 금전적 보상뿐 아니라 하루치 일당까지 감당하기로 약속했다. 투표를 진행하지 못하고 다음 일요일로 연기되는 바람에 계획에 차질이 생겼다. 군청의 점심시간이 끝나기를 기다리며 두 사람은 소주잔을 나눴다. 비록 투표는 못 했어도 봉고차를 타고 왔던 사람들의 하루 일당을 요구했다. 영필은 일요일에 선거가 끝나고 지급하겠다는 동환의 말에 옥신각신 다투었고 성미가 급한 동환이가 부엌에서 칼을 가져와 찔렀고 도망가는 영필을 마당에서 다시 찔러버렸다. 그 모습을 목격한 이웃집 봉이네도 칼로 찌르고 그동안 잡아놓은 장어 치어를 훔쳐 도망을 갔다. 버스를 타고 읍내에 이르러 도매상에게 치어를 팔고 광주행 막차를 타려다 경찰에게 붙들렸다.

마을 사람들은 동환이가 잡혔다는 소식에 안도의 숨을 내쉬었다. 이제 고래가 죽었으니 신속하게 대나무 울타리를 제거하고 고래를 칼질해서 마을회관으로 옮겨와야 할 상황이었다. 다만 낮에 보았던 영필이가 흘린 붉은 피를 목격한 마을 사람들은 또 붉은 피를 눈으로 봐야 하는 칼질을 마을 사람 그 누구도 서두르지 않았다. 다만 누군가 사장 나무에 묶었던 밧줄을 풀어 놓았다.

바다는 어둠이 내리기 시작하면서 고래의 형체를 감췄고 파도 소리만 들려올 뿐이었다.

그 산에서 만나다

작품에 사용한 시구는 전남 장흥군의 천관산
문학공원 문학비에서 인용 또는 발췌하였음

1

늦가을, 듬성듬성 잎사귀를 매달고 있는 당산나무 아래의 긴 나무 의자에 젊은 여자와 노인이 앉아 있다. 두 사람의 모습이 흡사 하나의 조각품처럼 닮았다. 발을 가지런히 모으고 양손을 무릎에 얹은 모습까지 똑같아서 누군가 이 모습을 옆쪽에서 바라본다면 한 사람의 모습으로 착각을 일으킬지도 모른다. 마치 그림자처럼 똑같은 모습이지만 확연하게 다른 것은 두 사람의 시선이다. 여자는 자신이 떠나온 산 중턱의 집 마당에 눈길을 던져두었고, 노인은 추수가 끝난 들녘의 건너편 도로에 시선을 박아 놓고 있다.

여자와 노인은 당산나무 아래의 긴 의자에 앉아 그

사람을 기다리는 중이다. 그 사람이 도착하면 노인은 집으로 돌아가고 여자는 그 사람과 함께 떠나야 한다.

신경이 예민한 사람만이 느낄 만큼의 작은 바람이 불어와 두 사람의 머리카락을 흔들고 지나간다. 그녀는 흔들림을 느꼈으나 노인은 느끼지 못한다. 애꿎은 햇살만이 여전하다. 여자는 불과 10여 분 전에 떠나온 노인의 집 마당에 던져둔 시선을 거두어 지붕 뒤편에 삐죽 솟은 감나무로 옮긴다. 까치밥으로 남겨둔 감 몇 개가 보인다.

느긋하게 마당가 우물에서 비누거품을 듬뿍 만들어 손발을 씻었다. 이제 바닷가를 찾아갈 생각이었다. 처마 밑에 세워진 자전거를 이용하면 어두워지기 전에 돌아올 수 있으리라 생각했다.

바다에 발자국을 남기는 일은 결국 당산나무 아래의 긴 나무 의자를 향해 찍어야만 했다.

수건을 목에 걸치고 방으로 들어갔을 때 노인은 이제 집으로 돌아가라고 나직하게 입을 열었다. 단 하루만이라도 더 묵어가기를 바랐지만 노인은 서둘러 이른 저녁밥을 차려 왔었다. 밥상을 들여놓고 마른 고사리와 한 됫박의 참깨를 보자기에 싸기 시작했지만 그녀는 짐짓 외면하고 된장국에 밥을 말아 말없이 목구멍으로 넘겼다.

방문을 열고 마루로 나서자 차츰 허리를 굽히기 시작한 햇살이 명희에게 쏟아졌다. 그녀는 눈살을 살짝 찌푸리며 이마에 손을 올려 햇빛 가리개를 만들었다. 새끼손가락과 일직선으로 뻗어 나간 시선은 산그림자에 쌓인 저 아래의 인가에 부딪혔다. 집 마당을 비추고 있는 태양은 두어 시간이면 산 너머의 바다로 스며들 것이다.

햇살 가리개를 만들었던 손을 내리고 토방으로 내려섰다. 마당귀퉁이에 두 발로 턱을 괴고 있던 누렁이가 엎드린 채 꼬리를 살랑살랑 흔들었다.

노인이 방에서 나와 신발을 신고 마당으로 내려서자 명희도 그 뒤를 따르기 시작했다. 처마 밑의 자전거 짐칸에 물건을 싣고 머리에는 늙은 호박까지 얹고 사람이 앉는 부분에 오른손을 올려놓고 다른 손은 왼쪽 손잡이를 잡고 앞서 끌어갔다. 머리에 얹어놓은 호박이 걸음을 옮길 때마다 흔들렸고, 그것을 바라보는 명희는 불안감에 조바심이 일었다. 금방이라도 떨어질 것 같은 호박을 노인은 용케도 균형을 잡으면서 앞으로 나아갔다. 중심만 잘 잡으면 비록 흔들리는 호박이라도 큰 문제가 안 되는 것을 새삼스럽게 확인하였다. 명희에게 세상은 아무리 중심을 잡아도 자신의 의지와 상관없이 처마에 매달린 종처럼 항상 흔들리기만 하였다.

내키지 않는 길을 나서는 명희의 걸음은 노인이 만든 그림자를 바라보며 겨우겨우 따라가고 있었다.

뱀처럼 길게 이어진 길을 걸어가는 두 사람의 뒤로 마을에서 외롭게 떨어져 있는 집이 점차 멀어졌고 서둘러 걷고 있는 노인의 흰머리에 가을빛이 거울처럼 빛났다.

명희는 자꾸만 고개를 돌려 자신의 그림자가 그녀를 따르는 것인지, 자신이 그림자의 분신으로 걷고 있는 것인지 혼란스러웠다. 자꾸만 걸음이 느려졌다.

노인이 걸음을 멈추고 뒤를 돌아다보았고 명희는 발걸음을 재촉하여 노인과 나란히 걸었다. 두 개의 그림자가 하나로 포개졌다. 제 발끝을 내려보며 묵묵히 걷다가 신발에 자전거 바퀴의 살이 어른거리는 그림자를 만들고 있는 것을 보았다. 절반은 무의식 상태로 그것을 바라보며 걷던 명희는 탑산사에서 내려오던 길에 만났던 어지럼증을 다시 느꼈다.

2

늦가을의 햇살이 좋아서 혹은 곱게 물든 단풍과 높푸른 하늘이 좋아 한가하게 떠나온 여행길이 아니었다. 처음엔 마음이나 다스릴 수 있기를 기대하는 마음으로 목적지도 없이 무작정 떠나왔다. 힘들고 힘들어 바람을 쏘이며 가슴에 켜켜이 쌓인 분노와 배신감을 이제는 끝내고 새로움을 찾아보려 집을 나섰지만 막상 어디로 가야할지 막막하였다. 처음부터 정해진 목적지가 없는 여행은 비가 내리는 칠흑의 어둠만큼이나 암담하였다.

우선 버스터미널로 방향을 정하고 택시에 몸을 맡겼다. 터미널 매표소의 일곱 번째 창구에서 차표를 발매하는 곳으로 무작정 떠나볼 생각이었다. 행운을 상징한다는 칠이라는 숫자에 기대를 걸어보고 싶었다. 근거가 없는 얘기인지 알면서도 숫자를 믿어보고 싶었다. 힘겨운 마음을 스스로 위안하려는 자신이 애처롭다는 생각이 들었다.

터미널에 도착하여 화장실에서 생리대를 교환하였다. 남편이 자신의 자리를 비우면서 월경과 관계없이 생리대를 착용하며 살아온 지 벌써 열 달이 훌쩍 지났다. 작은 웃음에도, 텔레비전 소리에도 무시로 속옷을 적시던 요실금 때문이었다. 택시에서 갑작스러운 기침이 나오면서 뜨뜻하게 흐르던 요실금 때문에 혹시 운전사가 그것을 알아챌까 싶어서 얼굴이 화끈거렸다. 기분의 문제겠지만 지린내까지 맡아지는 것 같았다.

일곱 번째 매표소에서 받아 든 차표는 장흥(長興)이라

는 곳이었다. 아직 한 번도 가본 적이 없었지만 우리나라 육지의 맨 끄트머리에 위치한 천관산에 문학공원을 조성해서 명소로 각광받고 있다며 산과 바다가 어우러진 곳이라고 소개한 신문의 기사가 설핏 떠올랐다. 계절에 어울린다는 제목으로 여행지를 소개하는 신문을 별로 믿지 않는 편이지만 장흥이라는 지명은 선명했다. 장흥, 그때 길게 흥하라는 뜻이라는 생각을 했었다. 자신도 그렇게 오래도록 가정을 유지하면서 오순도순 살아가며 행복하게 살고 싶었다. 남편이 자리를 벗어나면서 그 바람은 깨어지고 말았다. 만족이라는 단어를 가슴에 품고 살아가기에는 세상이 간단하지 않다는 것을 알지만 적어도 그 언저리에는 머물고 싶었다.

장흥에 도착하여 터미널에서 가까운 중국성이라는 식당에서 자장면을 먹었다. 시장기가 돌았으나 입맛은 그 음식을 받아들이지 않았다. 식당 주인이 맛이 없느냐고 물으며 미안한 표정을 만들었다. 테이블 앞에 앉아 우동을 먹고 있던 할머니가 자신의 면발을 할아버지에게 덜어주었다. 자꾸만 손사래 치며 할머니의 손을 만류하는 모습이 정겨웠다.

터미널 매표소 여직원에게 천관산 문학공원을 가는 방법을 물었다. 직원은 얼굴조차 쳐다보지 않고 분주히 손을 놀리면서 대덕읍에 도착해서 마을버스로 갈아

타던지, 아니면 대덕읍 연지마을로 직접 가는 버스를
타라고 메마른 목소리로 말했다.

기다림에는 익숙하지 못한지라 대덕읍이건 연지마
을이든 빨리 출발하는 버스표를 달라며 지폐 한 장을
구멍 뚫린 매표소로 밀어 넣었다. 대덕읍이었다.

대덕읍은 마침 장날이었는지 도로 옆으로 노점상들
이 띠를 잇고 있었다. 돈으로 바꾸어도 겨우 차비 정도
에 불과한 푸성귀를 앞에 놓고 쪼그리고 앉아 있는 노
인들의 모습에서 명희는 세상을 떠난 친정어머니가 떠
올렸다. 그 노점상을 바라보면서 젊어서 혼자가 된 어
머니 생각이 떠나지 않았다. 빨리 그곳을 벗어나고 싶
어졌다. 마음의 불을 꺼뜨리고 돌아가는 길에는 어머
니의 산소를 찾아가 한 잔의 술을 올리고 싶어졌다. 아
마 세상에 발 딛고 있었더라도 결코 친정을 찾지 않았
을 명희였다. 비록 돌아가신 어머니지만 자신의 초라
한 모습을 보이기 싫었다.

택시를 탔다.

"연지리요."

"연지리 누구 집에…. 혹, 문학공원을 가는 길인가요?"

"네."

버스가 지나온 길을 조금 되돌아와 좌측으로 꺾어 들
어갔다. 넓은 평야지대 건너 천관산이 버티고 있었다.

산은 왕관을 얹은 듯 기묘한 바위들이 솟아 있었다. 천관산 기슭에 문학공원이 세워진 이후로 심심찮게 손님이 생겼다며 운전사가 활짝 웃었다. 마을을 지나고 가파른 산길로 접어들면서 택시는 힘겨운지 거친 숨을 몰아쉬었다. 문학공원으로 오르는 오른편으로는 맑은 물이 계곡을 이루고 있었다. 아마 흘러가면서 또 다른 물줄기를 만나고 결국 바다와 만날 것이다.

문학공원으로 오르는 길옆에는 많은 돌탑들이 늠름하게 비바람을 이겨내고 있었다. 보름달처럼 매끈한 돌과 곰보빵처럼 울퉁불퉁한 돌들은 이미 탑이 되었고, 산의 한 부분으로 자리하고 있었다. 탑을 쌓던 사람들은 무엇을 바랐을까? 제법 높이가 있는 돌탑과 머리통 크기의 돌멩이 몇 개로 이루어진 돌탑들이 사열을 받는 군인들처럼 길을 따라 늘어서 있었다. 탑에는 제각각 명찰을 붙여져 있었지만 내용은 확인할 수 없었다.

명희는 계곡을 흘러가는, 높은 곳에서 낮은 곳으로 흐르는 물이 살아있는 생명체여서 의지가 있다면 저렇게 바위에 얼굴을 찢기고 멍들면서도 흘러갈 것인가를 묻고 싶었다. 삶은 자신의 뜻과 상관없이 진행되고 흘러가는 경우가 많았다. 세상에 완벽은 없더라도 그것을 닮고 싶어 힘껏 조준하지만 바람이 불어와 과녁을 흔들었다.

명희는 늘 과녁만 뚫어지게 바라보았지만 남편은 바람이 되어 과녁을 흔들었고 명희는 그 흔들리는 과녁에서 눈을 떼지 못했다.

남편이 외박을 하고 들어와도, 그 외박하는 동안에 핸드폰을 받지 않아도 사정이 있으리라 여겼다. 피곤한 모습으로 집에 돌아오면 발걸음조차 조심하며 쉬도록 배려했다. 남편에게 여자가 있다는 사실을 알았을 때 며칠을 고민하다가 남편의 핸드폰에 입력된 그 여자에게 전화를 걸었다. 여자는 참 당당했다. 잠깐 긴장하고 놀라는 목소리였지만 감정이 없는 로봇처럼 먼저 약속장소와 시간을 정했다. 절대로 가볍게 보이지 않으려 곱게 화장을 하고 아끼던 옷을 꺼내 입고 택시에 올랐다. 약속장소에 그 여자가 없었다. 어쩌면 그 여자가 약속을 지키지 않을지도 모른다는 생각이 스쳐갔다. 탁자에 놓인 물을 마시다가 목구멍에 얹혀 기침이 쏟아졌다. 좀체 멈추지 않은 기침에 식은땀이 송글송글 솟아나면서 아랫도리에 뜨뜻지근한 것이 느껴졌다. 요실금이었다. 명희는 자리를 피하고 싶었다. 그 순간에 전화통화 때 자신의 옷차림을 애기하던 20대 후반의 여자가 다가와 실례지만 채명희씨가 맞느냐고 물었다. 여자는 예뻤다. 명희는 채명희가 아니라고 말했고 여자는 가벼운 목례를 남기고 창가의 탁자에 딸린 소파에 몸을 묻었다. 명희는 자신이 고양이 앞의 쥐처럼 왜소하고 초라해지는 느낌을 받았다.

카페를 빠져나온 명희는 길거리에서 멍한 얼굴로 여자가 앉아 있던 실내를 쳐다보았다. 여자는 담배를 피우고 있었다. 자신이 여자를 만나지 않은 것은 아주 잘한 일이라고 생각했다. 자신에게 지린내가 진동했을 것이고, 다정다감하게 얘기를 나눌 상황과 형편도 아니었고, 머리채를 잡고 싸울 자신도 없었다. 답답해서 미칠 것 같아 그녀에게 전화를 걸었지만 막상 무엇을 어떻게 할 것인가는 전혀 대책이 없었다.

"다 왔습니다. 여기가 문학공원 주차장입니다. 구경 잘 하세요."

택시 기사는 명희를 남겨 두고 떠나갔다. 주차장 입구에는 화살표의 방향이 각기 다른 두 개의 표지판이 세워져 있었다.

탑산사 200m 문학공원 300m

명희는 먼저 가까운 탑산사를 들러보기로 결정했다.

지금껏 여행길에 혹은 산을 찾았다가 절을 둘러본 적은 있었지만 별 흥미를 느낄 수 없었다. 어느 절이나 대웅전 앞에는 석탑이 세워져있고 범종과 험상궂은 사천왕이 버티고 있기는 마찬가지였다. 남들의 입에 오르내리는 유명한 사찰이어서 슬쩍 둘러보았지만 이번처럼 대웅전에 들어가 허리를 숙이고 무릎을 꿇고 부처님께 절을 올리기는 처음이었다. 텔레비전에서 보았던 것처럼 깔린 방석 위에 올라 두 손을 가슴에 모으고 무릎을 꿇고 양손을 허공으로 천천히 올렸다. 정신을 집중해서 잡념 없이 절하는 일에만 몰두하려는 생각과 다르게 온갖 생각들이 머릿속을 헤집고 돌아다녔다. 숫자를 헤아렸다. 한참을 그렇게 엎드려 절을 하는 동안 허리가 아파 오고 장단지도 통증이 느껴졌다. 통증을 잊기 위해서 숫자 세기에 집중하려 할수록 마음은 흐트러지고 어느새 머릿속은 숫자를 대신해서 자신의 자리를 버려버린 남편의 생각으로 가득했다.

철새처럼 둥지를 박차고 떠나버린 남편에게 미련은 없다. 혼자였다면 명희도 이미 울타리를 떠나고 말았을 것이다. 아이들 때문에 참아온 시간들을 이제는 어떻게든 마무리하고 싶을 뿐이었다. 이제 모든 미련을 버리고 남편의 우산 아래서 벗어나고 싶은 마음뿐이다. 우산을 펼치고 있어도 비에 젖을 수 있다는 것을 알았고, 우산이 비를 완벽하게 막아주지 못하기에 젖은 채 지내온 시간들이 안타까울 뿐이다.

명희는 남편과 함께 우산을 펼치고 걷다가 바람이 불어와 혹여 남편의 옷깃이 젖으면 우산을 남편에게 더 씌어주고 자신의 어깨는 흠뻑 젖어온 시간들이었다.

남편은 자신의 바지가랑이가 젖은 것만 탓하고 명희의
어깨가 젖은 것에는 담담한 사람이었다. 비가 그치고
바지를 갈아입은 남편은 명희의 어깨에서 빗물이 떨어
지는 것을 보면서 집을 떠나고 말았다.

우산을 펼치고 함께 길을 걷다보면 바람이 없어도 발
걸음이 엇갈려 비에 젖기 일쑤라는 것을 몰랐다. 각자
가 하나씩의 우산을 펼치고 길을 걸어가면 결코 비에
젖지 않는다고 믿었고 세상에는 아예 우산이 없는 사
람도 많다는 것을 알지 못하는 남편이었다.

둥지를 떠나간 남편은 어떤 비바람도 막아주는 우산
을 찾았을까?

스스로 떠나간 남편이지만 어쩌면 마음은 바닷속을
헤엄치는 잠수부처럼 답답할지 모른다. 두 아이의 생
활도 엿가락처럼 꼬인 지 오래되었고 미련스레 돌아오
기를 기다리며 지내온 시간이 후회로 남는다. 애들에
게 상처를 주지 않기 위하여 참아왔다는 것은 무의미
할 뿐이다. 아이들도 말은 않지만 눈치로 이미 짐작하
고 있으리라. 남편이 떠난 이후로 단 한 번도 투정을 부
리지 않고 아빠의 안부를 묻지 않는 애들이 안타까울
뿐이었다. 이미 기울기 시작한 기둥을 붙들고 있다는
것은 자존심이 용납하지 않는다. 행여 돌아와 자리를
지킨다고 예전의 모습으로 돌아가기는 이미 틀린 일이

다. 깨어진 그릇을 접착제로 정교하게 땜질해서 물이 새지 않아도 그 흔적은 남는 법이다.

정신적인 공허함이 몰려오면서 마루바닥을 딛고 있는 발목이 파르르 떨려왔다. 절하는 것을 멈춘다고 누가 강요하지는 않을 테지만 무슨 이유인지 그만두고 싶지 않았다. 처음부터 숫자를 헤아렸다. 흘러내린 땀이 눈 속으로 들어가 따끔거리면서 앞이 흐릿하였다. 어느 순간 자신이 무념무상의 상태가 되어 습관처럼 부처님께 절을 올리고 있다는 것을 느꼈다. 마지막으로 깊게 고개를 숙이고 뒷걸음으로 물러났다. 명희는 금방이라도 쓰러질 것 같은 몸을 겨우 지탱하며 법당을 나섰다. 고개부터 허리와 오금과 발끝까지 저려오는 극심한 통증 때문에 작은 몸이 그대로 거꾸러질 것 같았다. 그녀는 어금니를 깨물며 댓돌 위에서 자신의 신발을 찾아 신었다. 언제부터 명희가 절을 올리는 것을 바라보고 있었는지 유난히 눈이 맑은 스님이 빙긋 웃었다.

"보살님, 괴로운 일이 있으신가요? 얼굴에 근심이 가득합니다. 버리세요, 남김없이 버리면 마음이 편해질 겁니다."

“네, 이제 버릴 것도 남길 것도 없답니다, 스님.”

“버릴 것도 남길 것도 없다는 그 마음조차 버리세요. 비가 내릴 것 같습니다. 보살님.”

스님은 두 손을 모아 합장을 하고 요사 쪽으로 사라졌다.

대웅전에서 삼십 여 걸음 떨어진 약수터에서 한 바가지의 물을 마셨다. 이마에서부터 흘러내린 땀으로 입안이 찝찔했지만 머릿속은 제법 개운해진 느낌이었다. 그 좋았던 날씨가 법당에서 절을 올리는 동안에 매지구름이 낮게 깔린 잠포록한 하늘로 바뀌어 있었다.

사찰을 안고 있는 천관산 정상부근의 능선에 지천으로 피었다는 억새의 이삭들이 습기를 머금고 무거워져 땅 근처까지 낮게 깔려 날리고 있었다. 하루살이처럼 눈앞에서 아릿아릿하게 날리는 홀씨들이 옷에 엉겨 붙었다. 너울너울 춤추는 하얀 홀씨들을 따라 느긋하게 길을 내려오기 시작했다. 비가 내린다면 그냥 그대로 젖을 수밖에 없는 형편이었다. 가을이라서 거센 바람이 불거나 장대비가 쏟아질 가능성이 많지는 않았지만 만일 폭우가 퍼붓는다면 우산이 있더라도 젖을 수밖에 없었다. 이미 땀에 젖어서 비를 맞는다고 문제가 될 것이 없는 처지였고, 차라리 한바탕 비를 맞으면 가슴속이 시원해질 것 같았다.

길옆의 오솔길로 들어섰다. 사람의 발길이 뜸한지 누렇게 탈색되어 발목을 덮는 풀들 사이로 아직도 초록색이 선명한 풀들이 섞여 있었다. 명희는 양탄자처럼 깔린 풀들 틈새에 아직 살아있는 풀들을 피해서 김삿갓보다 한가롭게 오솔길을 걸어 내려왔다. 이 가을, 저렇게 변색된 풀들은 겨울을 보내고 봄이 오면 뿌리에 감춰둔 생명이 다시 돋아날 것을 생각하니 말라버린 풀잎일지언정 그것들을 밟는 것이 조심스러웠고 미안한 마음까지 들었다.

오솔길은 점차 좁아지고 풀은 더욱 무성해졌다. 명희는 갑자기 무서움이 느껴지면서 혹시 하산하는 길이 아니면 어쩌나 하는 걱정과 섣불리 속단하고 오솔길로 접어든 것을 후회했지만 금세 피식 웃었다. 갈 곳도 없는 사람이 혹여 길을 잘못 접어들었으면 되돌아 나가면 그만인 일이었다. 습기를 머금은 하늘은 바람 한 점 없어 나무와 풀이 미동도 없었다. 비를 예감한 산새들도 이미 둥지로 날아들었는지 명희의 발걸음 소리만 적막하게 들려왔다.

산길에서 만나는 적막함은 빈집을 지키며 남편을 기다리며 느껴지던 적막함과는 또 달랐다. 애들이 등교하고 혼자 남으면 가슴에서 치솟는 불덩이를 억누르려

이른 시간부터 술을 마시는 경우도 많았다. 술에서 깨어날 때면 더욱 초라해지는 자신을 발견한 어느 날부터는 좋은 기분이 아니면 절대 술을 마시지 않겠다고 다짐했다. 맨정신으로 버티기 힘들었지만 모든 것을 포기하면서 외로움, 분노, 아픔, 기다림…. 이러한 일에는 익숙해져 이제는 얼마든지 견뎌낼 수 있다고 자신했지만 그 많은 경험도 전혀 도움이 되지 않고 항상 처음인 듯 새롭게 다가왔다.

옷을 적셨던 땀이 마르면서 심한 한기가 찾아와 한 잔의 따뜻한 커피가 절실하게 생각났다. 명희에게 또 건조한 웃음이 흘러나왔다. 산속에서 커피를 떠올리는 일이 얼마나 무모한 것인지를 알기 때문이기도 했지만 무모한지 알면서도 무심히 떠오르는 생각은 어쩔 수 없다는 사실 때문이었다. 사람의 의식이라는 것은 기묘해서 영원히 간직하고 싶은 기억은 쉽게 잊혀지는 경우가 많고, 잊고 싶은 기억은 문신처럼 남는 경우가 많았다.

남편의 존재를 조금도 의식하지 않고 그 존재를 까맣게 지우고 싶었지만 자신의 의지와 상관없이 무시로 떠오르고 혹시 돌아올지 모른다는 기대를 버리지 못했다. 어쩌면 사람은 아무리 힘든 상황에서도 결코 희망을 포기하지 않는다는 말이 맞는지 모른다. 사실 남편이 돌아온다고 모든 일이 해결되는 것은 아니었다.

마음이 떠난 남편을 기다리는 일은 불씨가 없는 아궁이에 부채질과 같고 무작정 집을 떠나온 것도 신발도 없이 천리 길을 나선 일인지 모른다는 생각이 들었다.

무모하고 즉흥적인 생각으로 집을 떠나왔지만 당장 돌아갈 생각은 없었다. 언제인지 확신할 수는 없지만 얽히고설킨 실타래를 풀어내는, 그 날 돌아가면 봇짐 하나를 꾸며서 남편에게 들려주던지 그 반대로 자신이 들고 집을 나서게 될 것이다.

3

반복적으로 얼굴을 스치는 감각이 느껴져 눈을 떴다. 모래주머니로 얼굴을 문지르는 듯한 거칠고 까칠한 느낌이 싫었지만 고개를 돌릴 수 없었다. 천천히, 아주 천천히 이마와 오른 뺨을 지나 턱을 스치고 다시 왼뺨으로 반복적으로 원을 긋는 스침이 여전했다. 점차 어둠에 익숙해지면서 머리맡에 웅크려 앉아있는 검은 물체가 망막에 들어왔다. 아직 온전한 정신은 아니었지만 그것은 분명 사람의 형체였다. 순간 와락 겁이나 비명인지 괴성인지 구분하기 어려운 단발마를 지르며 자리에서 벌떡 일어나 앉았다.

"나 때문에 깨버린 모양이네?"

쇳가루가 묻어나는 소리가 귓전으로 파고들었다. 목소리는 늙은 여자의 것이었고 어느새 손길은 멈춰 있었다.

"누, 누구세요?"

어둠 속의 사람은 대답 없이 일어나 벽 쪽으로 향했다. 아주 익숙하게 스위치를 찾아 올리는 소리가 들려왔다. 형광등이 졸린 눈을 서너 번 깜빡이며 빛을 쏟아내자 명희는 그 불빛 때문에 부신 눈으로 어둠 속 늙은 여자의 나이를 겨우 어림하고 눈을 감아 버렸다.

"이거 마셔봐, 정신이 개운해질 테니"

여전히 눈이 부셨다. 얼굴 앞에 사발 하나가 내밀어졌다. 그것을 받아 마셨다. 그것은 꿀물이었다. 떫떫한 밤꽃 향이 입안에 남았다.

명희는 고개를 돌려 사방을 살펴보았다. 보통 사람의 키보다 약간 높은 천장의 꽃무늬가 향기라도 뿜어낼 듯 선명하였다. 알록달록한 꽃무늬. 벽도 온통 꽃 천지였다. 천장의 가장자리에는 옥수수 두 개가 거꾸로 대롱 매달려 있었다. 그 옆엔 수수이삭 몇 개가 제 몸속에 생명을 품고 싹틔울 봄을 기다리고 있었다. 방 위쪽엔 잘 익은 호박 몇 덩이, 그리고 포대에 담긴 고구마가 눈에 들어왔다. 방은 알맞게 따뜻했고 할머니의 얼굴은 살아온 흔적이 깊은 주름살로 개울을 이루고 있었다.

할머니는 고생한 흔적은 또렷하지만 눈동자만은 맑고 깨끗하였다. 명희의 눈길에 살포시 웃는 얼굴에 주름이 더욱 선명해졌다.

"밝으려면 아직 멀었으니 누워."

노인이 한 손으로 어깨를 잡고 다른 손으로는 머리를 받쳐 눕혔다. 스위치를 내리자 어둠이 작은 방안을 채웠다. 명희는 답답한 마음에 불을 끄지 않았으면 하는 마음이었으나 차마 말을 할 수 없었다.

"여기가 어디에요?"

명희는 어둠 속에서 메마른 갈잎이 바람에 스치듯 메마른 목소리로 물었지만 노인은 대답이 없었다.

"할머니는 누구세요?"

다시 물었지만 역시 대답이 없었다. 명희는 절에서 내려오던 길에 갑자기 눈앞이 캄캄해지는 현기증 때문에 돌부리에 발끝이 걸려 넘어졌던 사실을 기억했다. 낯선 곳에 낯선 사람과 함께 있다는 사실에 의아했지만 분명한 것은 자신을 도와주고 있는 사람이 있다는 안도감이었다. 어떻게 자신을 노인이 발견하여 데려왔는지 궁금했지만 우선 마음을 놓아도 괜찮겠다는 생각이 들었다.

　명희는 몹시 목이 말랐지만 옆에 누워 있는 물이 먹고 싶다는 말을 못했다. 명희는 오른손을 들어 자신의 이마를 짚어 보았다. 아마는 잉걸처럼 뜨거웠고 몸뚱이에서 내뿜는 열기 때문에 목이 마른 것이라고 생각했다.

　차츰 어둠에 익숙해지면서 방안의 물체가 어렴풋 구분이 가능해졌다. 잠이 든 노인의 고른 숨소리가 들려왔다. 알맞게 따뜻하다고 여겼던 방은 뜨거웠고 답답함이 느껴졌다. 조심스럽게 몸을 일으키던 명희는 현기증을 느끼고 몸을 벽에 기대었다. 자신이 누웠던 이부자리 위에는 자리끼가 준비되어 있었다. 숭늉이었다. 그릇 밑에는 약간의 누룽지가 깔려있어 그것을 먹은 명희는 제법 기운이 솟는 기분이었다. 아침식사를 거르고 장흥읍에서 자장면 몇 가락만을 먹었던 위장은 비록 작은 분량이었지만 누룽지를 채우자 움츠리고 있던 세포들이 일시에 잠을 불러왔다.

　탁, 탁, 탁….

　일정한 간격으로 귓속을 파고드는 소리에 명희는 눈을 떴다. 어젯밤 보았던 노인은 흔적이 없고 그 노인이 갈아 입혔을 것으로 짐작되는 펑퍼짐한 속옷이 흠뻑 젖어 있었다. 명희는 요실금인지 알고 놀랐지만 그것은 땀범벅이었다.

몇 시쯤일까?

환한 햇살이 창문을 통해 방안을 가득 채우고 있었다. 노인이 깔고 덮었던 이불은 방의 구석에 놓인 반닫이 위에 가지런히 개켜져 있었다. 간밤의 일이 꿈인 듯 아련하게 느껴졌다. 노인은 어디로 사라진 것일까? 또한 창문 밖에서 정기적으로 들려오는 저 소리는 무엇이란 말인가?

분명 어젯밤 마셔버린 그릇에는 여전히 우윳빛 숭늉한 그릇이 담겨져 있었다. 김이 오르는 그것을 집어 들었다. 빈 그릇에서 전해오는 따스한 온기가 손바닥을 통해 실핏줄을 타고 온몸으로 전해졌다. 숭늉은 이미 식도를 타고 위장으로 넘겨졌지만 빈 그릇에 남은 온기는 마치 남편이 자신의 자리를 버렸지만 명희의 마음에 남아있는 아련한 미련처럼 느껴졌다.

문을 열었다. 처마 끝 굴뚝에서 하얀 연기가 비가 그친 맑은 하늘로 느린 동작의 춤을 추면서 오르고 있었다. 정체불명의 소리는 마당 귀퉁이 우물에서 명희의 옷을 빨고 있는 노인의 방망이 소리였다. 비에 젖고 넘어져 흙물이 배인 자신의 옷을 빨고 있는 노인이 방망이질을 멈추고 고개를 돌렸다.

"깼어? 좀 괜찮아?"

“예. 누구신지 모르지만 너무나 고맙습니다.”
“고맙긴…. 나와서 움직여 봐, 몸이 더 가뿐해 질 거여.”
“근데, 할머니는 누구시고 여기는 어디에요?”
“그게 뭐가 중요해? 지금 같이 있는 것이 소중하지. 안 그래?”
“그래도….”

신발을 꿰고 마당으로 나섰다. 마당 귀퉁이에 심어진 감나무의 홍시를 찾아 먹느라 까치 두 마리가 부지런히 나뭇가지를 옮겨 다니고 있었다. 노인은 옷을 비틀어 물기를 짜내고 빨랫줄에 널고 집게를 물렸다. 부엌으로 향하는 노인의 뒤를 강아지처럼 따라 들어갔다. 어둑한 부엌은 한 아름의 솔가지 나무와 장작이 쌓여 있었고 부뚜막에는 잘 닦인 두 개의 가마솥이 걸려 있었다. 부뚜막 옆에는 아궁이에서 꺼낸 숯불 위에 약탕기가 올려져 있었다. 사기 그릇 하나를 가져온 노인은 약탕기의 뚜껑을 열고 그것을 따랐다. 절반쯤 채워진 사발을 내밀었다.

“마셔 봐.”
“뭔데요?”
“장뇌삼.”

“그럼, 산삼이란 말이에요?”

“산삼과는 조금 다르지만 얼추 30년은 자라서 제법 괜찮을 거여.”

“이렇게 귀한 것을 왜 저에게 주세요?”

“귀하건 흔하건 사람이 우선이지. 공복에 먹어야 좋은 거여”

명희는 얼떨떨한 표정으로 사발을 받아 들었다. 확연하게 누구인지도 모르는 노인이 베푸는 호의가 부담스러웠다. 노인은 좋은 음식을 입에 넣어 주려는 어머니처럼 살가운 표정을 지었다. 장뇌삼을 달인 맛은 씁쓸하였다. 깨끗이 사발을 비우는 모습을 지켜본 노인이 흡족한 얼굴을 만들더니 한 바가지의 물을 약탕기에 부어 다시 숯불에 올려놓았다. 명희가 사발을 씻으려 했으나 노인이 만류하며 한번도 사용하지 않은 칫솔과 잘 말라 감촉이 좋은 수건을 주었다. 늦가을이었지만 우물물이 차갑지 않아 머리까지 감고 수건으로 머리를 감싸고 방에 들어갔을 때 아침밥이 차려져 있었다. 한 공기의 밥과 토란국, 배추김치, 도라지 무침, 노릇하게 구운 조기 두 마리를 마주하고 두 여인이 앉았다. 노인이 조기의 허리를 분질러 밥 위에 얹어 주었다. 명희도 남은 조기를 노인에게 얹어 주었고 두 사람은 서로 바라보며 계면쩍은 미소를 만들었다. 남편이 자신의 자리를 버린 이후에 처음으로 입안에 침이 고이면서 식욕이 돌았다.

4

학교에 등교하는 애들을 위해서 밥상을 준비해 주고 정작 자신은 몇 숟갈 먹지 못했다. 늘 옆에 있어서 소중한지 몰랐으나 막상 남편의 빈자리가 느껴지면서 두통 때문에 잠을 설치는 날이 많았고 식욕이 없어 약간의 음식만 넘겨도 소화불량에 시달렸다. 수면제와 소화제는 제 기능을 발휘하지 못했다. 남편이 떠난 텅 빈 마음이 안정되면 나아질 것으로 기대했지만 그 증상은 더욱 심해졌을 뿐이었다. 얼굴은 늘 푸석하게 부어있었고 심한 두통에 시달렸다. 명희는 종합병원을 찾았고 검사의 결과를 말하던 의사는 조심스럽게 정신과 치료를 권유했다. 결론은 자신의 내면에 또 다른 자신이 자리하고 있다는 말과 다름없었다. 자신도 모르는 그 여인은 무슨 생각으로 세상을 살아가고 있는 것일까? 그렇다면 자신이 인정하는 명희와 자신이 느끼지 못하는 명희 중에 과연 누가 진정한 자신인지 혼란스러웠다. 바다의 섬처럼 외로웠고 절박한 심정을 하소연할 사람이 없었다. 가장 가까이에서 위로하고 힘을 돋궈줄 남편이 옆에 없다는 현실은 눈물을 만들었다. 남편이 떠나지 않았다면 병원을 찾아갈 일이 없었을지도 모른다. 명희는 자신과 가장 절친한 대학동창인 혜정에게 동행을 부탁하려다가 그만두었다. 종합병원의 내과의사가 정신과 치료를 권유했다는 사실조차 친구에게 말하고 싶지 않았다. 그것은 명희의 자존심이었다.

신경 정신과는 감기치료를 받으러 찾았던 일반 병원과는 사뭇 다르게 실내를 꾸며 놓았었다. 옅은 노란색 페인트로 칠한 벽에는 크고 작은 액자들이 걸려 있었고 대기실은 카페를 연상시킬 만큼 안락한 의자를 기하학적으로 배치하여 치료를 위한 공간이 아니라 어린이 놀이터를 연상하게 만들었다. 벽의 네 귀퉁이에 설치된 스피커에서는 잔잔한 음악이 물처럼 흐르고 있었다.

신경정신과 전문의 김명숙이라는 명패를 앞에 둔 의사는 심층 심리검사를 요구하였다.

의사의 지시를 받은 임상심리사가 다면적 인성검사부터 실시하자면서 일상생활에서 직면하는 상황들을 예와 아니오로 기입하라며 건네준 문제들을 보면서 동그라미와 가위표를 치며 명희는 마치 시험을 치르는 학생이 된 듯한 느낌이었다. 검사가 끝나고 이번에는 40대 초반의 신경 정신과 김명숙 전문의는 주제통각 검사라며 사진과 그림을 보여주면서 어떠한 장면으로 보이는지를 설명을 해보라고 했는데 애기가 끝나면 가끔 제법 심각한 얼굴로 무언가를 적기도 하였다. 다시 임상심리사는 초등학교 미술시간에 도화지를 절반으로 접어다가 펼쳐서 한쪽에 물감을 짜 놓고 다시 덮어서 손톱으로 문질러 대칭의 얼룩을 만들었던 데칼코마니 기법으로 만든 듯한 카드를 보여줬다. 어떤 물건이나 상황으로 보이는지를 답변하는 일곱 가지의 로샤검사를 끝으로 진료를 마무리했다.

나흘이 지나서 다시 병원을 찾았을 때 신경정신과 김명숙 전문의는 환한 웃음으로 명희를 맞았다.

의사는 먼저 주제통각 검사를 받았을 때 보았던 사진 한 장을 내 놓았다.

"채명희씨는 지난번에 바이올린을 앞에 두고 턱을 괴고 있는 남자아이의 사진을 보고 측은하다면서 바이올린을 망가뜨려 고민하고 있는 모습 같다고 했지요? 그런데, 무슨 음악을 연주할까를 생각하고 있는 모습으로는 생각되지 않았나요? 물론, 정답은 없습니다."

"그렇게 생각하지 않은 것은 저에게 큰 문제가 있다는 말씀인가요?"

"아닙니다. 다만 이 사진을 보고 바이올린을 부쉈다고 생각하는 심리는 어떤 충격이나 상처를 받으면 오래도록 떨치지 못하는 성격이 잠재하고 있음을 나타내고 있는 겁니다.”

이번에는 혼자 있는 여자의 사진을 보여주었다. 명희는 자신이 그 사진을 어떻게 느꼈는지를 기억했다. 아름다운 여자가 사랑하는 사람을 생각하고 있는데 외롭게 보인다고 대답했었다. 의사는 원하는 장면을 만들어보라고 주문했었고 명희는 그 여자에게 사랑하는 사람이 찾아와 행복하게 살아가면 좋겠다고 말했다.

“채명희씨의 그러한 바람은 현재 생활에 대한 불안감, 특히 안정적이지 못한 애정 관계나 불안한 가족관계에서 벗어나고 싶다는 소망을 나타내고 있습니다.”

남편이 자신의 자리를 버렸을 때 처음에는 전화를 기다리고 벽시계를 바라보면서 귀가를 기다렸다. 점차 외박이 잦아지면서 미움을 키웠지만 분노와 절망으로 남편을 기다리는 일은 명희 자신을 더욱 초라하게 만들었다. 남편이 아예 발길을 끊어버리면서 명희는 관심조차 갖지 않겠다고 마음먹었다. 그것이 쉬운 일이 아니라는 것을 알았지만 오락실의 두더지 게임처럼 남편이 떠오르고 궁금증이 몰려들면 깨끗한 장롱의 이불을 꺼내 빨았고 윤기가 반짝이는 그릇을 꺼내어 다시 씻어 마른행주질을 하였다. 아버지의 빈틈이 애들에게 묻어날까 싶어 자신이 생각해도 집착으로 느껴질 만큼 애들의 옷매무새며 반찬과 간식에 신경을 모아 보살폈다. 그렇게 일상적이고 평범한 생활이 아닌 뭔가에 몰두하면서 남편이라는 존재를 잊고자 하는 자신의 몸부림이 처연할 뿐이었다. 자신도 모르게 흐르는 눈물을 주체하기 힘들었다.

이번에는 몇 장의 다른 사진과 그림을 보여주면서 심리상태를 설명하는 의사는 역시 전문가다운 모습이었다.

"이 로샤카드는 채명희씨가 지난번 검사 때 어떤 상황으로 느껴지는지를 설명하지 못한 겁니다. 여기서 상황의 설명을 못한 것이 문제가 아니라, 다른 카드의 상황을 설명할 때도 자신의 느낌을 얘기하면서도 의사인 나에게 그것이 맞는지 틀린지를 자꾸만 확인을 받으려는 경향이 높았어요. 그러한 것을 종합해 볼 때 채명희씨는 주변의 시선에 필요이상으로 예민하게 반응하고 또 사람들에게 좋은 모습만 보이려 하는 자기방어 지수가 아주 높은 경향이 있습니다."

다른 사람에게 좋은 모습만을 보이려 한다는 의사의 말은 정확했다.

남편이 자신의 자리를 버리면서 집에 들어오지 않은 다음 날 아침이면 부글거리는 마음을 억누르며 속옷과 양말을 챙겨 회사를 찾아갔다. 주차장에 세워진 승용차들을 기웃거리다가 낯익은 번호판을 발견하면 보조 열쇠로 문을 열고 조수석에 옷을 넣어 두었다. 남편의 핸드폰 번호를 누르고 가장 상냥한 목소리로 자신이 다녀갔음도 알려 주었다. 간혹 주차장에서 승용차를 찾을 수 없는 경우에는 경비실 옆 후미진 곳에서 망부석처럼 남편을 기다렸다. 돌아오는 길에는 어김없이 눈물을 흘리면서도 속옷을 가져가는 일을 그만두지 못했다. 남편이 구김이 있는 옷을 입고 셔츠의 목에 누런 때가 묻어 꽤재재한 모습으로 근무를 한다면 사람들은 남편이 외박을 했다고 생각하는 것이 아니라 부인이 텔레비전에 정신을 빼앗겼거나 전화를 붙들고 수다를 떠느라 아내로서의 의무를 다하지 못한 것으로 판단할 것만 같았다. 남편의 양말에서 고린내가 풍긴다고 사람들이 명희의 얼굴을 그려내는 것은 아니겠지만 왠지 자신을 향해서 손가락질하며 비웃을 것만 같은 느낌이었다. 남편을 위해서가 아니라 자신을 위해서 종이가방에 속옷들을 챙겼음을 명희는 인정하지 않을 수 없었다. 스스로 완벽한 가정주부는 없고 완벽한 가정은 없다고 생각했지만 겉으로 드러나는 것을 모른 척 지나치기에는 명희는 너무나 결백한 성격이었다. 의과대학을 졸업하고 수련의를 거쳐 정신과 전문의를 획득했을 김명숙은 그 명함에 걸맞게 감춰진 명희의 마음을 들추었다. 처음에는 벌거숭이가 되는 느낌이 들면서 부끄러움이 앞섰지만 차츰 의사의 한 마디 한 마디를 놓치지 않으려 신경을 곤두세우고 집중하고 있는 자신을 보았다. 신경정신과 전문의 김명숙은 주어를 제시하고 서술어를 완성하게 했던 문장완성 검사를 내놓았다. 명희는 자신이 완성한 문장을 읽으면서 놀라움과 슬픔을 느껴졌다. 낯익은 자신의 글씨체가 아니었다면 다른 사람의 검사내용이라고 여겼을지 몰랐다.

'화가 머리끝까지 치밀면 나는→분노감에 안절부절 못하고 온 몸에 열이 오르며 머리가 깨질 듯이 아프지만 끝까지 혼자서 견딘다. 언젠가 나는→멋진 모습으로 가족과 함께 야외로 나들이를 나가고 돌아오는 길에 외식을 하며 즐거워 할 것이다. 내가 바라는 여인상은→남편과 애들의 뒷바라지를 잘해서 화목한 가정을 만들어 남들이 부러워하는 사람이다.

이 세상을 살아가는 평범한 사람이면 누구나 가슴에 품고 있을 바람이기에 욕심이 아니라 너무나 소박한 표현이라고 여기면 놀랄 필요가 없었지만 명희는 자신에게 어울리지 않는, 아니 자신과는 무관하다고 생각했던 내용을 적었다는 것이 충격이었다. 처음 병원을 방문했을 때 느껴지던 낯설음과 두려움 속에서 여러 가지 검사를 받았을 때의 절망감이 되살아나면서 신경정신과 전문의 김명숙 앞에 앉아 있는 자신이 비참했다.

누구보다 행복해지고 싶었고 누구보다 화목한 가정을 꾸미고 싶었지만 그것이 속절없이 무너졌다는 것을 인정하지 않을 수 없었다. 남편 복이 없는 여자의 모든 삶은 허수아비처럼 허망한 것이어서 사소한 바람조차 사치일 뿐이라고 생각했었다. 행복, 사랑, 만족… 이러한 단어들은 국어사전에서나 찾을 수 있는 것에 불과하고 자신은 철저히 불행한 삶을 살아가게 될 것이라고 예상했다. 가정의 울타리가 무너진 상황에서의 삶은 어떤 모양이든 상관없다고 살아왔건만 결코 버리지 못한 소망이 자신의 내면에 뱀처럼 똬리를 틀고 있다가 그 혀를 날름거렸다는 것은 커다란 놀라움이면서 슬픔이었다. 명희는 문장완성 검사의 결과가 흐릿해지는 것을 느꼈다. 자신의 앞에 의사가 앉아 있는데도 불구하고 흘러내리는 눈물을 감당하기 어려웠다.

의사는 피상담자로 찾아온 명희의 마음을 거울처럼 들여다보고 있었다는 듯이 문장완성 검사의 내용은 우리나라의 소시민이 갖는 꿈이라고 말하면서 손수건을 건네주고 의자에서 일어나 냉수 한 잔을 가져와 내밀었다.

"울고 싶으면 마음껏 울어요. 눈물을 흘리는 것도 정신건강에는 도움이 되거든요. 부끄러울 것도 없고 자존심이 상하는 일도 아니랍니다."

　명희는 눈물을 닦아내며 가슴이 후련해지는 느낌을 받았다. 누구나 낯선 사람에게 눈물을 보인다는 것은 감추고 싶은 일이지만 의사와의 경계선이 일시에 무너지면서 조금도 부끄럽지 않았다. 부끄러움은 없었지만 더 이상의 눈물은 자존심이 허락하지 않았다. 눈물을 흘린다고 해결될 일이 아니었고, 그 절망의 시간들을 버티어 왔는데 아무리 친근감이 느껴져도 의사 앞에서 무너지는 모습을 보이기 싫었다. 명희는 책상에 놓인 물을 마시고 긴 숨을 내쉬었다. 거짓말처럼 복받치던 감정이 가라앉았다. 어쩌면 문장완성 검사는 자신이 인지하지 못했을 뿐 잠재해 있는 익숙한 상황들이었기에 쉽게 받아들일 수 있었는지 모른다. 명희는 일부러 희미한 미소를 만들었다. 문득 명희는 신경정신과 전문의 김명숙은 관계를 맺고 있는 사회와 가정에서 조금의 걱정도 없는 행복한 사람일거라는 생각이 들었다. 전문지식을 습득해서 남의 고통과 아픔을 치유할 수 있는 능력을 가진 사람이 자신에게 문제가 생기면 그것을 즉각 치료하는 일은 손바닥을 뒤집기보다 수월할 것이고, 아예 문제가 발생하지 않도록 슬기롭게 세상을 살아갈 것 같았다.

　하얀 가운이 잘 어울리는 김명숙의 자신만만하고 당당한 모습에서 삶의 여유와 부러움이 느껴졌다.

"눈물을 보여서 죄송해요. 근데 선생님은 행복하세요? 행복할 것 같아 보여요?"

신경정신과 전문의 김명숙은 대답하는 것을 대신해서 배시시 웃으며 의자에서 일어나 창가로 걸어 나갔다.

"그렇게 보여요? 사람은 누구나 가슴에 슬픈 이야기가 하나쯤은 있어요. 그래서인지 흘러간 유행가 중에 웃고 있어도 눈물이 난다는 가사가 마음에 와 닿더라고요."

"선생님도요?"

"우리나라 최고의 재벌총수도, 대통령도 아픔이 있을거에요."

"그래도 일반서민들이 겪는 아픔과는 근본적으로 다를 것 같아요."

"슬프면 슬픈거고, 아프면 아픈거에요. 사람의 감정은 크기가 없거든요. 채명희씨? 혹시 동사무소에서 주민등록등본을 떼본 일이 있어요?"

"네. 그런데 그건 왜?"

"채명희씨는 남편이 세대주로 되어있지요? 그것이 사소한 것 같지만 나에게는 비참함을 안겨줘요."

"왜죠?"

"사람마다 개인적인 차이가 있기 때문에 채명희씨는 중요하지 않는 일이 다른 사람에게는 중요할 수 있는 것이고 그 반대인 경우도 있기 때문이죠. 사실 난 이혼을 했거든요.”

“아, 네! 근데 이혼을 했다는 사실이 중요한 것이지 세대주가 누구냐 하는 것이 중요한 것은 아니잖아요? 선생님이 선택한 이혼이 아니었나요?”

“내가 선택했죠. 누가 먼저 이혼을 요구했고 그것을 수용했느냐의 차이가 있을 뿐이고요. 이혼을 요구했건 받아들였건 상처를 받기는 마찬가지인데도 사람들은 이혼을 요구받은 사람이 더 상처를 받는다고 생각하더라고요. 남편과 사별한 청상과부와 인형을 잃어버린 꼬마가 있다면 사람들은 청상과부가 더 슬프리라 생각하지만 슬픔에는 크고 작음이 없어요. 슬프기는 마찬가지에요. 채명희씨도 남편이 집을 떠나면서 배신감에 시달리고 분노의 시간을 보내다가 끝에는 남편이라는 존재를 포기하고 기다리지 말자고 자신에게 주문을 외웠겠지만 쉽지가 않았죠? 정신적인 것과 관련이 있는 문제는 아무리 많은 경험을 해도 타성이 생기지 않거든요.”

“네. 모두 맞는 말씀이에요. 세상에서 제일 불행한 사람이 내 자신이라 생각했는데 선생님의 말씀을 들으니 마음이 한결 가벼워지네요.”

“자신이 짊어진 봇짐이 가장 무겁게 느껴지는 법이

에요.”

다소 밝아진 모습을 확인한 의사는 나머지 검사결과를 조목조목 설명해 주었다.

“채명희씨는 정서적으로 우울, 불안상태가 장기적으로 지속되어 항상 삶이 공허하다고 여기는 경계성 인격장애가 심각하게 나타나고 있어요. 근데, 더 큰 문제는 그러한 현상을 의도적으로 부정하려는 것이 더 문젭니다. 약을 복용하시고 항상 긍정적인 생각과 자신감을 가지세요. 또 운동으로 몸을 많이 움직이거나 여행으로 새로운 분위기를 경험하는 것도 효과를 얻을 수 있어요. 오늘, 수고 많았습니다.”

명희는 병원과 맞닿은 약국에 처방전을 디밀고 소파에 앉았다. 자신의 이름이 호명되기를 기다리는 대여섯 명의 사람들의 얼굴은 모두가 어두워 보였다. 겉으로는 멀쩡한 사람들이 어디가 불편해서 약을 복용하려는 것일까? 감기몸살이나 신경통 때문에 병원을 찾았을까? 만일 몸속에 커다란 병균 덩이를 담고 있다면 의사는 처방전을 대신해서 병원의 침대에 눕게 했을 터이다. 비교적 가벼운 증상을 갖고도 저렇게 검은빛 얼굴색을 보이는 사람들 속에서 육체가 멀쩡한 자신의 모습이 궁금했다. 명희는 핸드백에서 손거울을 꺼냈다.

눈가에 생겨난 잔주름과 윤기를 잃어버린 눈동자. 광대뼈 부근은 거뭇한 기미가 자리를 넓혀가고 있었다. 분명 낯익은 얼굴이었지만 쓸쓸한 표정이 묻어나는 얼굴의 여인을 바라보던 명희는 서둘러 거울을 핸드백에 넣었다. 약국에서 거울을 들여다보고 있는 자신의 모습을 누군가 본다면 한심하게 생각할 것만 같았다. 여자는 죽는 날까지 손에서 거울을 놓지 않는다는 말이 있고 자신의 외모가 신경 쓰여서 거울을 꺼낸 것은 아니었지만 어느 누구도 명희의 속마음을 이해하지 못할 상황이었다.

약봉지를 받아든 명희는 돈을 지불하고 약국을 나섰으나 방향감각을 잃고 잠시 망설였다. 아니, 방향감각을 잃은 것이 아니라 정신적인 혼란이 집으로 옮겨야 할 걸음을 붙들고 있었다. 그때 썬 플라워라는 스텐드바의 네온간판이 눈에 들어왔다. 금주를 시작한지 삼 개월이 지났지만 술집 간판이 눈에 들어오자 굳이 참아야할 당위성이 흔들렸고 억지로 참는 것보다는 적당한 술이 기운을 돌아줄 것 같았다.

"채명희씨, 같이 합석하실래요? 저도 혼자 왔거든요."

김명숙은 스탠드바 썬 플라워의 단골인 모양이었다. 종업원이 절반쯤 마시다 둔 양주병을 가져왔고 잠시 후 과일 안주가 탁자에 놓였다.

"퇴근하는데 술 생각이 나서 이곳에 들렀어요."

명희가 약국을 들려오는 동안에 평상복으로 갈아입은 신경정신과 전문의 김명숙은 썬 플라워의 안락한 의자에 앉아 있다가 명희를 발견한 모양이었다. 자신을 불러준 김명숙이 고마워 명희가 앞자리에 앉으며 술을 따랐다. 명희의 술버릇은 항상 급했다. 즐거워서 마시는 술이 아니었기에 술기운을 빨리 느끼고 싶은 욕구가 만들어낸 습관이었다. 김명숙은 술잔에 얼음 몇 조각을 넣어 천천히 흔들었다.

5

모처럼 아침밥을 맛있게 먹고 명희는 막상 안절부절 못한 상태가 되었다. 산길에 쓰러져 있던 젊은 여자를 구해서 귀한 장뇌삼까지 달여 먹이고 아침까지 먹였으니 이제 떠나라고 한다면 어디로 가야할지 막막하였다. 집으로 돌아가면 간단히 해결될 문제겠지만 아직은 돌아가고 싶지가 않았다. 노인은 누군지 모르는 젊은 여자를 더 이상 보살펴 줄 의무나 책임이 전혀 없으므로 자신이 먼저 고맙다는 인사를 남기고 떠나야 한다고 생각했다. 명희는 고마움의 표시로 약간의 사례를 남기고자 윗목에 놓인 자신의 핸드백을 끌어 당겼다.

핸드백 안에서 지갑을 찾는데 봉투 하나가 눈에 들어

온다. 이혼서류다. 마음먹고 동사무소에 갔다가 한참을 망설인 끝에 직원에게 이혼서류를 가지러 왔다고 말하고 명희는 감당하기 어려운 부끄러움을 느꼈다. 직원은 볼펜으로 서류함을 가리켰다. 쫓기 듯이 집에 돌아와 냉수 한 잔을 마시고 정신없이 핸드백에 쑤셔 박은 서류를 꺼냈다.

이혼 (친권자 지정) 신고서 ① 이혼당사자 ② 부모 ③ 복적 또는 부흥할 가(家) ④ 신본적…… ⑮ 최종 졸업학교…… 서류에 기재할 항목은 모두 열여섯 가지였다. 명희는 서류의 뒷장을 보았다.

작 성 방 법

* 신고서는 2부를 작성, 제출하여야 합니다.

* 도장을 찍는 대신에 서명을 하셔도 됩니다.

서류를 읽어가던 명희는 2부를 작성해야 한다는 내용에 맥이 풀리면서 기진한 웃음이 나왔다. 한 장의 이혼서류를 가져오는 일도 저승사자를 만나러 가는 것보다 더 두렵고 가슴이 떨렸는데 다시 동사무소를 다녀와야 한다는 현실 앞에서 절망이 느껴졌다. 혹여 서류를 가져와 이혼을 요구한다면 남편이 쉽게 동의해서 ⑧번의 원인(原因) 칸에 협의라고 적을 수 있을지, 결국은 법원의 판결을 받아 결정으로 기재하게 될지 모르는 일이었다.

연락조차 없는 남편은 과연 어떤 생각을 하고 있을지 궁금했다. 무단외박을 하면서 가정이라는 울타리를 버리겠다는 의사표명을 확실하게 행동으로 보여주고 있는지 모른다. 어쩌면 남편이 먼저 법원에 이혼서류를 접수시켜서 어느 날 갑자기 법원에서 출두하라는 통지서가 날아들어도 새삼스럽지 않을 것 같았다. 아무리 매정한 남편이지만 아무런 설명도 없이 집을 떠난 남편이 먼저 이혼을 요구한다는 것은 피해망상에 젖어있는 까닭이라고 자신을 달랬다.

작년 가을에 혜정이가 전화도 없이 집으로 찾아왔었다. 날마다 전화로 수다를 떨고 심심치 않게 서로의 집을 방문하는 사이지만 한 손에는 맥주병을 가득 담은 봉지와 다른 손에는 과일을 들고 현관문을 들어서는 혜정 모습은 평소와 사뭇 달랐다.

"명희야, 술 한잔하자."

"낮부터 웬 술타령이야?"

"응. 나 오늘 이혼했어. 법원에 갈 때는 삼 년 묵은 때를 벗기러 목욕탕에 가는 기분이었는데 막상 모든 절차가 끝나니까 허무해서."

마치 텔레비전 드라마 내용을 이야기하듯 하면서 직

접 주방에서 쟁반과 술잔을 챙겨와 거실에 앉았다. 그토록 친했던 친구였지만 혜정은 그동안 이혼에 대해서 단 한마디도 없었다.

"정말이야? 정말로 이혼한 거야? 애들은?"

"그 인간이 키운덴다. 내가 키우고 싶지만 벌이가 없다는 이유로 그렇게 판결이 나고 말았어."

"그랬구나, 이를 어쩌냐? 이유가 뭔데?"

"나 그동안 부끄러워서 너에게도 애기 안했지만 거의 날마다 맞고 살았다. 술만 마시면 그 인간이 흠씬 패다가 지쳐서 잠드는데, 때려도 눈에 안 보이는 곳만 골라 때리더라."

"세상에."

"봐라."

혜정이 치마를 걷어 올렸고 달마시안 등짝의 무늬처럼 시퍼런 멍이 허벅지를 도배하고 있었다.

"여기뿐이 아니다. 몸뚱이 전체가 다 이 모양이야. 맞아서 멍들고 다시 상처가 아물기를 반복한 결혼생활을 이제 끝낸 거야."

"너, 내 친구 맞니? 이토록 맞으면서 지금까지 참았어?"

"결혼하고 얼마 안돼서 손버릇이 나오더라, 처음엔 충격이었고 맞는 것도 아팠지만 맞는 일도 반복되니까 맞는 일이 당연한 것처럼 여겨지고 맞을 만 하더라니까.”

혜정은 진한 자조가 섞인 말을 뱉고 맥주병 뚜껑을 따더니 잔에 따르지도 않고 나발을 불었다.

“근데, 명희야, 죽도록 때리고는 다시는 안 때린다고 빌면서 며칠간은 또 어찌나 살뜰한지…. 그렇게 지금껏 속아 살았지 뭐.”

“개 버릇 남 준데?”

혜정은 모든 것을 체념한 까닭인지 이혼으로 결혼생활을 정리하여 지긋지긋한 구타에서 벗어난 해방감 때문인지 몰라도 무척 홀가분한 모양이었다. 자존심 때문에 지금껏 숨겨왔던 이혼의 과정을 묻지 않아도 주저리주저리 풀어냈다.

술에 취한 상태에서 혜정을 구타하다가 지친 남편은 잠에 떨어졌다. 코피를 닦고, 방에 널브러진 물건을 치우고 헝클어진 머리를 대충 손질하였다. 세상모르고 코를 골고 있는 남편을 바라보며 망연자실 앉아 있다가 활화산보다 심하게 끓어오르는 살의를 느꼈지만 늘 그랬듯이 아이들의 얼굴이 떠올랐다. 아이들만 아니었다면 지긋지긋한 집을 가출하여 남편의 폭력에서 벗어났을 것이다. 자신이 배 아파서 낳은 새끼들을 차마 버릴 수 없어 모든 고통을 감내하며 버텨왔다. 무지막지

한 폭력에 시달리면서 제발 헤어지자고 이혼을 요구했고 결국은 이혼에 동의했다.

협의이혼실에 들어갔을 때 판사가 이혼하기로 하였냐고 물었고, 그렇다고 대답하자 아이들은 누가 키우기로 하였냐는 물음에 남편이 자신이 키우기로 했다고 대답하였다. 그것으로 끝이었다. 왜 이혼하려는지 이유조차 묻지 않았고 자녀에 대한 친권자를 누구로 결정했고 재산분할이나 위자료 등에 대해서도 한 마디 묻지 않았다. 혜정은 판사에게 많은 질문을 받을 줄 알았는데 딱 두 가지만 묻고는 다 되었으니 나가보라는 말을 들었다. 허망했다.

"그 작자랑 15년을 살았는데도 이혼을 하는 데는 10초도 안 걸리더라."

"결혼무상이고 인생무상이구나."

"그래, 그 말이 제일 딱 맞는 말이지 뭐. 협의이혼실에서 나와 서로 등 돌리고 서로 갈 곳으로 걸어가고…. 그 작자가 점심을 같이 먹자는데 거절하고 도망치 듯 택시를 잡아타고 동사무소에 들렀다가 너한테 온 거다."

"동사무소는 왜?"

"판사에게 확인받은 서류를 제출해야 이혼이 완전하게 된다기에 마음 변하기 전에 다녀온 거야."

“이혼한거 후회되지 않겠니?”

“그것은 모르지. 하지만 이 상황에서 선택할 수 있는 것은 이혼 밖에 없었어. 애들이 불쌍해서 그렇지.”

“그럼 늬는 어디서 살거니?”

“지금까지 살았던 집이 유일한 위자료야.”

“텅 빈 집에 가지 말고 우리 집에서 며칠 묵었다 가라. 남편이 출장을 갔으니까.”

명희는 집을 떠난 남편이 출장을 갔다고 애둘러 부치며 이 순간만큼은 남편의 부재가 다행으로 다가왔다.

비록 남편은 아니었지만 침대 옆에 누군가 누워있다는 사실이 반가우면서도 생소했다. 잠들지 못하고 계속해서 뒤척이던 혜정이 어느 순간 복받치는 울음을 삼키는 흐느낌이 들려왔지만 명희는 깊은 잠에 빠진 척 거짓으로 가벼운 코를 골았다.

6

서류를 제치는 명희의 손가락 끝에 핸드폰이 걸렸다. 수십 번의 부재중 전화가 걸려왔음을 알려주는 핸드폰의 뚜껑을 열었다. 확인한 수신번호는 중학교 1학년인 딸애와 고교입시를 앞 둔 아들과 혜정이가 걸어 온 전화였다. 광주 시외버스 터미널 7번 창구에서 장흥행 버스에 올라 자리를 잡고 바로 수신음을 진동으로 바꾸었던 기억이 떠올랐다. 액정화면 상단에 크리스마스카드 봉투 모양의 표시가 보였다. 버튼을 눌렀다. 수신메시지, 음성사서함 08, 문자사서함 06. 명희는 문자사서함 부터 열어 보았다. '엄마, 어디야? 전화도 안 받고……. 아빠 때문이야? 문자 받으면 전화해줘요 – 아들 영민 –.' '나 영선이야, 어디 간거야? 설마 엄마까지 우리를 버린 것은 아니지?'

명희는 문자를 확인하면서 가슴이 미어졌다. 어느새 눈물이 볼을 타고 흘러내렸다.

"애들한테 다 들었어. 많이 힘들었지. 지금 어디에 있는지 모르지만 집은 걱정하지 말고 속이 뚫릴 때까지 바람 쏘이고 돌아와라. 내가 늬 집에 와서 애들 챙기고 있으니까 집은 걱정 말고. 이런 경우에는 이혼하고 혼자 사는 것도 도움이 된다야. 애들이 걱정하니까 전화나 해줘라, 알았지?"

혜정의 음성메시지를 듣고 조금은 마음이 놓였다.

그때 두 사람의 조촐한 아침식사여서 설거지랄 것도 없는 그릇 몇 개를 후딱 치우고 노인이 들어왔다.

"눈물 바람 한 것 보니까 애들이 걱정되는 모양이구만?"

"…"

“근데 산에는 뭐하러 갔다가 정신을 잃은거야?”

“천관산에 왔다가 마침 절이 있어서 부처님을 뵙고 내려오다가….”

“마음이 복잡해서 훌쩍 집을 나선거지?”

“더 이상 폐를 끼칠 수 없으니 떠나겠습니다.”

명희는 자신의 마음을 정확하게 꿰뚫는 할머니에게 두려움이 느껴졌다. 자신의 가장 친한 친구에게도 숨겨왔던 남편의 부재를 들키기 싫었는데 낯선 노인에게 속내를 들키거나 이런저런 이야기 끝에 자신의 전부를 드러내게 될지도 모른다는 생각이 들었다. 혹여 노인이 자신에 관한 얘기를 물어오면 거짓말로 대답하면 그만이겠지만 이미 노인은 명희의 가슴속을 거울처럼 들여다보고 있다는 느낌이 들었다. 비록 목적지는 없지만 우선 할머니의 집에서 벗어난 후에 행선지를 정하고 싶었다.

명희는 핸드폰을 가방에 넣고 서둘러 지갑을 찾았다.

“왜? 방값이랑 밥값을 내려고? 얼마를 줄건 데?”

“보살펴 주신 정성에 비하면 너무나 약소하지만 제 성의로 받아주십시오.”

헨젤과 그레텔에서 부모가 산속에 버린 오누이에게 과자로 만든 집을 내세워 잡아먹으려는 속셈이 있었듯, 산속에서 궁색하게 살아가는 노인이 자신을 구해서 보살펴 준 것이 톡톡한 대가를 받아내려는 행동이었다면 낭패가 아닐 수 없었다. 더구나 처음 만난 사람에게 비싼 장뇌삼까지 달여 준 것을 감안하면 순수한 호의가 아닐 수도 있다는 생각이 스쳤다.

명희가 내민 지폐 몇 장을 멀거니 바라보던 노인의 얼굴이 점차 붉은 벽돌을 닮아갔다. 사례금이 작은 모양이었다.

"내가 생각한 금액보다 턱없이 적지만 그거라도 줘."

"고맙습니다. 안녕히 계세요."

"그 옷을 입고 갈 거야? 어제, 쓰러져 흙 범벅이 된 옷을 빨았는디 그것이 말라야 가든지 오든지 할 거 아녀?"

핸드백을 들고 막 방문을 열고 있는 명희의 뒤통수에 뒷간이 다급한 옹기장이가 얼추 빚어놓은 투박한 뚝배기 같은 노인의 목소리가 박혔다. 그때서야 명희는 자신의 몰골이 가을 들판의 허수아비와 흡사한 모습인 것을 상기했다.

사례금이 작아서 불려놓은 보리쌀 같은 얼굴이 어느새 배꽃처럼 환해진 노인을 보면서 두려움 대신에 아직은 노인의 집을 떠나지 않아도 된다는 사실이 다행으로 다가왔다. 노인의 목소리는 구세주와 다름없었다.

"저걸로 갈아입고 나와."

“어디 가는데요?”

노인은 대답 대신에 윗목의 고무줄바지와 얇은 점퍼를 가리키고는 방을 나섰다. 걸망을 짊어진 노인이 누렁이의 줄을 풀어주고 있었다. 누렁이는 행선지를 알고 있는지 솟구치듯 마당을 빠져나갔다. 앞서가던 노인이 산길로 접어들었고 그 길은 명희가 어제 절에서 내려오던 길이었다. 마른 풀섶에 남아있는 물기가 아니라면 비가 내렸다는 사실을 믿기 어려울 정도로 날씨가 쾌청했다. 명희는 차츰 노인과의 거리가 벌어졌다. 산에서 살아온 노인의 발걸음이 빠른 탓도 있었지만 걸음을 옮길 때마다 장딴지와 허벅지가 당겨오는 통증 때문이었다. 방문을 나섰을 때는 긴장 때문에 몰랐지만 갑자기 절에서 부처님을 뵈며 올린 절의 후유증인가 싶었다. 절을 올리면서 허리가 끊어질 듯 아파오는 고통을 느꼈지만 하루가 지나고서는 온 몸이 쑤시지 않은 곳이 없었다. 가끔 노인이 걸음의 속도를 조절해 주었다.

“할머니, 이것도 약초 맞아요?”

명희가 손톱 크기의 열매가 달려있는 도라지 모양의 뿌리를 내밀었다.

“이것은 당삼(黨蔘)이 분명한디, 이 지역에서는 자라기 어려워서 귀한 약초여.”

두 여인은 약초를 캐고 버섯을 따면서 산등성을 오르는 중이었다. 노인은 천관산으로 접어들면서 자신의 걸망에서 또 하나의 걸망을 꺼내 명희에게 주었다. 약초는커녕 산에도 오르는 일이 거의 없었던 명희는 꼬챙이와 호미를 들고 노인의 뒤를 따르며 노인이 가르쳐 준 약초를 캐서 담았다. 한 뿌리를 캐내는 데도 많은 시간이 소요되어 노인의 걸망은 벌써 묵직했지만 이제 겨우 대여섯 뿌리를 캐었을 뿐이었다. 뽕의 오디처럼 생겼으나 색깔이 붉은 열매를 신기한 듯 바라보며 명희가 물었다.

"이것도 먹는 건가요?"

"꾸지뽕이구먼, 먹기도 하고 약으로 사용하는 열매여. 강아지처럼 졸졸 따라다니면서 이것저것 묻지 말고 혼자서 캐 봐."

계절을 잊고 꽃이 핀 도라지와 들국화를 발견하면 이내 탄성을 지르며 부지런히 약초를 캐는 명희의 이마에는 땀이 맺히기 시작했고 즐거운 노동으로 땀이 흐르는 것이 오히려 기분을 상쾌하게 만들었다. 하지만 상쾌한 기분 이면에는 불안함이 자리하고 있었다. 약초라 생각하고 애써 캤지만 그것이 한낱 잡초에 불과하거나 독초일지 모른다는 생각 때문이었다.

"그냥 느낌에 약초로 여겨지면 캐서 담아. 새들이 공

부해서 독이 없는 것만 골라서 먹는 거 아니여. 약이 되는 씨앗도 먹고, 독이 있는 씨앗도 먹지만 그것들이 섞이면 독성은 중화가 되는 거여. 하찮은 풀잎도 다 쓸모가 있으니께 조물주가 만들어 세상에 내놓은 거고."

노인은 명희의 걱정을 덜어주었다.

넓찍하고 반반한 곳에 궁둥이를 붙인 노인이 걸망에서 물병을 꺼냈다. 명희도 걸망을 벗어놓고 그 옆에 앉았다. 노인이 뚜껑을 열어 풀숲에 조금 부었다.

"고수레, 산에 사는 모든 생명들 물 한 모금 운감하시오."

노인은 물병을 다시 걸망에 넣고 작은 포도송이 같은 것을 꺼내 명희에게 주었다. 그것이 머루라는 것을 단박에 알 수 있었다.

"참, 날씨 좋다아. 요 며칠 비가 내릴 낌새가 없더니 어제 갑자기 비가 내린 것은 하늘이 자네를 보내려는 마음이었구먼."

쌀쌀하기가 겨울밤 문틈 같던 노인의 입에서 예상치 못한 정겨운 말이 흘러나왔다. 명희는 사실 함께 약초와 버섯을 따면서 할머니의 세심하고 따스한 마음이 느껴져 두렵던 마음이 서리 맞은 나무의 잎사귀처럼 떨어져 나가고 있던 참이었다. 노인은 바위처럼 꼼짝하지 않고 먼 산을 바라보았고 명희는 머루를 따서 입에 넣으며 노인을 바라보았다.

"저그 발아래 뿌리를 내린 나무들 좀 봐. 비록 땅은 비탈졌어도 나무들은 모두 하늘을 향하고 있잖은가. 나는 산에서 곧은 심성을 배우고 어울려 살아가는 것을 배웠어. 난 이 천관산이 스승이고 벗이라네. 인자 내려가세."

마치 노인의 말을 엿듣고 있었던 것처럼 누렁이가 나타나 길잡이로 산길을 앞장서 걸어갔다.

두 여인은 산에서 돌아와 햇살이 유리알처럼 부서지는 마루에 앉아 점심을 먹었다. 노인이 걸망에서 김밥과 물을 꺼냈다. 김 한 장에 밥을 깔고 그 가운데에 반찬을 넣어 말아서 큼직하게 만든 김밥 한 덩이를 명희에게 내밀었다

"집에 와서 점심을 먹을 거면 뭐 하러 김밥을 싸 갔어요?"

"세상은 모르는 거여. 어제처럼 뜬금없이 비가 내릴지, 혹시 다친 사람이 생길지."

"늘 혼자서 산에 다니다가 제가 오히려 거추장스러운 게 아니고요?"

"자네 발로 걸어 댕겼는디 성가실 일은 없었재."

누렁이는 다시 줄에 묶였고 우물에서 깨끗이 잘 씻은 버섯과 약초를 멍석에 말렸다. 명희는 마당가에서 긴

장대로 감을 따느라 뒤꿈치를 들면서 두 손을 뻗치고 있었다.

저녁식사를 마친 노인이 한 바구니의 도토리를 가지고 들어왔다. 손바닥 크기의 돌멩이에 도토리를 올려놓고 망치로 껍질을 깨뜨렸다. 명희는 알맹이를 꺼내 다른 바구니에 담았다.

"묵을 만드시게요?"

"묵을 만들려면 잘 말려야 하는디, 껍데기를 까서 말려야 빨리 마르거든."

"네. 저는 내일 바로 만들려고 껍질을 까는 줄 알았는데 그것이 아니라 말려야 하나요?"

"전번에 말린 것을 절구통에 찧어서 물에 우려 놓았은 게 그놈으로 내일 만들 참이니 맛을 볼 수 있을 거여. 피곤할 텐데 관두고 먼저 자."

"제가 손님이에요? 밥값도 못한 불청객이지."

할머니는 정확하게, 그리고 적당한 힘으로 알맹이를 으깨지 않고 껍질을 깨뜨렸다. 도토리를 바라보지 않고도 숙달된 솜씨로 껍질을 깨뜨리는 노인의 손은 낮에 약초를 말린 멍석처럼 거칠었지만 명희의 얼굴을 바라보는 눈길은 사슴을 닮아있었다.

"혼자 사세요?"

“아니, 산하고 살재.”

두 여인의 손놀림과 비례해서 바구니의 도토리는 줄어들었고 껍데기는 늘어났다. 그만큼 밤도 깊어갔다.

“작은 방에 가서 도토리를 한 바구니 더 가져오소.”

명희에게 심부름을 시켜놓고 부엌을 향했다.

“도토리가 엄청 많네요.”

“원래 다람쥐나 청설모는 겨울잠을 자는디 이곳은 따뜻한 남쪽 끄트머리라 겨울에도 돌아다니다가 먹이가 부족하믄 우리 집 근처에도 많이 내려와. 그때 먹이로 주려고 그런거여. 사람도 먹고 동물도 먹고. 이거 마셔.”

“저는 이제 괜찮아요. 할머니가 드세요.”

부엌을 다녀온 노인이 대답하면서 사발을 내밀었다. 그것이 아침에 마셨던 장뇌삼이라는 것은 단박에 알 수 있었다.

“마시고 피곤 할 텐데 그만 자.”

낮에 채취한, 나무에 말라붙은 말굽버섯이 비록 겉은 딱딱하지만 그 속에는 약효를 포함하고 있듯이 비록 거친 말투를 가진 노인에게 넘치는 정을 느꼈다. 두 여인의 모습은 마치 친정을 다니러 온 딸과 어머니처럼 다정하게 보였다. 명희는 사발을 두 손으로 감싸안고 목구멍에 넘겼다. 그 모습을 지켜보던 노인이 흡족한 표정을 지으며 박하사탕 하나를 입에 넣어주었다.

명희는 자신도 모르게 굵은 눈물이 흘러내렸다. 노인이 살며시 안아주며 등을 토닥거릴 때 노인의 얼굴에서 묻어나는 슬픔을 명희는 알지 못했다.

7

산에서 태어나 산에 부모와 남편과 자식을 묻은 노인이었다.

천관산 기슭의 바닥이 깊은 웅덩이는 검은색이었고 그 물에 뱀이 얌전히 똬리를 틀고 있는 태몽을 꾸고 노인은 태어났다. 아버지는 부지런함이 몸에 배인 분이었지만 지능이 조금 부족했던 사람이었는데 부잣집 어른의 주선으로 같은 마을의 과부에게 장가를 들었다. 비록 다리가 불편하고 아버지보다 일곱 살이나 많은 어머니는 배고픔 때문에 산을 찾아 열매를 따 먹고 삘기와 칡을 캐 먹는 아이에게 글을 배우도록 서당으로 내쫓았다. 더구나 태초에 양반이 터를 잡은 마을이라서 집마다 고문서들이 즐비했는데 어머니는 동네잔치라도 벌어지는 날이면 불청객인지 알면서도 일손을 거들고 남들이 음식을 감춰올 때 어머니는 책들을 훔쳐와 딸에게 안겨 주었다. 내용도 다양해서 천자문, 명심보감은 물론이고 천문, 의학, 지리, 역학 등 미치지 않은 분야가 없었다. 배가 고파도 책을 읽는 재미가 쏠쏠해서 얼굴에 여드름이 피어나기 시작한 아이는 말 그대로 주경야독하며 세상의 이치를 터득해 가고 있었다. 어느 날 교통사고로 졸지에 부모를 잃었고 아이는 부모를 천관산 기슭에 묻었다. 고아가 되어버린 처자는 봄에는 나물을 뜯고 가을에는 약초를 캐면서 살아갔다. 혼기를 훨씬 지났으나 산과 더불어 살아가던 처녀는 서른이 넘어서야 역시 가난한 마을의 청년과 혼례를 치렀다. 새색시가 배불뚝이가 되었을 때 신랑은 기어코 산삼 한 뿌리를 캐겠다고 천관산에 갔다가 실족해서 목숨을 잃고 말았다. 바위에 머리를 부딪쳐 피가 낭자한 남편이 숨을 헐떡이며 겨우겨우 자신의 봇짐을 가리켰다. 새색시는 그 봇짐에서 빨간 열매가 탐스러운 산삼 한 뿌리를 발견하고 그것을 우걱 씹어 남편의 입을 벌리고 밀어 넣었지만 끝내 희미한 미소를 남기고 숨을 거두고 말았다. 새색시는 산삼의 씨앗이 남편의 유품이라 여겨져 가슴에 품어 안으며 늑대의 절규 같은 울음을 토했고 그 울음은 천관산에 메아리로 퍼져갔다. 남편을 잃은 충격 때문이었을까? 진달래가 천관산에 불을 지르던 봄날, 사산이었다. 새색시는 그 핏덩이를 남편의 옆에 묻고 식음을 전폐하고 석삼일을 울었던가. 겨우 정신을 가다듬은 새색시는 부모님과 남편과 자신이 탯줄을 잘랐던 딸애가 묻혀있는 천관산 깊은 곳에 남편이 유산으로 남겨준 산삼의 씨앗을 뿌렸다.

그 산삼을 정갈한 마음으로 캐서 명희를 달여 먹였다. 아마 자신이 낳은 딸이 세상을 등진 일이 없었다면 지금 눈물을 보이는 젊은 여자의 나이쯤 되었으리라.

노인에게는 자신의 인생을 고스란히 품고 있는, 신앙이 되어버린 산이다. 여느 날처럼 다름없이 멀리 바다가 바라보이는, 양지 녘의 가족들과 무덤 주변의 나무와 돌멩이와 풀잎에 안부를 전하고 희로애락과 푸념도 늘어놓았다. 준비해 간 큰 자루를 손에 쥐고 도토리나무가 밀집해 있는 중턱으로 발걸음을 옮겼다. 풀숲에 떨어진 도토리를 주워 담으며 절반은 남겨두었다. 산과 더불어 살아가는 생명들도 도토리가 필요하기 때문이었다. 하늘의 구름이 심상치 않게 바뀌면서 비가 내릴 얼굴이었다. 노인은 자루를 머리에 얹고 집으로 발걸음을 서둘렀다. 경사진 산비탈을 내려와 탑산사를 휘돌아 오솔길로 접어들었다. 노인의 발걸음은 더욱 빨라졌고 이미 콧잔등과 등줄기에 땀이 솟았다. 며칠 새 산사태가 있어 바위가 굴러 내렸는지 오솔길을 가로막고 있는 물체가 눈에 들어왔다. 사람이었다. 정신을 잃은 젊은 여자는 체온을 빼앗겨 바들거렸고 입술은 가지빛이었다. 노인은 도토리 자루를 던져두고 그 젊은 여자를 들쳐업었다. 옷을 갈아입히고 군불을 지펴놓고 여자를 발견했던 곳으로 올라가 여자의 핸드백과 도토리 자루를 챙겨왔다. 집에 도착했을 때 비가 퍼붓기 시작했다.

노인은 남아있는 밥을 누룽지로 눌치고 물을 부어 숭늉을 만들었다. 군불이 만든 숯불에 기운 회복에 좋다는 찔레꽃 뿌리를 달이려고 약탕기를 찾았다.

심하게 열이 오르는 여자의 이마에 물수건을 올려놓고 여자의 핸드백을 열어보았다. 많은 생리대, 봉투에 넣어진 이혼서류, 지갑에는 지폐 몇 장과 동전이 담겨있고 가족사진이 투명 비닐에 넣어져 있었다. 그리고 열쇠뭉치와 핸드폰이 전부였다. 여자의 입을 벌려 적당히 졸아든 찔레꽃 뿌리를 수저로 떠먹이며 찬찬히 얼굴을 바라보았다. 여자의 얼굴은 아버지를 닮아 보였고 얇팍한 입술이 어머니를 닮은 듯 보이다가 넓은 이마는 주검으로 태어난 딸애의 모습과 비슷하게도 보였다. 노인은 자신도 모르게 오랜만에 만난 피붙이 같은 정겨움과 안쓰러운 마음에 여자의 얼굴을 쓰다듬고는 백열등 스위치를 내리고 여자의 옆자리에 누웠다. 가족을 산에 묻고 산에서 살아가면서 누군가와 함께 잠자리를 해 본 것은 처음이었다. 빗소리는 여전했고 차츰 시간이 지나면서 여자의 윤곽이 또렷해졌다. 노인은 또다시 얼굴을 쓰다듬었고 거친 손바닥의 감각을 느낀 여자가 정신을 차리며 벌떡 일어나 앉았고 노인은 불을 켰다. 여자가 질겁하며 누구냐고 물었지만 대답을 대신해서 윗목에 두었던 꿀물을 내밀었다. 괜스레 흘러내린 눈물을 성급히 닦아낸 자신의 얼굴을 여자에게 들키고 싶지 않았다. 여자를 다시 눕히고 불을 끄면서 빗소리가 많이 약해졌다는 것을 느꼈다.

핸드백에 이혼서류를 준비해 다니는 여자를 생각하며 거의 뜬눈으로 밤을 지새운 노인은 마을에서 기르는 수탉의 울음소리가 들려오자 누렁이와 손전등 하나를 의지하고 천관산으로 향했다. 다행히 비는 그쳤지만 하늘만 푸른 여명이 감돌 뿐 커다란 산은 검은 휘장을 둘러쓴 채 웅크리고 있었다. 노인은 자신이 무수하게 발자국을 찍었던 오솔길로 접어들었다. 이내 온갖 풀과 가시넝쿨이 무성한 등성으로 방향을 바꾸었다. 달도 없어 어두운 데다 밤새 내린 물기를 머금고 있는 땅은 엄청 미끄러웠다. 아무리 평생을 산과 더불어 살아왔지만 숨이 노인의 턱까지 차올랐다. 넘어지고 미끄러지며 자신이 젊어서 심어 둔 장뇌삼을 찾아냈을 때 어둠의 휘장을 걷으며 햇귀가 비쳐오기 시작했다. 노인은 정갈한 마음으로 절을 올린 후에 무릎을 꿇고 주변의 검불을 긁어내고 죽창처럼 끝이 날카로운 나무

꼬챙이로 조심스럽게 삼을 캐기 시작했다. 부모님과 남편과 이름도 지어주지 못한 딸애의 얼굴과 젊은 여자의 얼굴이 교차했다.

8

명희는 방바닥의 뜨거움을 참지 못하고 자리에서 일어났다. 어제처럼 노인은 방에 없었다. 방안을 둘러보았지만 시계는 찾을 수 없었다. 자신보다 늦게 잠자리에 들었을 노인은 마치 밤이라도 꼬박 새운 사람처럼 잠을 잔 흔적을 찾을 수 없었다. 시간을 확인하려고 핸드백에서 핸드폰을 꺼냈다. 역시 걸려 온 여러 개의 부재중의 전화를 확인하고 시간을 보았다. 9시 40분이었다. 애들에게 전화를 걸고 싶었지만 이미 학교에서 공부하고 있을 시간이었다. 혜정의 핸드폰 번호를 눌렀다.

"어디니?"

발신자 번호를 확인한 혜정이 먼저 물었다. 어디에 있던지 건강하게 지내다 돌아오라는 말과 애들은 걱정하지 말라는 말을 덧붙였다.

"명희야, 나 조만간 결혼하게 될 것 같아. 오빠가 소개해 준 사람인데 참 건실한 사람이야. 소개받은 지 육 개월 정도 되었는데 어제 프러포즈 받았다."

"정말이니? 축하해. 언제 소개시켜줄거니?"

“너 집에 돌아오면 바로 소개시킬게.”

이혼하고 집에 왔을 때 남자라면 진절머리가 난다며 다시는 결혼하지 않겠다고 맹세하면서 맥주잔을 연거푸 비우던 혜정이었다. 사람이 사람을 좋아할 수 있고, 싫어할 수 있다는 것을 모르지는 않지만 막상 혜정에게 결혼한다는 얘기를 듣고서 불안한 마음을 숨길 수 없었다. 어쩌면 자신의 처지와 혜정을 걱정하는 마음이지만 나이 마흔을 앞둔 혜정의 선택을 믿자고, 불안한 마음은 노파심에 불과한 거라고 자신을 타일렀다.

“일어난 게야?”

밖은 안개가 천관산을 휘감고 있었다. 내려앉은 안개가 토방의 디딤돌의 신발 표면에 작은 물방울로 맺혀 있었다.

“이 시간까지도 안개가 걷히지 않았네요?”

“집은 남향인디 산그림자 때문에 그런거여. 사방이 산에 둘러싸여 있으니께 언제나 마당에 햇빛이 늦게 들어와서 그래.”

마을에서 노인의 집을 바라본다면 그 형체가 보이지 않거나 혹은 가득한 안개로 마치 신선이 머무는 장소처럼 신비롭게 보일 것 같았다. 노인은 부엌에서 무쇠솥에 불을 지피고 있었다.

“오야! 거그서 앉았다가 일어나 보소?”

명희는 갑작스러운 노인의 요구에 영문을 모르면서도 운동선수가 준비운동을 하듯이 쪼그렸다가 일어섰다.

“으째, 시방도 다리가 당기고 아픈가? 괜찮은가?”

“괜찮은데요.”

“그라믄 되었네. 산에 갔다와서 까치발을 들고 감을 따라고 했던 것은 다리가 풀리라고 그런 거여.”

노인의 말이 없었다면 다리가 아팠던 사실조차 잊고 무심히 지나쳤을 일이었다. 노인의 세심한 배려에 가슴이 뭉클해진 명희는 고맙다는 말 대신에 두세 번을 더 쪼그려 앉아보고는 부엌으로 들어섰다. 가마솥에는 도토리묵이 김을 뿜으며 끓고 있었다. 개수대 옆에는 이미 끓여놓은 묵이 그득 담겨있는 대야가 놓여 있었다. 어느새 일어나 한 솥의 묵을 쑤어놓고 또 불을 지피고 있었다. 아궁이에 나무를 넣고 나무주걱으로 솥을 젓는 노인의 모습은 참으로 분주했다. 명희는 부뚜막에 쪼그려 앉아 노인의 손을 덜어주려 주걱을 들었다. 노인이 소금을 뿌리고 아궁이의 불을 조금 줄였다. 주걱으로 농도를 살핀 노인이 양푼에 묵을 퍼냈다.

묵 만들기를 끝내고 늦은 아침을 먹었다. 어느새 안개는 꼬리조차 남기지 않고 사라졌고 안개를 대신해서 햇살이 마당 가득 쏟아지고 있었다. 명희는 우물가에서 묵을 만들며 사용했던 물건들을 씻고 있었다.

“물 좀 마시러 왔습니다.”

느닷없는 목소리에 명희가 고개를 들었고 우물 옆에는 머리가 하얀 50대 중반의 사내가 겸연쩍은 얼굴로 서 있었다. 명희는 갑자기 나타난 사내에게 자리를 비켜주었다.

“아들 오셨는가?”

뒤란에서 무를 저장할 구덩이를 파다가 사내의 음성을 들었는지 노인이 입가에 웃음을 달고 나타났다. 멋쩍게 두 사람의 만남을 지켜보던 명희는 커다란 고무통에 찬물을 붓고 그 위에 올려놓은 스테인리스의 묵을 손가락으로 가만히 눌러보았다. 거의 알맞게 굳었다.

“어머님, 그동안 건강하셨죠? 근데 손님이 와 계시네요?”

“응, 겨울에 먹을 무를 저장할 구덩이를 파니라고 오는 줄도 몰랐구만.”

“안녕하세요? 이경식이라 합니다.”

명희는 고개를 숙여 목례를 남기고 남은 그릇을 씻기 시작했다.

“오야, 경식이, 자네들이 올 줄 알고 넉넉하게 묵을 만들어 놨네. 이따 가져갈 것 인께 그리 알소.”

"고맙습니다. 근데 벌써 점심시간이 다 되었으니 기다렸다가 직접 갖고 갈게요."

"벌써 시간이 그렇게 되었는가? 그럼 서둘러야 쓰것네."

노인이 양념장을 만드는 동안에 이경식은 뒤란으로 돌아가 구덩이를 파기 시작했다. 씻은 그릇들을 부엌으로 가져갔을 때 노인은 양념장에 참기름을 떨어뜨리고 밀폐용기의 뚜껑을 닫고는 명희에게 그릇을 받아 수저와 젓가락을 챙겨 보자기에 쌌다.

"인자 가세. 구덩이 그만 파고 얼른 손이나 씻소."

사내가 우물에서 얼굴까지 씻고 헛간에서 지게를 가져와 묵이 담긴 스테인리스 그릇을 얹었다.

"아따, 자네가 우리 집에 몇 번 댕기더니 언제 지게질까지 배웠는가? 내 먼저 지름길로 갈텡게 자네 두 사람은 좋은 길로 쉬엄쉬엄 올라오소. 실수로 지게를 엎어부는 날이믄 묵사발 되불고, 말짱 도루묵이 된다는 거 알재?"

노인은 머리에 봇짐을 얹은 채 염려가 담긴 농담을 던져놓고 입가에 웃음을 매달고 누렁이와 함께 서둘러 집을 나섰다.

명희는 물주전자를 들고 이경식을 따라나섰다. 집안 가득한 햇살도 두 사람과 동행했다.

“여행을 오셨나보죠? 어디에서 오셨나요?”

“광주에서 왔습니다.”

“할머니, 참 좋으신 분이죠?”

“네. 근데 할머니 혼자 사시는 것 같던데 진짜 아드님이세요?”

“제가 힘들었던 시기에 할머니께서 저를 아들로 삼아주셨습니다.”

“저는 탑산사에서 내려오다 쓰러지고 말았는데 할머니께서 발견해서 구해 주셨어요. 그래서 우연찮게 할머니 댁에서 머물게 되었고요.”

명희가 택시를 타고 올라갔던 그 길을 두 사람이 오르는 중이었다. 낯선 사람들이 만나 같은 길을 걷고 있다는 사실이 생소하게만 느껴졌다. 그 불안감은 지게를 짊어지고 걷고 있는 이경식의 위태한 걸음 때문에 더욱 강하게 느껴지는 것 같았다. 길 양편에 세워진 돌탑도 불안하기는 마찬가지였다. 택시를 타고 오를 때에는 몰랐지만 벌써 기울기 시작한 돌탑과 틈새가 벌어져 위태로운 돌탑, 그리고 돌멩이가 빠져 구멍이 뚫린 돌탑들도 눈에 들어왔다.

“저 돌탑들은 누가, 무엇 때문에 쌓은 건가요?”

“문학공원을 만들 때 인근의 동네 분들이 자발적으로 쌓기 시작했는데 소문을 들은 많은 단체들의 정성과 소망이 담겨있어서 그 마음만은 천관산에서 올곧게 자라고 있는 소나무보다 반듯하죠. 비록 모양새가 엉성해서 불안하지만 석공들이 솜씨를 뽐내면서 획일적으로 올린 것보다는 훨씬 자연스러운 아름다움이 느껴지기도 하구요.”

점차 가파른 길을 오르는 까닭인지 목소리는 작았지만 이경식의 음성에서 돌탑에 대한 사랑이 진하게 묻어났고 자부심이 대단하다는 것도 느껴졌다.

“보시면 알겠지만 위쪽으로 올라갈수록 탑을 쌓는 실력들이 늘어서 모양새도 안정감이 있어요. 간혹 돌멩이가 빠져버린 탑들도 있지만 자신이 쌓은 탑이 아닐지라도 누군가 알맞은 크기의 돌을 끼워주니까 아직까지는 무너진 탑은 없어요. 묘하죠? 처음부터 틀어지고 엉성한 돌탑이 비바람을 고스란히 이겨내고 있다는 것이. 저는 돌탑을 보면 내일을 확신할 수 없는 인생살이가 느껴져요.”

“이 선생님은 돌탑이나 문학공원과 깊은 인연을 맺고 있는 듯하네요?”

이경식은 오십의 나이를 훌쩍 넘긴 지금도 뇌리에서 지워지지 않는 기억의 끈이 천관산의 품에 안기게 했는지 모른다. 이경식은 천관산을 감싸고 있는 연지리 건너편 바다의 작은 섬에서 태어났다. 어려서부터 약

봉지와 함께 살았던 세 살 터울의 형은 고등학교 졸업을 얼마 두지 않은 무렵에 세상을 등지고 말았다. 아버지는 형이 사용하던 물건들을 마당에서 모두 태웠지만 삼 년이 지나서 다락방 귀퉁이에서 흔적들이 발견되었다. 그곳에는 아버지의 눈을 피해 읽은 헤밍웨이의 무기여 잘 있거라, 지드의 좁은 문, 괴테의 파우스트, 존 스타인벡의 분노의 포도, 나관중의 삼국지 등의 세계 명작 문학과 읽은 책의 내용 일부를 옮겨 적은 공책에는 자신의 느낌을 적어놓은, 일테면 독후감과 두 권의 습작 노트와 일기장이 먼지를 이불 삼아 형의 체취를 고스란히 담고 있었다.

형은 소설가를 꿈꾸었다. 책 읽기를 좋아했던 경식도 문학을 마음에 품고 있었다. 문학도였다는 아버지는 자식이 결단코 문학의 길을 걷는 것을 반대했지만 자식의 핏줄 속에도 문학의 피가 흐르고 있었다. 경식은 자신이 꿈을 이루면 형의 꿈도 살아나 날개를 펴고 세상을 높이 날아오를거라 여겼다. 호구지책을 위해서 문학을 접고 도시에서 밥을 벌었지만 가슴에는 항상 문학이 오아시스처럼 숨어있었다.

어머니가 병에 들었다. 경식은 주말이면 집으로 향했다. 사람이 많이 살지 않은 곳이어서 섬으로 들어가는 배는 해가 뉘엿뉘엿 넘어가는 시간에 있었다. 경식은 부둣가에서 마음을 졸이다가 집에 당도하면 잠시라도 어머니의 얼굴을 마주하고 싶어서 밤을 새워 간병하다가 아침을 먹고 다시 직장이 있는 도시로 향했다. 오후에는 육지로 향하는 배가 없었기에.

결국 어머니가 돌아가셨고, 경식은 어머니가 돌아가시면서 바다가 싫었다. 자신을 키워준 바다였지만 자신의 의지와 상관없이 바다가 떠오르면 실과 바늘처럼 혹은 빛과 그림자처럼 어머니가 어른거렸다. 어머니가 그립고 어머니가 그리우면 바다가 싫어서 그것을 잊으려 산으로 향했다. 길도 없는 등성이와 계곡을 헤매고 다니다가 얼굴은 가시에 긁혀 상처로 도배가 되었고 아무 곳에서나 누워 하늘을 올려다보았다. 눈물을 흘리다 지쳐 잠이 들어버린 경식과 약초를 캐러 나온 노인은 산에서 그렇게 처음 만났다.

경식에게 사슴 새끼처럼 산을 헤매고 다니는 까닭을 듣고 등을 다독이다가 안아주었다. 어머니를 잃은 슬픔 때문에 바다가 싫었던 것이 아니고 어머니가 그리워서 산을 찾아다닌 것이 아니었는지도 모른다는 생각이 들었다. 어머니를 잃은 자식이니까 당연히 슬퍼해야 한다는 마음을 가져야 한다는 당위성에 갇혀있었다는 생각이 들었다. 시간이 흘러 희석된 슬픔을 붙들고

자신을 옭아매고 있었다. 여전히 산으로 발걸음을 옮
겼지만 그 발걸음에는 여유가 넘쳤다. 눈에 나무와 바
위가 보였고 귀에는 새소리와 바람 소리도 들려왔다.
어머니의 바다 때문에 피난처로 여겼던 산에서 넉넉한
어머니의 숨결을 느꼈다. 바다가 보고 싶었다. 멀리 바
다가 눈에 들어왔다. 자신이 태어나고 자신의 어머니
가 묻혀있는 고향의 섬을 한동안 바라보았다. 노인과
경식은 어머니와 아들이 되었다.

경식의 이마에 땀이 솟아났지만 지게질이 몸에 익었
는지 위태롭던 걸음도 안정적이었다. 길옆의 돌탑들도
규모가 훨씬 커졌지만 삐뚤어짐이 줄어든, 정교한 돌
탑들이 몸매를 뽐냈다. 명희는 물주전자를 내려놓고
탑에서 떨어져 나온 손바닥 크기의 돌 하나를 주워 허
술한 곳에 채워 넣었다. 순간 무언가를 소망하고 싶었
지만 구체적으로 떠오르지 않았다. 남편의 귀가, 애들
의 건강, 들판 같은 풍요, 어느 것 하나 소중하지 않은
것이 없었다. 여러 가지 생각을 떠올리는 동안에 틈새
에 돌멩이를 끼우는 작업이 끝나고 말았다.
“저기서 좀 쉬었다 가실까요?”
이경식이 돌탑과 돌탑 사이에 만들어 놓은 벤치를 가
리켰다. 지게를 세운 경식에게 물 한 잔을 내밀었다. 주

전자 뚜껑에 담긴 물을 받아든 경식이 뚜껑을 기울려 약간의 물을 땅바닥에 부었다.

"고수레, 산에 사는 모든 생명들 물 한 모금 운감하 시오."

"할머니와 똑같이 말씀하시네요?"

"할머니에게 배웠습니다. 어찌 생각하면 사소한 일에 불과하지만 내가 아닌 누군가를 생각하고 배려하는 행위는 결국 내 마음이 즐거워진다는 것을 행동으로 가르쳐 주신 분이에요."

명희는 자신도 할머니에게 위로를 받고 힘을 얻고 있다는 말을 스스럼없이 털어 놓았다.

"할머니께서 마음은 산의 등성이를 향하고 눈은 산의 계곡을 바라보며 살아가라고 말씀하시더군요. 사람들이 자신의 마음속에 갇혀있기 때문에 괴롭고 힘든 법이라고 그 마음을 내가 아닌 다른 사람에게 쏟으면 마음이 가벼워진다고 가르쳐 주셨지요."

"산은 세상이고 나무는 사람인데 더불어 사는 거라고 말하면서 세상을 품은 산도 가끔은 운다고 하더라고요. 산을 멀리서 바라보면 푸르거나 검거나 하얗거나 갈색 얼굴로 웅장하고 넉넉한 모습이지만 조금만 들여다보 아도 나무와 동물과 오솔길과 바람과 계곡과 물과 메아 리와 기쁨과 슬픔과 웃음과 울음과 분노와 애증과 사랑

과 이별과 인연과 삼라만상 무궁무진 무량대수를 품은
우주와 같다더군요. 그 산 안에 또 다른 산인 어머니가
오늘은 이른 아침부터 도토리묵을 쑤셨고요.”

명희의 핸드폰이 울렸다. 의자에서 일어나 두세 걸음
벗어난 곳에서 전화를 받았다. 혜정이었다.

“잘 지내니? 좀 전에 늬 남편이 집에 들렀더라. 자초
지종을 얘기했더니 늬가 없으니까 아쉽고 서운한 모양
이었어. 차 한 잔 마심서 얘기하는데 그 여자랑 깊은 관
계가 아니래. 잠깐 마음을 빼앗겼던 것은 사실이지만
오해받을 일은 없었다고 맹세할 수 있다더라. 너, 혹시
그 여자를 만나려고 약속한 적이 있니? 그 여자가 해명
하려고 했는데 늬가 나타나지 않아서 그냥 돌아갔다는
전화가 왔더란다. 근데 듣고 있니?”

“응.”

“믿고 안 믿고는 늬가 판단할 일이지만 지금은 통 만
나지 않는다더라.”

핸드폰의 배터리가 없어 통화가 끊기고 말았다.

이 남자, 남편이 집에 들렀다고 한다. 거의 한 달만의
일이다. 혜정이와 나눴다는 대화를 믿어야 할까? 집과
가족을 외면하던 사람이 갑자기 불쑥 집에 들렀던 이
유는 무엇일까?

저만큼에서 40대 중반의 사내가 잰걸음으로 다가

왔다.

"아따, 형님이 데이트를 하니라고 늦었그만. 할머니께서 마중을 가라해서 내가 이렇게 내려왔소. 뭣이냐, 한동규 선생이 문학탐방을 왔습디다."

"그래? 문학공원에 계신가?"

"예. 지게는 내가 짊어지고 갈 것인 게 천천히 오시요잉?"

사내의 농담에 붉어진 경식의 얼굴이 한동규 선생의 애기에 꽃처럼 환하게 바뀌었다. 지게를 짊어진 사내는 가파른 길을 벌써 상당한 거리를 벌리면서 부지런히 오르고 있었다.

"천관산 높이가 얼마나 되나요?"

"해발 723미텁니다."

"예. 저도 우연히 이 산에 왔다가 좋은 분들을 만나 마음이 편해집니다."

경식은 혼자서 살아가는 할머니가 안타까워 읍사무소 직원에게 조건을 문의해서 생활보호대상자가 되도록 도와주었는데 정부에서 지급해주는 생활보조금은 고스란히 문학공원을 조성하는데 헌금이 되어 돌아왔다.

대덕이 고향인 소설가 한동규 선생이 모두가 인정하는 권위 있는 문학상을 수상하여 거리에 현수막이 나붙었다. 그 현수막을 바라보던 경식은 천관산 기슭에

문학공원을 조성하면 관광객도 찾아오고, 소설가를 꿈
꾸는 지망생들도 발걸음을 옮겨올 것이고 형과 자신
이 이루지 못한 꿈을 대신할 수 있을 것 같았다. 당장에
번영회 임원을 소집했고 구체적인 방법이 논의되었다.
경식은 천관산 문학공원 건립추진위원회장으로 추대
되었다.

　문학공원을 만든다는 소문을 들었는지 추진위원회
사무실을 찾아온 할머니는 겸연쩍은 얼굴로 봉투 하나
를 내밀었다.

　"오야, 경식이 자네가 힘써서 내가 나라에서 주는 돈
을 받게 되었는디 그 돈이 아니어도 굶어죽을 지경은
아닌께 작은 돈이재만 좋은 일에 보태소."

　할머니가 내민 봉투에는 정부에서 지급하는 돈보다
훨씬 많은 돈이 들어있었다. 그 후에도 할머니는 매달
사무실에 들러 봉투를 내밀었고 문학공원의 터를 닦으
면서 밥을 지어오고 김치찌개를 끓여 날랐다. 산에서
태어나 산에서 살아가는 사람이 산의 고마움을 조금이
라도 갚는 일이라며 항상 웃는 얼굴이었다.

　문학공원 주차장에는 묵을 안주삼아 막걸리 잔치가
한창이었다.

　"선생님, 연락도 없이…."

“연락만 했다하면 몸 둘 곳을 모르게 음식을 준비해서 환대하니 미안해서요.”

“아이고 무슨 말씀을, 제가 좋아서 하는 일인데요.”

답답함이 느껴지는 눌변의 한동규 선생과 반갑게 악수를 나누는 두 사람의 머리에 한낮의 햇살이 은가루처럼 쏟아졌다.

“이번엔 어떤 분들입니까?”

“예. 서울지역 문화부 기자들의 모임에서 왔습니다.”

“저는 오늘이 천사모 정기모임의 날입니다.”

문학공원의 건립이 본격적으로 시작되면서 포크레인을 무상으로 지원하겠다는 사람과 새참을 싣고 문학공원 조성현장을 찾아오는 사람들의 발걸음이 끊이지 않았다. 공사는 예정했던 기간보다 훨씬 빨리 끝났다. 경식은 준공식을 치르며 문학공원을 만드는데 힘을 보태 더불어 살아가는 모습을 보여준 사람들과 세상을 등진 형의 꿈을 생각했고 노인을 생각했다. 문학공원을 만들었던 사람들이 문학공원을 관리하자고 자발적으로 모임을 만들어 천관산을 사랑하는 사람들이라는 이름을 붙였다. 사람들은 그 명칭을 줄여서 천사모라고 불렀다. 이들은 세 번 째 일요일이면 호미와 낫과 그리고 삽을 들고 천관산으로 달려오는, 산처럼 마음이 넓은 사람들이었다.

명희는 팔을 걷고 음식을 중심으로 주차장에 둘러앉은 사람들 사이로 끼어들었지만 도울 일이 없었다. 천사모 회원들과 문학탐방 기자들은 이미 친구가 되어 술잔을 나누고 있었다. 명희는 살그머니 빠져나와 문학공원으로 향했다. 지난번에 비가 내릴 것 같은 날씨 때문에 서둘러 내려가면서 다음날 찾아오리라 생각했었다. 그렇게 아쉬움을 남겨두는 것도 나쁘지 않은 판단이라고 여겼다. 정신과 전문의 김명숙과 상담하면서 사람은 완벽을 추구하지만 완벽을 추구할수록 그 과녁은 흔들리는 경우가 많음을 깨달은 까닭이었다. 술판의 시끌벅적한 목소리들이 차츰 멀어져갔다. 입구에는 문학공원을 조성하는데 참여한 문학인들의 이름이 돗자리 크기의 바위에 새겨져 있었다. 전국의 문학인이 보내왔다는 친필원고의 글귀를 새겨놓은 크고 작은 제각각의 바위들이 조화를 이루고 있었다. 문학비를 세운 아래에는 그 원고를 보낸 문학인의 사진과 이력을 새긴 원고지 크기의 동판을 세워 탐방객의 이해를 돕고 있었다.

바람에게

너
무심코 지나치지만 잎 하나씩 떨군다

내일은 또
낯익은 이파리 몇 개

서럽게 휘날리다가
어디로 사라져갈까

눈에 보이지 않는 이슬이 내려 풀잎과 나뭇잎에 물방울을 맺듯이 문학이 무엇인지 알지 못하는 명희는 바위에 새겨진 글귀를 천천히 읽으며 마음속에 따스함이 스며들었다. 명희는 태어나 처음으로 이름을 들어보는 어느 문학인이 보내온 글귀를 읽으며 남편이 자리를 비웠다는 생각에 얼마나 많은 날을 허투로 살아왔는지 돌아보게 만들었다. 그래, 나도 많은 잎새를 떨구었을 것이다. 내 욕심, 내 절망, 내 잘못은 새순처럼 가슴에 품고 역지사지의 생각이며 낮은 곳을 향하는 눈길은 생명을 마친 잎사귀처럼 떨궈 버렸는지 모른다. 어쩌면 인식하지도 못한 채 누군가에게 잘못을 전가하고 핑계만 찾고 있었는지 모른다는 생각이 스쳤다.

삶

삶은 늘 허방이고 / 가시 끝에 목맨 / 진홍빛 홍시이다.
가시바람에 온 몸을 내맡긴

마음이 먹먹하다. 이 시인이 나의 슬픈 마음을 엿보
고 있었을까? 나의 상처를 어루만져주려고 이 산에 시
로 머무는 듯하다.

공중에

새가 빠졌다. 날개를 퍼득이며 가라앉더니 길다랗
게 빼낸 모가지가 다 잠기고 지금은 주둥이 끝만 뾰족
하게 나와 있다. 거기에도 진창이 있었던 것.

가슴이 찡하다. 남편과 세상을 원망하며 날카로운 가
시로 무장한 바람에 나를 내팽개친 날은 아니었을까?
아니, 스스로 바람이 되려고 마음을 벼르고 있지는 않았
을까? 진창에 빠져있는 내 자신을 감지하지 못하고 남
편만이 진창에 빠져서 허우적거린다고 착각하면서 따
뜻한 손길을 내밀지 않고 내민 손을 외면했는지 모른다.
터미널 7번 창구에서 우연히 찾아든 장흥이라는 땅.

그곳에서 만난 할머니와 이경식이라는 사람을 품고 있는 천관산의 그림자 안에서 지내는 동안 집과 애들과 남편을 잠시 잊었다가 문학비에 새겨진 글귀를 읽으며 똬리를 틀고 있던 기억들이 혀를 날름거리며 살아왔다. 이상한 것은 그 기억들이 절망으로만 다가오지 않는다는 사실이었다. 혹여 집으로 돌아갔을 때 여전히 남편이 부재인 텅 빈 집이건 돌아와 존재의 상황이건 자신의 삶에 당당해질 수 있겠다는 자신감이 용암처럼 꿈틀거렸다.

내 속에 들어와 있는 줄기가 / 나를 통과해 뻗어나 갔습니다 / 구름 사이로 언뜻언뜻 햇살이 내비칩니다 / 누군가를 향해 스스로 내가 여는 문입니다

명희는 글쓴이를 소개한 글을 보았다. 젊은 여류 시인이었다. 가슴이 밝아지는 환한 느낌을 스스로 문을 연다는 글귀가 자연스럽게 연결되었다. 자신의 속에는 어떤 줄기가 자라고 있는지 궁금했고 아예 줄기가 없는지도 모른다고 생각했다. 그래, 악성종양 같은 것이라면 차라리 줄기가 자라지 않는 것이 좋은 일이다. 줄기가 없다면 문을 열어 희망이 가득한 가지를 키우면 될 터였다. 암세포가 붙어있는 가지라면 이제 문을 열

고 아낌없이 버리자. 글쓴이가 누군가를 향해 열었다
는 문이 시인 자신을 위한 문인지도 모른다고 생각했
다. 가을날, 유유자적한 걸음으로 문학비를 읽어가는
느낌이 각별하면서 재미도 쏠쏠하였다. 친필원고를 보
내온 작가들의 속내를 이해하기보다 명희는 자신만의
느낌 속으로 점차 빠져들었다. 누군가를 향해 스스로
내가 여는 문입니다라는 구절을 되뇌며 마치 카메라의
플래시가 터지는 듯한 환한 느낌을 받았다.
　명희가 글귀에 몰두한 까닭이었는지 인기척을 느끼
지 못했는데 문학비에 그림자를 만들면서 이미 귀에
익은 이경식의 목소리가 들려왔다.
　"짧지만 참 좋은 시지요?"

　꽃자리

　앉은 자리가 꽃자리니라

　네가 시방 가시방석처럼 여기는
　너의 자리가

　바로 꽃자리니라

“여기에 앉으면 비록 풀이 무성해도 꽃구름 자리겠는데요.”

“제가 문학공원을 만들겠다고 전국의 문학인께 서신을 보냈을 때 제일 먼저 보내온 시입니다.”

“참 좋네요. 어쩌면 이렇게 짧은 글에 큰 뜻을 전달할 수 있는지….”

바위에 새겨진 글귀를 마음에 새기려는 듯 두 사람은 아무 말이 없었다. 명희는 자신이 진정으로 부끄러웠다. 만족할줄 알고 고마움과 자신이 아닌 누군가에게 단 한 번이라도 관심을 갖지 못한 지난날이 안타까움이 되어 파도처럼 밀려왔다. 세상 어디에 어떤 상황으로 발을 딛고 있더라도 그것이 축복인줄 모르고 살아왔다. 진정한 꽃자리는 마음에 달려있다는 것을 느끼는 순간이었다. 꽃자리라고 여겼던 집이 남편에게는 가시방석이었는지 모르고 그 가시방석은 자신에게 비롯되었는지도 모른다. 문득 세상은 나를 중심으로 돌아간다고 외치던 티브이의 광고가 떠올랐다. 누구를 원망하고 탓하는 것은 용기없는 사람의 변명에 지나지 않는다는 사실이 가슴에 와 닿으며 세상의 중심은 바로 자신이라는 생각에 울컥하는 감정이 치솟았다. 그 감정을 주체하지 못한 눈에서 눈물이 흘러내렸다. 느닷없는 눈물에 이경식은 잠시 당황했지만 어깨를 들썩이는 명희를 안아주었다. 명희는 가슴에 기대어 소리내어 흠씬 울어버렸다.

"그만 진정하시고 위쪽으로 올라가 볼까요?"

어정쩡한 상태의 이경식이 살며시 몸을 빼면서 제안했다. 문학비가 끝나는 곳에는 웅장한 탑 하나가 버티고 있었다.

"이 탑이 타임캡슐이 들어있는 탑입니다. 높이가 15미터이고 둘레는 9미터에요."

"아! 문학인들의 친필원고를 넣었다는, 언제 개봉할 예정인가요?"

"탑이 무너지면 그때 개봉할겁니다."

"기한을 정하지 않고 기다리는 여유가 산을 닮았네요. 제 생각엔 세월이 흐르지도 않았는데 당장 올해든 내년이든 천재지변이 일어나 탑이 무너져서 타임캡슐을 개봉하는 일이 발생할지 모르니까 천관산 높이에 맞춰서 아예 723년 뒤에 개봉하라고 기록으로 남기면 좋겠어요."

경식이 빙긋 웃었다.

술판을 끝낸 천사모 회원들이 작업도구를 들고 넉넉한 걸음으로 올라오고 있었다.

"술판이 끝났나보네요. 할머니를 도우러 가야겠어요."

이미 치다꺼리를 끝낸 노인은 집으로 향하고 없었다.

말끔하게 치워진 주차장에서 한동규 선생은 문화부 기자들에게 강연을 펼치고 있었다. 열심히 메모하고 사진을 찍느라 기자들은 분주한 모습이었다.

"…소설쓰기는 그런 밤길을 가는 거라고 생각해요. 작가도 독자도 밤길을 헤매는 것. 내가 이 어둠을 힘들어할 때 다른 어둠 속에서 힘들어하던 사람들이 그래, 나 혼자만이 아니구나, 나와 같은 사람이 또 있구나, 어쩌면 세상의 모든 사람도 마찬가지일지 모른다고 위안을 받게 됩니다. 어두운 밤길을 걸어가는데 앞에서 걸어오는 사람이 있습니다. 그 사람이 하는 말이 금방 어떤 사람이 지나갔다면서 부지런히 걸어가면 그 사람을 만나 함께 갈 수 있으리라 말합니다. 그러냐고 대답하면서 이쪽도 좀 전에 사람이 지나갔다고 애기를 해줍니다. 여러분은 진짜로 사람이 지나가지 않았다는 것을 이미 눈치로 알았지요? 작가와 독자는 밤길을 걷고 있는 사람들입니다. 작가는 독자에게, 독자는 작가에게 서로 위안을 찾는 겁니다. 우리가 위로받고 싶은 것은 결국 우리가 살아가는 세상은 싸움터라서 상처를 받기 때문입니다. 모든 세상살이가 다 그렇잖아요. 부부지간에도, 친구 사이에도, 모두 다. 사람이 사람에게 상처를 받으면 사람에게 그 상처를 위로받는 것이 가장 좋은 겁니다."

한동규 선생을 중심으로 주차장 시멘트 바닥에 원을 만들어 앉은 채 문학 이야기는 이어졌다. 누군가 일어나 이 시대 최고의 지성작가라고 평가하는데 그 주제 의식을 드러내는 특별한 방법이 있느냐고 물었다.

"거, 부끄러운 칭찬인데요. 우리가 헤엄을 칠 때의 목적은 탈 없이 물을 건너거나 즐기는 것에 있는 거지, 애당초 빠르거나 모양새를 가늠하기 위해서가 아니잖아요? 물론 수영선수나 수중발레 선수에게는 예외가 되겠지만요. 저는 글을 쓸 때 빠르기와 모양새보다 안전하게 목적지에 이르려고 합니다. 무슨 말이냐면, 잘못된 헤엄치기처럼 너무 빨리, 편하게 앞서고 싶은 마음은 자제하면서 문장 하나라도 정확하게 표현하려고 노력합니다. 자칫 글을 쓰는 사람이 먼저 흥분하면 독자의 몫까지 침범하게 되니까요. 여러분도 세상일을 조급하게 판단하지 말고 천천히 살아가세요. 여기서 일단락하고 다음 장소로 옮기십시다."

모두가 손뼉을 치며 자리에서 일어났다. 보이지 않는 곳에서 강의 내용을 듣고 있었던지 이경식이 나타나 떠나는 일행들과 일일이 악수를 나눴다. 그들이 관광버스에 올랐고 이내 엔진음을 남기고 문학공원을 내려갔다. 이경식은 오랫동안 손을 흔들어 아쉬움을 나타냈다.

"우리도 내려 가십시다."

“일행들은 어쩌고요? 저 때문이라면 일부러 가실 것 없…”

이경식이 손사래를 치면서 명희의 말을 가로 막았다.

“먼저 내려가겠다고 얘기하고 왔습니다.”

할머니는 어느새 그릇들을 모두 씻어놓고 저녁을 준비하고 있었다. 부엌문 사이로 새어 나온 연기가 마당에 가득했다. 경식은 곡괭이를 들고 뒤란으로 돌아갔다. 명희는 마당에 말리고 있던 약초들을 거둬들였다.

“거둬들이지 말어. 서리를 맞아야 더 좋은거여.”

어느새 구덩이를 다 팠는지 경식이 뒤란에서 돌아 나오며 머쓱해진 표정의 명희를 바라보며 살포시 웃었다. 명희도 따라 웃었다.

“얼른 씻어. 저녁밥이 다 되았응게.”

두 사람은 우물로 향했다.

할머니의 만류를 물리치고 명희는 주방세제를 풀어 설거지를 끝냈다. 가마솥에 물을 가득 부어 지펴놓은 군불에 장작 두세 개를 밀어 넣었다.

“장기기증을 하시다니 참으로 엄청난 결정을 하셨네요.”

“어차피 죽으면 썩을 몸뚱이인디 필요한 사람헌티 주고 묻히는 것이 더 좋은거재.”

“제가 내일 알아보고 전화를 드리든지 찾아뵐게요.”

“서류 보내오믄 도장만 찍도록 자네가 준비해서 오소. 그라고 내일 그 사람이 온다고 확실하게 약속했재?”

“예. 이따 내려가면서 확인전화 해볼랍니다.”

다정다감한 두 사람의 목소리가 문틈 사이로 흘러나왔다.

“오야, 경식이 이거 받소? 밖에 있는 사람이 밥값이라고 내놓은 것을 받아뒀네. 천사모 활동비에 보태소.”

명희는 일부러 헛기침으로 인기척을 표시하고 방안으로 들어갔다. 이내 이경식이 집을 나섰고 마당 밖까지 배웅을 나간 노인이 커다란 고무 통을 부엌으로 들고 들어왔다.

“뭐하시게요?”

“목간 할라고.”

여전히 타오르고 있는 장작불이 두 사람의 얼굴을 사과 빛으로 만들었다. 장작이 만든 숯불에 노인이 고구마 몇 개를 묻고는 부지깽이로 덮었다.

명희는 비누거품을 만든 타월로 몸을 밀다가 노인의 젖가슴을 살포시 만졌다. 갑작스러운 행동에 놀란 노인이 몸을 움츠렸다.

“어려서 엄마랑 함께 목욕하며 엄마 젖을 만지던 기억이 떠올라서요”

노인이 고무통에서 일어나 명희를 살며시 안아주었다. 쪼그라져 늘어진 젖가슴이 명희의 가슴에 닿았다. 비록 탄력은 없었지만 따스한 체온의 느낌이 좋았다. 노인이 거친 손으로 명희의 등을 쓰다듬어 주었다. 언젠가는 자신의 젖무덤도 세월과 함께 바람이 빠진 풍선이 되어갈 거였다.

"자네는 내 딸이여. 인연이 별거란가? 마음이 중요하재. 자네가 내 몸뚱이를 씻어주고 내가 등을 밀어주대끼 서로한테 힘이 되고 도움이 되면 그만인 거재."

목욕을 끝내고 아궁이에서 꺼낸 고구마를 노인과 나눠 먹었다.

명희는 애들이 걱정되어 전화를 걸어보고 싶었지만 하릴없이 텔레비전 채널만 이리저리 바꾸었다. 마음에 또렷한 결정을 만들어 집으로 향하면, 어떤 선택이 될지는 아직 모르기에 애들도 엄마의 부재를 연습하는 것이 나쁘지만은 않다고 판단했다. 어쩌면 명희 자신을 위한 연습인지도 몰랐다.

좀체 잠이 찾아오지 않았다. 무연한 달빛이 얇은 창호지를 뚫고 머리맡으로 들어왔다. 노인의 거친 손을 잡고 있던 명희는 얼굴을 잠시 쓰다듬고 방에서 나와 토방에 쪼그려 앉았다. 넉넉한 할머니를 닮았는지 낯선 명희에게 누렁이가 꼬리를 흔들었다. 높은 하늘에 걸린 달 속에는 애들과 남편의 모습이 어른거렸다. 신발을 꿰고 마당으로 내려와 천관산을 바라보았다. 얼굴을 간질이는 늦가을의 차가운 밤공기는 시원하게 느껴졌지만 어깻죽지가 떨려와 달을 남겨두고 방으로 들어갔다.

9

"할머니, 꼭 가야해요? 하루만 더 있다가 갈게요? 네?"

감나무에서 시선을 옮겨온 명희가 나직하지만 애원이 담긴 목소리로 부탁하지만 노인은 단호하게 고개를 내젓는다. 명희는 잠시 고개를 떨어뜨린다. 대문을 나설 때면 동행하던 누렁이의 줄을 오늘은 노인이 풀어주지 않았다. 깜빡 잊은 것인지 모른다. 그 잊음은 명희를 보내려는 다급한 마음 때문이었다.

체념한 얼굴빛의 명희가 매듭이 굵은 할머니의 손을 슬며시 잡는다.

"할머니, 아니 어머니 건강하세요. 꼭 다시 들를게요."

노인이 고개를 끄덕인다. 산그림자가 다가와 두 사람의 머리를 감싼다. 사람과 산이 하나가 되어간다.

"어머니가 바로 저 천관산이세요."

노인이 고개를 가로젓는다.

"오기로 약속한 사람이 누구예요? 그것이라도 좀 알

려주세요?"

노인은 대답 대신에 다시 건너편 도로에 시선을 던진다.

명희는 자꾸만 할머니에게 묻는다.

"사실은 자네 남편이 올 거여."

화들짝 놀라는 명희의 손을 노인이 잡아준다. 자신 쪽으로 몸을 끌어안아 준다. 명희는 놀라움에 심장이 요동을 치는 것을 느끼며 반사적으로 사타구니에 신경을 모은다. 속옷이 젖지 않았다.

노인의 품에 안긴 명희와 등을 토닥거리는 두 사람의 모습이 마치 천관산의 바위처럼 느껴진다. 산그림자는 어느새 두 사람을 완전히 감싸 덮었다. 추수가 끝난 빈 들녘과 들녘 사이의 마을 진입로에 승용차 한 대가 꽁무니에 먼지를 매단 채 들어온다.